A CONTRA-PARTIDA

LIVRO 3

A CONTRA-HISTÓRIA

UM THRILLER SOBRE
O PODER DO NÃO.
TEM CORAGEM?

URANIO BONOLDI

A CONTRA-PARTIDA

LIVRO 3

A CONTRA-HISTÓRIA

valentina

Rio de Janeiro, 2023

1ª Edição

CAPA
Raul Fernandes

FOTO DE CAPA
Lion Andreassa (ator: Ronaldo de Castro)

DIAGRAMAÇÃO
Kátia Regina Silva

Impresso no Brasil
Printed in Brazil
2023

DADOS INTERNACIONAIS DE CATALOGAÇÃO NA PUBLICAÇÃO (CIP)
CÂMARA BRASILEIRA DO LIVRO, SP, BRASIL
ALINE GRAZIELE BENITEZ – BIBLIOTECÁRIA – CRB-1/3129

Bonoldi, Uranio
A contra-história / Uranio Bonoldi. – 1. ed. – Rio de Janeiro: Editora Valentina, 2023. – (Série A contrapartida; 3)

248p.; 23cm

Sequência de: O contra-ataque

ISBN 978-65-88490-53-2

1. Ficção de suspense. I. Título. II. Série.

22-135561 CDD: B869

Índice para catálogo sistemático:
1. Ficção de suspense: Literatura brasileira B869

Todos os livros da Editora Valentina estão em conformidade com o novo Acordo Ortográfico da Língua Portuguesa.

EDITORA VALENTINA
Rua Santa Clara 50/1107 – Copacabana
Rio de Janeiro – 22041-012
Tel/Fax: (21) 3208-8777
www.editoravalentina.com.br

Dedicatória

Dedico este livro ao grande público leitor da saga "A Contrapartida".
Sim, a vocês, leitores amantes do gênero suspense, que adoram ser surpreendidos.
Que este volume os encoraje a dizer NÃO.

"Um não dito com convicção é melhor e mais importante que um sim dito meramente para agradar, ou, pior ainda, para evitar complicações."

Mahatma Gandhi

Agradecimentos

À minha querida família: minha mulher Paola, meus filhos Roberta e Aurelio, minha nora, Mariela, e meu neto Valentin.

Um agradecimento especial ao meu irmão Fábio Bonoldi e à minha irmã Ana Elisa Freschet, que têm se demonstrado grandes entusiastas da minha carreira literária, me incentivando e me instigando a escrever cada vez mais.

Ao time que há tempos me apoia em tornar o sonho desta saga realidade:

Eduardo Villela, Joaquim Maria Botelho, Luciano Milici, Lion Andreassa, a equipe da Digital Trix, representada por Daniel Agrela, Mônica Ferreira, Viviana Perez e Paula Cohn, e a equipe da Editora Valentina, representada por Rafael Goldkorn, Rosemary Alves, Ilson Pellegrinelli e Vânia Abreu.

Aos queridos Jackson Antunes, Lucas Maia e Ricardo Bonacorci pela contribuição de inestimável valor a este volume.

Meu caloroso obrigado a todos!

Uranio Bonoldi

O PREFÁCIO... que Você Precisa Ler!

PREPARE-SE! O que você vai encontrar em *A Contra-história* não é a sequência linear e natural dos dois primeiros livros da saga "A Contrapartida" (*A Contrapartida* e *O Contra-ataque*) Por mais que meu alerta tenha um certo tom de spoiler, saiba que as surpresas deste novo volume de Uranio Bonoldi são tantas que você não consegue sequer imaginar os desafios que Tavinho precisará encarar.

Dispa-se completamente de suas crenças/expectativas e embarque em um novo universo de Octávio Albuquerque Júnior. Aposto que um possível estranhamento inicial irá se transformar em excitação e encantamento pela leitura.

E como já dizia a capa daquele guia que um dia substituiu a Grande Enciclopédia Galáctica: NÃO ENTRE EM PÂNICO.

Nos encontramos no Posfácio...

Ricardo Bonacorci
Crítico literário do Bonas Histórias

PARTE UM

Como Tudo Começou

Efeito

8 de junho de 2016, 23h55

Urro selvagem, enlouquecido. Não deu tempo de amparar o amigo que desabou. O corpo se sacode em convulsões intensas, a cabeça bate com força contra o piso, emitindo um som horroroso de fratura. É tarde, mas ainda assim ele cai de joelhos e segura a cabeça do amigo, quer minimizar a dor que constata naquele rosto desfigurado. O corpo, entretanto, não demonstra reação à dor, exibe somente espasmos. Klaus está estrebuchando como um porco aberto a faca, sua boca espuma e expele uma gosma que escorre pelo pescoço e peito, e mancha a camisa e a mão do companheiro.

– É um ataque epilético! Ele vai se engasgar e morrer sufocado! Preciso segurar a língua para não enrolar! – berra Otto Jr. Aos poucos, os tremores diminuem, e Klaus parece se entregar. Em meio a borbulhas, consegue pronunciar algumas palavras, espalhando respingos asquerosos na cara do amigo:

– Tô… morrendo, vou morrer…

– Não! Para com isso!!! Você não vai morrer! Eu estou aqui, vou cuidar de você! Fica comigo! Fala comigo…

Entretanto, a aparência do amigo é horripilante. Ele não consegue controlar o corpo, a fala, os olhos estão revirados.

Otto Jr. faz um apelo sufocado:

– Deus do céu, não leva o meu amigo! O meu amigo, não!

As pessoas no camarim rodeiam os dois, sem saber o que fazer. Estão atônitas com a cena. Falam umas com as outras, vozes aflitas e desencontradas, perguntando ao mesmo tempo o que aconteceu. Acabaram de sair de um show, estão cansadas, suadas, desejam apenas relaxar e beber alguma coisa. Mas deram de cara com a cena torturante de Klaus se debatendo contra a morte, e ficam sem reação.

O calor de Manaus, mesmo com o ar-condicionado do camarim no máximo, é mais um elemento para transformar em inferno a aflição geral. Otto Jr., ainda de joelhos, ergue o rosto para gritar com todos e com ninguém ao mesmo tempo:

– Caralho! Liguem pro 190! Rápido! O Klaus tá mal! Ou é 192, porra! Merda, liguem pra alguém, peçam ajuda, pelo amor de Deus!

Uma onda súbita de vômito lança dejetos fétidos nas mãos de Otto Jr. Mais tremores, mais tentativas de uma fala gutural. Nada se compreende do que pretende dizer aquele homem que parece devastado por dentro, cuspindo alimentos mal digeridos e bile. Otto Jr. continua sustentando a cabeça de Klaus, e agora já se vê um filete de sangue escorrer pela sua nuca. A pancada contra o piso abriu um corte profundo, e Otto Jr. sente a mão aquecer.

– Klaus, aguenta, aguenta... Daqui a pouco vai chegar ajuda! – diz, sem muita confiança nas próprias palavras. Ele percebe que já não se trata apenas de uma crise epilética, mas de algo muito mais sério. Sabe que o companheiro está pior do que havia pensado e já começa a duvidar que ele sobreviverá. Soluça, vendo a luz dos olhos do amigo se apagar e a vida se esvair do corpo. Sente-se numa cena de guerra, amparando um companheiro destroçado por ter pisado numa mina terrestre. Neste caso, porém, não há morfina que possa atenuar a dor que o amigo está sentindo. A analogia é devastadora, porque Otto Jr. conhece bem como costumam acabar essas tristes e sangrentas cenas.

Klaus e Otto Jr. são amigos desde o ginásio. Aprenderam juntos as delícias e as dores da adolescência. Confiaram um ao outro as evoluções do corpo, os pentelhos brotando, as poluções noturnas, o tesão pelo que imaginavam existir dentro das calcinhas das meninas da escola. Mais tarde, passado o período da sacanagem fantasiosa, sossegaram, paqueraram, namoraram, sempre confidentes um do outro. Cresceram física e emocionalmente, e se tornaram dois jovens bem-educados, amigos entre si e amigos dos amigos. As pessoas os respeitavam porque tratavam a todos com amabilidade.

Tinham vocação para a música, algo que contribuiu para os unir ainda mais. No começo, dedicavam algumas horas do dia, depois da escola, para imitar os sons de bandas famosas, Klaus na bateria, Otto Jr. no vocal e na guitarra, além de outros instrumentos, porque nascera com um dom especial – o ouvido absoluto. Buscaram afirmação musical em bandas de várias épocas, depois selecionaram melhor o tipo de música que mais lhes agradava e montaram um repertório que somava pop com uma pegada de jazz e uns temperos sonoros de blues. O som ficou mais refinado e chamou a atenção da vizinhança. Não demorou para que mais um garoto se juntasse à dupla, com seu contrabaixo.

Otto Jr. começou a tirar do papel algumas composições que não tivera coragem de mostrar a ninguém, a não ser a Klaus. A equipe, já acrescida de um bom especialista em instrumentos de sopro, gostou das canções. Capricharam nos arranjos, partiram para ensaios mais sérios e investiram em produção de cenários e efeitos especiais. Ao longo dos anos, a banda passou a tocar com regularidade em vários bares e casas noturnas de São Paulo, depois vieram os convites para outras capitais brasileiras, ganharam fama e se apresentaram no Brasil inteiro, até que chegaram os primeiros convites para se apresentarem no exterior. Essa é uma história bem resumida dos mais de dez anos da banda.

Otto Jr. chegou quinze dias antes do show em Manaus, pois desejava fazer um tour com a mulher e a mãe pela região, para conhecer lugares que nunca visitara. Avesso a badalações, alugou uma casa, em vez de se hospedar no Root Hookah Lounge, oferecido pelo contratante, diferentemente dos demais integrantes da banda, que desembarcaram um dia antes do show e seguiram direto para o hotel.

O show começou pontualmente às 21h55, porque Otto Jr., o band leader, detestava atrasos. Achava um desrespeito com o público. Após a primeira parte da apresentação, fizeram um pequeno intervalo de dez minutos para hidratação, troca de figurino, especialmente das três backing vocals, e voltaram para mais uma hora. Terminado o show, ainda tiveram que retornar ao palco só para agradar a galera, que pediu bis por mais de um minuto. Por fim, as cortinas se fecharam, as luzes da plateia acenderam, os fãs começaram a sair, e a banda seguiu para o camarim.

– Que cerveja estranha é essa aqui?! – pergunta Alberto, empresário da banda, com a voz alterada. – Klaus bebeu isso?! Nós não pedimos essa cerveja!

Todos olham para a lata no chão, ao lado de Klaus. Realmente, uma lata com rótulo marrom não fazia parte das bebidas que o contratante havia mandado para o camarim, e muito menos a pedido do empresário.

Alberto olha então para a bancada em frente ao espelho iluminado onde Otto Jr. se preparou. Na ponta há outra lata aberta. Volta-se para o baterista e constata que ele está imóvel, olhos vidrados, sem sinais vitais. Desesperado, olha para Otto Jr. e constata que ele também está intoxicado. Torna a olhar para a lata em cima da bancada, já adivinhando que Otto Jr. também bebeu o que quer que seja o líquido contido naquele maldito vasilhame. Encara o companheiro, que tem o rosto banhado em lágrimas e agora sua abundantemente.

– Alberto, fomos envenenados – balbucia Otto Jr., que não consegue dizer mais nada e começa a se contorcer, sentindo as entranhas em chamas.

– Ninguém toca em nada! – ordena Alberto. – As latas poderão dar pistas de quem foi o... Otto, fala comigo! Cadê a porra do socorro que não chega, caralho!

O Hospital Rio Negro informou ter mandado uma ambulância, mas o local da casa de shows é praticamente do outro lado da cidade, no bairro de Flores.

– Não vai dar tempo de prestar socorro, gente! – É a voz de Cristina, mãe de Otto Jr., no mais profundo desespero. Ela chora, abraçada à nora. Ambas tentam, de alguma forma, dar conforto aos dois jovens no chão, enlaçados num abraço fúnebre.

Otto Jr. está consciente, apesar da aparência horrível. "Tenho que vomitar...", pensa ele. "Botar pra fora esse veneno, ou pelo menos parte dele, e assim, quem sabe, diminuir o risco de morte."

Faz um esforço brutal, que certamente os outros não percebem. Consegue apenas expelir uma baba grossa e sangue. Repentinamente, solta uma golfada de vômito misturada com sons ininteligíveis. "Não posso morrer desse jeito!" – é o que tenta dizer o rapaz, buscando controlar os espasmos musculares causados pela dor.

Move um pouco o corpo na direção de Klaus, para comprimir a barriga contra a cabeça do amigo e forçar outra vez o vômito. Luta... E continua buscando forças para lutar. Mas lhe parece que a realidade vai vencer o desejo de viver. "Não adianta. Não adianta! A morte está chegando..."

Sente uma vertigem ao olhar, talvez pela última vez, pessoas desesperadas ao seu redor, o piso sujo, fétido. Supõe, na sua agonia, que são os paramédicos. Seus olhos reviram, mostram o branco dos globos oculares, uma imagem pavorosa! Não consegue distinguir mais nada. Ainda agarrado ao amigo, solta um soluço e deixa-se levar pela dormente sensação de abandono. Escuridão...

Show para Não Ser Esquecido

Mesmo dia, 21h55

O calor insuportavelmente úmido do inverno amazonense está sendo atenuado pelo aparelho de ar-condicionado do camarim. O grupo ali reunido não demonstra qualquer incômodo, uma vez que está concentrado em outro foco: um homem de costas, ajoelhado, a imagem mais representativa da serenidade. Quase em transe, ele respira num ritmo cadenciado e calmo.

Cinco dos homens presentes se agitam ao seu redor, sacodem os braços, as mãos voltadas para baixo. Procuram respirar no mesmo compasso, mas estão frenéticos demais. Andam de um lado para outro, aparentemente à espera de algo que está por vir.

Um deles, além de fazer os mesmos movimentos dos demais, segura longos e finos bastões.

Surge um homem ao lado de uma porta, anunciando à meia-voz:

– Dois minutos…

Os cinco se enfileiram.

Ouve-se, da mesma voz, um segundo anúncio:

– Um minuto!

O que se vê são corpos de músculos retesados, como feras em posição de ataque. Mas não há a tensão da morte no ar. Apenas a prontidão para o ataque.

Segue-se um comando, não mais à meia-voz, mas num forte e sonoro:

– Agora!

Os cinco homens se movem em sintonia perfeita. A passos largos e rápidos, atravessam um longo corredor escuro. No seu extremo, ouvem-se gritos, assobios e palmas. Políticos amazonenses chegam atrasados, como de hábito.

Destaca-se uma figura que representa outro Estado da Federação. É um homem alto, forte, com feições indígenas, bem vestido, e que aparenta ser muito seguro de si. Surge escoltado por uma equipe de guarda-costas, para assistir ao show que, como sempre, começa pontualmente. Está acompanhado da linda mulher e dos três filhos. O primogênito Rodrigo, já adulto, muito ligado ao pai, e também os fãs daquele que está por se apresentar, Nayara e Pedro, 20 e 19 anos respectivamente. Com alguma dificuldade, uma vez que o auditório está lotado, chegam à primeira fileira do teatro do Root Hookah Lounge e se sentam.

Nesse momento, o homem ajoelhado, que ficou para trás, abre os olhos e se desliga do transe. Levanta-se e, num pulo, alcança a soleira da porta que separa o começo do corredor e as costas de um cenário, diante do qual agita-se e grita uma plateia de deixar qualquer ser vivo atordoado. Ele aguarda, antes de entrar.

Pode-se ouvir uma música instrumental maravilhosa no extremo do corredor, abafada pela cortina grossa que separa os ambientes. A suavidade vai cedendo espaço à força rítmica, a frequência aumenta, o som se amplia e a bateria começa a ganhar relevância diante dos demais instrumentos. Continuam os assobios e as palmas.

De repente, calam-se os instrumentos. A plateia, tomada de surpresa, cala-se também. No brevíssimo intervalo de silêncio, o baterista do grupo confere uma batida estrondosa, que reboa como uma onda sonora provocada por uma avalanche. Ao mesmo tempo, o percussionista agita uma fila de diferentes cristais pendurados, que produzem um contraponto de delicadeza ao impacto poderoso da bateria. A audiência, inebriada, percebe que nada é mais importante agora do que observar, de olhos bem abertos e boca bem fechada, o espetáculo que se anuncia gigantesco.

Com a energia de uma criança, dando passos rápidos e em silêncio absoluto, o homem alcança o palco, saindo de uma névoa multicor, para sentar-se diante do piano, naquele auditório de 500 lugares. É assim que sempre prefere, em vez de espetáculos imensos a céu aberto ou em estádios. Gosta de auditórios menores e plateias selecionadas. Os ingressos invariavelmente se esgotam meses antes da data dos espetáculos, vendidos a preço de ouro.

A plateia, em completo estado de veneração, contempla o jovem que dá início a um lindo solo, e então entra em delírio. É dada a largada para a pré-estreia da turnê de lançamento do seu terceiro álbum, *Amazônia*.

Terminada a primeira música, o jovem se coloca ao lado do piano, inclina-se em reverência e diz:

– Obrigado, Manaus! Obrigado a esse público que eu amo e que me ama! Meus amigos, escolhemos lançar o nosso álbum aqui em Manaus porque precisamos cuidar melhor do nosso patrimônio ambiental e cultural, que envolve a nossa história e todos os ricos valores que formam o nosso lindo país. E quero que a minha música sirva de apoio a este propósito.

A audiência vai a novo delírio. O jovem estende o braço direito para cima, com o punho fechado, e grita:

– Viva a Amazônia! A nossa Amazônia! Eu amo vocês, meu público!

Sob aplausos e gritos de aprovação, volta-se para o centro do palco e solta a sua educada e potente voz, apoiado por uma das melhores bandas e vocals que o país já teve. A plateia entra em êxtase.

Octávio Albuquerque Júnior, nome real de Otto Jr., é um músico reconhecido internacionalmente. Mesmo nas primeiras experiências com o amigo Klaus, na adolescência, fazendo som na garagem de casa, já demonstrava criatividade e bom gosto. Com facilidade e predileção para artes e estudo de línguas, ao final do ensino médio ele já dominava muito bem o inglês e o espanhol, e, como a música ajudava a ter contato com outras línguas, ele também se virava muito bem no francês. Buscava coleções das melhores bandas dos países falantes desses idiomas, para extrair a essência da sonoridade da cultura de cada um. Era quase como uma lição de sociologia musical. Após terminar o ensino médio, prestou o vestibular e foi aprovado no curso de bacharelado em Música, na USP. Depois de cursar o primeiro ano, a mãe teve plena convicção de que a vocação e o interesse do filho pela música eram incontornáveis, e propôs que ele se graduasse no exterior. Octávio adorou a ideia, porque sonhava estudar em Nova York. Inscreveu-se em algumas instituições que escolheu a dedo, e foi aprovado na Manhattan School of Music. Nessa escola que ocupa o quinto lugar no ranking das melhores norte-americanas, Octávio se destacou pelo amplo conhecimento de ritmos, tanto os tradicionais quanto os mais exóticos.

Como se podia ver nos muito bem-treinados protocolos de abertura dos seus shows, Octávio buscou formação também em produção de espetáculos, acompanhando a montagem de eventos musicais no Carnegie Hall, na Metropolitan Opera House e até na Sidney Opera House, numa viagem de algumas semanas à Austrália. Esmerou-se a tal ponto que a produção dos seus shows, com efeitos acústicos e de iluminação, cenários, projeções, o timing perfeito de entrada e saída dos músicos no palco, garantia duas horas de energia contagiante, positiva e de absoluto deslumbramento sensorial. Não por acaso, Octávio era um dos poucos músicos brasileiros a conquistar temporadas perenes em cidades como Nova York, sua *alma mater*, e também em lugares onde os shows constituíam a mola mestra das atividades turísticas, como Las Vegas, Nova Orleans, Los Angeles. Reconhecido no exterior – tanto na Europa quanto nos Estados Unidos – como um dos grandes nomes da música brasileira contemporânea, ele era mais do que isso: apesar de ainda jovem, tornara-se um artista internacional completo, no nível dos melhores do mundo. Tinha um público fiel que comprava ingressos para as suas apresentações, com muitos meses de antecedência.

Havia algo de inovador no trabalho de estudos e pesquisas musicais do jovem Octávio. Algo que a sua mãe já intuía e que a levou a custear seus estudos musicais nos Estados Unidos. E estava certa. Octávio buscou unir batidas novas, misturando, ao samba, pitadas de jazz e de ritmos latinos, alguns arranjos de origem provençal e francesa, e criou um ritmo único, que batizou de "Basam". A palavra é uma inversão silábica de "samba", inspirada no nome do ritmo eletrônico Gotan (inversão silábica de "tango"), exibido no filme *Dança Comigo* (*Shall We Dance?*).

A turnê em Manaus havia começado dois dias antes, com uma festa de gala. Com quase 26 anos, Otto Jr. está no auge do seu prestígio. É um jovem equilibrado, de bem com a vida e com o seu ambiente. Ama a natureza, e a prova disso é esta turnê que celebra a Amazônia, não como a mal compreendida definição de "pulmão do mundo", mas como bioma vital, com suas espécies vivas da flora, da fauna e da comunidade humana. Esbanja carisma e simpatia. As pessoas se sentem acolhidas pela sua fala mansa, suas atitudes gentis e seu grande interesse pelos desafios sociais e ambientais do país. Mas Otto Jr. não é apenas um homem de boas palavras, é também um homem de iniciativas, ação, empreendedorismo e ativismo social.

O encerramento dos seus shows sempre conta com o mesmo nível de qualidade da abertura, assim como traz uma novidade que caracteriza a produção das suas apresentações. Dessa vez, quando cai o pano, a cortina se fecha deixando visível apenas a figura de Otto Jr. O público se demora nos aplausos insistentes que reclamam um bis, o jovem pede silêncio e é prontamente atendido. Faz um breve discurso de agradecimento, que toca os corações pela sua beleza e ponderação. O público se cala para ouvi-lo, e das coxias vão surgindo, para se postarem ao lado do artista, uma índia trazendo um tucano empoleirado no braço, dando ao animal sementes que são rapidamente apanhadas pelo seu enorme bico, um seringueiro com os seus apetrechos de colheita, um pescador com um cesto de peixes, uma bióloga do Instituto Nacional de Pesquisas da Amazônia (INPA) com uma amostra do laboratório temático de solos e plantas, e um grupo de crianças, de várias etnias, que cantam uma canção típica da Amazônia, mostrando que podemos, sim, integrar o nosso povo por meio da Educação. A cena é tocante, porque ao fundo, atrás da cortina, os músicos iniciam uma suave melodia que vai ganhando densidade e força, até ocupar todos os espaços do auditório. O público parece hipnotizado pelo som, tão próximo do tradicional, mas, ao mesmo tempo, cheio de belos acordes, que aproveitam sons de pássaros canoros da Floresta. A cortina começa a subir devagar, mostrando que o palco foi todo coberto de flores e plantas nativas. Otto Jr. dá um passo à frente, ergue o punho esquerdo e brada:

– A Amazônia é o retrato mais simbólico do nosso Brasil, e vive! Viva a Amazônia! Viva o Brasil! Viva o nosso povo! Viva a Educação!

As luzes se apagam completamente e tudo fica em silêncio.

O público demora alguns segundos para compreender a mensagem e cair em si, diante de tanta beleza, e então aplaude, em delírio e longamente. Inúmeros assobios, verdadeiros urros de pura alegria e deslumbramento.

O público, em coro, com os punhos fechados, começa a gritar: "Brasil, Brasil, Brasil!"

Lentamente, as luzes da plateia são acesas. O palco segue com a cortina sendo fechada. O show está terminado. Relutantes em irem embora, as pessoas vão saindo aos poucos. Algumas autoridades e convidados da primeira fila aguardam a saída do público para serem conduzidos ao camarim. Já está tudo acertado e organizado, e as pessoas que manifestaram desejo de cumprimentar Otto Jr. e a banda são muito bem recebidas. Ouve-se o costumeiro fuzuê de gente recolhendo coisas, conversando em voz alta, amigos celebrando mais uma noite de belo espetáculo, funcionários servindo frutas, refrescos e bebidas. Aquele personagem de origem nitidamente indígena se adianta com os filhos e a mulher para entrar no camarim, mas o lugar está lotado. Para não arriscar colocar os filhos numa confusão de gente se espremendo, ele desiste e sai com a família para o corredor que leva até a porta de saída para o estacionamento.

Otto Jr. está ao lado da mãe, Cristina, e da esposa. Conversam com os convidados, mas, naquele momento, Cristina está com cara de poucos amigos e Otto Jr. percebe uma certa tensão no ar.

– Mãe, tudo bem? Estou achando a senhora diferente…

– Nada sério, Tavinho. Vi um deputado que acabou de sair. Um canalha da pior espécie!

Otto Jr. interrompe a mãe:

– Não deixa isso estragar a alegria da nossa noite, mãe. Vem! Vamos terminar de atender os convidados.

Minutos depois, todos começam a se retirar e, finalmente, o grupo fica restrito apenas aos integrantes da banda, parentes, amigos mais próximos e funcionários. Do lado de fora do camarim, o deputado federal pede que a esposa e os filhos se dirijam para o carro, dizendo que só irá resolver um assunto e os encontrará em seguida. Retorna pelo corredor e se coloca a alguns passos da porta do camarim.

Ouve-se a voz alterada de Otto Jr.:

– Klaus!

É mais que um grito, é um brado selvagem, animal. Otto Jr. cai de joelhos. Não deu tempo de amparar o amigo, que desabou segundos antes, o corpo sacudido em convulsões intensas, a cabeça batida com força contra o piso, emitindo um som horroroso de fratura. Otto Jr. segura a cabeça do amigo, achando que pode minimizar a dor naquele rosto desfigurado.

É excruciante observar o terror que tomou conta de Octávio, ao perceber, pela imobilidade de Klaus, que a vida provavelmente não mais lhe habita o corpo. Abraçado a ele, chora, desesperado. Cristina, abraçada à nora, tenta consolar a jovem, mas percebe que Octávio também está alterado e começa a vomitar. A dor refletida no semblante dele é lancinante, e imediatamente as pessoas se mobilizam para conseguir socorro médico. O bairro de Flores, onde fica o Root Hookan Lodge e o estádio Arena da Amazônia, construído para a Copa do Mundo de 2014, fica distante do Hospital Rio Negro. Há um outro hospital no bairro de Adrianópolis, o 28 de Agosto, mas ninguém acha o telefone de lá. Um dos auxiliares da banda avisa que uma ambulância já está a caminho para transportar Octávio. Em meio a tudo isso, mãe e esposa se desesperam. Sabem que estão perdendo quem mais amam.

Otto Jr. não responde mais. Seus olhos estão se apagando, enquanto continua agarrado ao amigo morto.

A poucos passos da porta, aquele homem de feições indígenas ilumina o rosto com um sorriso e parte ao encontro de sua família que o aguarda no carro...

Infância

Não foi difícil perceber a aptidão de Otto Jr. – Tavinho, como os pais o chamavam carinhosamente à época – para a música. Sobretudo para um homem dedicado ao ensino, como o professor Octávio Albuquerque.

"Educar é estimular as vocações naturais", costumava dizer para os seus alunos e colegas. E, com olhar treinado e amoroso, observava as inclinações artísticas do filho.

Divertia-se com o menino, um pirralho de três anos, a martelar o pequeno piano de brinquedo e tirar dali melodias surpreendentemente completas para a sua idade. Numa sequência melódica, ao errar uma nota, voltava ao início e repetia, sem erro na segunda vez. Seu enorme talento era palpável e ao mesmo tempo assustador. Mais do que divertir-se com as evoluções do menino, o professor Albuquerque tomou para si o papel de incentivar aquela vocação tão clara. Em casa, procurava fazê-lo assistir a vídeos de artistas da música instrumental e observava as reações do menino. Muitas vezes, a casa se enchia dos sons imperiais da Nona Sinfonia de Beethoven, ou dos grandiosos ecos das Valquírias, de Wagner. Enquanto isso, Tavinho brincava, mas podia-se ouvi-lo, depois, tentando imitar os sons.

Diversidade era algo que o bom professor estimava, por isso ouvia as suas coleções de chorinho, samba, tango, flamenco, tarantela, salsa, merengue e outras. Ao menos uma vez por mês, levava o filho a uma loja de instrumentos musicais e deixava que escolhesse algum. O quarto de Tavinho tinha, portanto, uma enorme variedade desses instrumentos: pandeiro, minibateria, violão, teclado, afoxé, tamborim, flauta doce, flauta *zampoña* andina, dentre outros instrumentos.

* * *

O professor Albuquerque se casou aos 45 anos de idade. Doutor em História e Sociologia, envolveu-se profundamente no combate à ditadura, nas décadas de 1970-80. Seu prestígio como professor de universidades renomadas levou--o a liderar movimentos pacíficos em prol da democracia. Lecionando e trabalhando em atividades culturais e artísticas para mobilizar intelectuais, artistas, estudantes e políticos de tendência moderada, não encontrava tempo para cuidar da própria vida amorosa. Entretanto, em 1979, começou a namorar uma aluna. No início, tentou resistir. Sem sucesso. A jovem, inteligente, de beleza exótica e sorriso encantador, no frescor dos seus quase 21 anos, portanto quinze a menos que ele, conquistou-o completamente. "Ainda bem", pensava o professor, "que o curso terminará em seis meses", pois não se sentia à vontade em namorar uma aluna. Não achava correto, mas, ao mesmo tempo, encontrava conforto no sentimento mútuo de amor e respeito que os unia.

Cristina Costa era o seu nome. Considerava-a a melhor aluna do melhor curso de Engenharia de Produção do país. Como mulher, era bonita, inteligente, elegante e parceira. Não precisava de ninguém para a defender. Independente, tinha convicções fortes e sustentava os seus pontos de vista com argumentos sólidos, sempre assertiva e coerente. O namoro duraria oito anos, porque as atividades de cada um dificultavam grandemente uma convivência frequente. Assim que se formou, ela viajou para a Amazônia, onde ficaria por aproximadamente dois meses, para um estudo de campo complementar, que se constituiria a base da sua monografia.

O compromisso do professor Albuquerque com os movimentos políticos se acentuou quando ele se aproximou do movimento Diretas Já e foi incumbido pessoalmente pelo presidente da Câmara dos Deputados, em 1986, de realizar uma pesquisa de caráter investigativo, pois sabia-se que o professor era, além de renomado sociólogo, um grande ativista pelas causas sociais e pelo desenvolvimento da Amazônia. Ele não concordava com a falsa proteção das classes dominantes à Floresta e aos povos indígenas. A hipocrisia afastava os povos nativos do acesso à saúde digna, à educação, às universidades e à tecnologia. Toda a região estava destinada a um isolamento sem sentido. Não havia saneamento básico, energia elétrica em enorme parte do território, estradas, conforto e desenvolvimento. Isso entregava a região à ação de bandidos que exploravam recursos naturais com o subjugo do povo indígena. A missão do professor Albuquerque era realizar um minucioso estudo, determinando, com exatidão, possibilidades de investimentos sustentáveis, geração de empregos, produção de riqueza e desenvolvimento. Com o avanço da pesquisa, ele acabou desvendando verdadeiros horrores na região, que envolviam mercenários, políticos e autoridades. O estudo levaria vários anos, e no começo exigiu que o professor ficasse meses na Região Amazônica. Porém, cumprida a parte inicial, suas viagens tornaram-se espaçadas, e ele pôde, por fim, dedicar-se mais à decisão de constituir família. Em 1990, casou-se com Cristina, numa cerimônia simples e para poucos amigos. A futura mãe de Tavinho passou a assinar Cristina Costa Albuquerque.

Tavinho, ou Octávio Albuquerque Júnior, ou Otto Jr. nasceu em 1992. Os compromissos do pai, na Amazônia, tornaram a aumentar nessa época, tanto que precisou deixar a esposa e o bebê, por inúmeras vezes e durante várias semanas de cada vez, para cumprir a sua importante missão na Região Norte do país.

Assim se explicam as razões das suas viagens constantes: descobertas ultrapassaram as meras observações superficiais ou pareceres sociais; revelaram cartéis de madeireiros e de garimpeiros ilegais, escravidão indígena, comprometimento de lideranças políticas, autoridades ligadas ao Judiciário, à Segurança Pública, e atuação questionável de ONGs nacionais e internacionais em meio a isso tudo. Num dos diálogos com a esposa, lamentou o que havia encontrado:

– Cristina, são milhões de quilômetros quadrados que dizem ser terras indígenas, mas que são, na verdade, o campo protetor de bandidos inescrupulosos que devastam a mata do jeito que querem. Falta saneamento básico! Faltam escolas, educação de qualidade, saúde pública, estradas de ferro, rodovias, polos industriais, provedores de serviços. Aquilo virou uma terra de ninguém. Ou melhor, de alguns. Tomei conhecimento, por exemplo, de um madeireiro que é um bandido travestido de índio bonzinho e que domina toda a região com um exército sob as suas ordens. Passei a acompanhar a atuação dele e descobri um verdadeiro absurdo. Só de pensar na organização que ele comanda e em tudo que já fez para ter poder, o que ainda faz e o que ainda pode fazer, fico apavorado. Ele dizima todos que ameaçam os seus negócios ou o seu poder. Dizem que a crueldade e esse homem andam de mãos dadas. Como pode, um homem desses, estar solto? Para completar... ele é político!!! Deputado federal pelo Mato Grosso do Sul!!! Levantei tudo isso. Está no dossiê.

– Querido, sei que é doloroso, mas você não pode sofrer tanto assim. Passe as informações para o presidente da Comissão, no Congresso, e eles decidirão a melhor forma de combater esses criminosos.

– Sim, mas quero investigar um pouco mais para mandar o dossiê completo. Já tenho provas de que a população indígena está à mercê de verdadeiros criminosos, e que muitas operações, como a extração de madeira ilegal, são encabeçadas por esse tal madeireiro. Além, é claro, da exploração de recursos minerais de toda ordem. Sem trabalho e educação, esses índios e o povo da Amazônia são corrompidos, juntam-se aos seus próprios corruptores e entram para o mundo do crime. Podemos chamar tudo isso de Amazônia Legal? Precisamos dar um fim a essa situação.

Foi desse casal destemido que surgiu a figura do atual artista. Ensinaram-lhe a ética, o respeito, o amor ao próximo, principalmente por meio de atividades lúdicas e da música, essa transformadora de almas.

Desde muito cedo, o professor Albuquerque aproveitava suas estadas em São Paulo para aproximar o filho da natureza. Não somente pelos sons musicais de todos os tipos e porque era perfeita para a educação dos ouvidos do menino, mas também porque era preciso que o filho conhecesse o quanto de presentes a natureza poderia oferecer. Por isso, desde os dois anos de Tavinho, o pai o levava a parques públicos, em particular o parque Severo Gomes, na Granja Julieta. A vegetação exuberante, quase de uma pequena floresta urbana, encantava o menino irrequieto, que corria para todos os lados, impressionado com a beleza e tranquilidade do lugar. Ele não se cansava de observar os pássaros. Na primeira vez que viu um tucano, com seu bico enorme e colorido, abriu os olhos e a boca numa surpresa engraçada. Aprendeu a saborear amoras, encarapitado nos ombros do pai, e acabava com a boca roxa e as bochechas rosadas de excitação. Para brincar na gangorra, contava com a ajuda da mãe, que o apoiava com as mãos nas suas costas, e ele ia subindo e descendo, num movimento que oferecia uma gostosa sensação de perigo. A cada descida, soltava um risinho nervoso, num frêmito de susto que logo passava e virava pura diversão. A um canto do parque, havia um córrego que os pais deixavam Tavinho molhar as mãos e os pés para sentir o frescor da água.

Num desses passeios, o professor Albuquerque encontrou um amigo. Pararam para conversar um pouco e sentaram-se num banco, à sombra de um ipê frondoso. O homem era alto – para Tavinho, um gigante. Tinha os cabelos grisalhos, usava óculos e trajava um jaleco branco. Depois que os amigos se despediram, o professor Albuquerque comentou com Cristina que nutria a mais extrema admiração pelos médicos e pelos engenheiros, profissionais que, na opinião dele, davam uma contribuição fundamental para o desenvolvimento do país. Voltando-se para o filho, explicou:

– Esse moço é amigo do papai, e o papai gosta muito dele. Ele é médico, meu filho. Sabe o que é um médico? O tio Elias, que examina a sua barriguinha, é um médico. Ele cuida de você e de muitas outras crianças, salva vidas, não deixa vocês ficarem doentes. Não é bem legal ser médico, Tavinho?

Quando Tavinho contava com quase quatro anos de idade, vivendo uma infância feliz com pais que o adoravam, a tragédia veio visitar a sua casa.

O pai foi assaltado quando deixava o trabalho. Ladrões o abordaram com violência, roubaram-lhe a carteira, o relógio e o celular, e deram-lhe uma coronhada para fazê-lo entrar no carro. Um tiro foi disparado. O professor Albuquerque, atingido na têmpora, caiu. Ao chegarem com ele ao hospital, já não respirava mais. Também haviam lhe roubado a vida...

Quem É Cristina?

Ano de 2017. Cristina Costa Albuquerque enfrenta, da tribuna da Câmara dos Deputados, a ira do grupo de partidos conservadores do Congresso, verdadeiros representantes da velha política brasileira e que detêm a maioria das cadeiras na casa, e as ameaças explícitas dos oportunistas extremistas. Admite a acusação, contra a sua ONG, de ter recebido verba de empresas com atuação questionável no mercado. Altiva, garante que, embora pessoalmente não tenha participado de qualquer falcatrua, irá apurar e devolver cada centavo que possa ter sido recebido de forma irregular de empresas fraudadoras do fisco ou que desrespeitem critérios morais e éticos de conduta. É deputada federal, eleita para o mandato de 2017-20. Buscando anular o nervosismo, apresenta fatos e dados das conquistas, e números de crianças e jovens salvos de uma possível vida de marginalização e caminho voltado para o crime.

É viúva do professor Albuquerque. Se ele teve participação especial na educação de Tavinho, até sofrer um assalto suspeito que lhe tirou a vida quando o menino não tinha ainda quatro anos de idade, o restante da sua formação como homem e como profissional ficou a cargo da mãe. Mas quem é essa mulher?

Desde jovem, ela impressionava pela beleza exótica, pelo caminhar firme e elegante, e pelo sorriso que denunciava um bom humor constante. Com 1,70 m de altura, corpo enxuto e esguio, cabelos castanhos curtos e atitude dinâmica, era muito inteligente e culta. Falava bem o espanhol, língua dos ascendentes diretos, além de dominar o inglês e o francês. Ingressara, com facilidade, na universidade em que o professor Albuquerque lecionava e, já nos primeiros anos, destacou-se em vários trabalhos acadêmicos. Premiada com uma dissertação sobre Antropologia dos Povos Nativos, na disciplina ministrada por ele, logo a admiração de um pelo outro fez nascer uma amizade saudável e amorosa.

Os dois gostavam muito de conversar após as aulas e aprofundar temas da disciplina, que seriam favoráveis no momento de aproveitar oportunidades profissionais. Eventualmente participavam de encontros entre alunos e professores em algum barzinho nas imediações da faculdade, até que começaram a sair sozinhos. Cristina considerava o professor Albuquerque o homem mais inteligente da faculdade e um sujeito extremamente divertido e sensível.

Certa vez, Cristina fez uma pergunta casual, que não teria causado tanto impacto se ela não tivesse cravado seus olhos brilhantes nos de Octávio:

– Nunca encontrei um homem tão sensível. Você aprendeu isso com as muitas mulheres que conheceu na vida?

Embaraçado, Octávio baixou o olhar.

– Você se engana, Cristina. Tive apenas três namoradas. Ou nem isso, porque uma delas foi uma paixão adolescente que nem posso chamar de namoro.

– Mas... e as outras? – insistiu ela.

– Ah, eu posso dizer que tiveram importância no meu entendimento do mundo feminino. No começo, achei que me tratavam com, sei lá, condescendência, tolerância. Não me achava digno de amor, esse amor entre um homem e uma mulher.

– Que isso, Octávio! Você tem uma ternura e uma simpatia tão marcantes!

– Não me entenda mal. Não se trata de insegurança, mas acho que sublimei a necessidade de companhia. Tenho os meus alunos, os meus pais, que preenchem o meu coração. E as minhas pesquisas, que amo tanto.

– Amar... verbo maravilhoso. Mas ultimamente parece não bastar. As pessoas têm que dar um complemento: "eu amo muito", "amo demais". O amor deveria ser suficiente por si só, não acha? – indagou Cristina.

Octávio sorriu, meio sem graça.

– Então entramos no campo da metafísica...

– Nada disso, Octávio. Entramos no campo das confissões. E eu tenho uma a fazer.

– É? Qual é, minha leitora de Santo Agostinho?

Ambos riram.

Subitamente, Cristina ficou séria. Seu semblante tornou-se lânguido, quase sensual.

– Confesso que você é o homem mais especial que já conheci.

– E você é mais do que eu esperava encontrar em qualquer mulher!

As duas frases, ditas rapidamente, escancararam uma ternura irrefreável, e quase automaticamente os dois deixaram que as mãos se encontrassem.

– Os homens... sei lá. Parece que não tomam mais a iniciativa. Em algumas ocasiões, eu esperei uma atitude, e nada.

– E se eu tomasse uma atitude agora... seria correspondido? – perguntou Octávio.

– ... seria!

Como um ímã, suas bocas se atraíram.

Depois de alguns minutos, conseguiram voltar para a realidade. Pediram a conta, pagaram e saíram andando de mãos dadas. Logo em seguida, Octávio puxou a mão e Cristina estranhou a atitude.

– Não quer andar de mão dada comigo?

Ele estava constrangido.

– Desculpe, não é isso...

– Isso o quê, Octávio?

– Não é que eu não queira dar a mão a você. É que... você sabe... Faltam ainda seis meses para você se formar. Sob todos os aspectos, você é minha aluna. Não me parece ético que a gente namore.

– Namoro? Você está me pedindo em namoro?!

– Sim! Namoro! Eu estou apaixonado por você, não posso ficar sem conversar com você, sem ouvir a sua voz, sem olhar para você!

– Ah, que dia feliz, Octávio! Eu sinto o mesmo, me dói a sua ausência nos dias em que não nos encontramos na sala de aula, nos corredores, na biblioteca, no barzinho... Mas realmente você tem esse temor careta de ser visto namorando uma aluna?

– Careta? É, pode ser, mas, sim, me sinto afrontando a sociedade acadêmica.

– Está bem. Deixe-me pensar – disse Cristina, e disparou numa corridinha juvenil pela calçada. Avançou até uma pequena árvore, apoiou uma das mãos para ajudar a fazer o rodopio em torno do tronco e voltou. Sapecou uma beijoca no professor, estático e perturbado, e disse, zombeteira:

– Ok, já pensei.

– Pensou? E…

– Sim, pensei. Duas coisas. Primeiro: aceito namorar você.

Piscou os olhos depressa, sorridente, e completou, para não dar tempo de réplica:

– Segundo: aceito namorar escondido, para você não se sentir embaraçado diante do seu egrégio ambiente acadêmico – ironizou.

E assim ficou combinado. Cuidaram de se mostrar muito discretos nos cumprimentos, olhares e afagos. Cristina passou a visitar a casa dele, ele passou a visitar a casa dela, e o amor entre ambos só cresceu. Um amor regado a admiração.

O fim do ano chegou, a data da formatura foi marcada e, ao mesmo tempo, foi confirmada a viagem de Cristina para a Amazônia, onde realizaria a pesquisa para a sua monografia.

Partiu ela, ficou ele. Os dois com o coração apertado, mas compreendendo que se tratava de uma viagem necessária para a carreira dela e que, de quebra, ela conseguiria dados para alimentar um dos projetos mais robustos de Octávio, seu agora ex-professor.

Cristina ligava para Octávio sempre que podia e as condições de telefonia permitiam. A cada dois ou três dias, contava as aventuras que enfrentava. Octávio ficava embevecido com as narrativas da namorada.

Num dado telefonema, Cristina relatou que havia chegado ao Centro de Reabilitação de Povos Indígenas (CRPI) uma índia machucada e bastante debilitada.

– Ela é arredia, não fala quase nada na nossa língua e os outros índios não reconhecem a etnia dela. Fica acocorada num canto, com cara de medo e, às vezes, parece com raiva, meio carrancuda. Estou tentando me aproximar dela, mas é bem difícil, porque não confia em ninguém.

Os dias foram passando, e a índia se tornou o tema das conversas entre os dois. Cristina estava encantada com ela.

– Octávio, poucas vezes conheci uma pessoa tão inteligente! Já aprendeu palavras e frases da nossa língua e está me ajudando com algumas informações. Muitas vezes, porém, foge para o mato e se esconde. Deve ter passado por experiências terríveis!

– Cristina, tenha cuidado – alertou Octávio. – Algumas etnias são agressivas, e não sabemos como reagem a situações de confronto.

– Não há confronto, Octávio. O que há é abandono de toda essa região. Essa mulher deve ter sofrido muito nas mãos de brancos. Mas está fazendo progressos. Chama-se Iaúna.

Faltando menos de dez dias para o seu retorno, Cristina deu um telefonema tarde da noite para o namorado, e seu tom sugeria um certo temor.

– Querido, Iaúna segurou a minha mão, hoje pela manhã. Tinha os olhos marejados e uma expressão de absoluto desespero. Sabe que voltarei em breve para casa e pareceu apavorada de perder a minha companhia. Sabe o que ela me pediu? "Me leva com a senhora?" Perguntei por que queria ir comigo e ela disse que estava com medo de ficar sozinha no Amazonas. Que existem brancos muito maus que estão atrás dela. Perguntei se era alguém daqui que estava fazendo mal a ela, se alguém do CRPI a estava molestando. Ela não entendeu o verbo e eu expliquei. Ela disse que não, não era ali que estava a ameaça. Mas não contou qual é a situação. Estou com muita pena e acho que tenho obrigação de ajudar.

Octávio franziu a testa do outro lado da linha.

– Cristina, você está pensando em trazer uma índia para cá? Você não tem nem casa própria. Vai trazer uma desconhecida para viver com os seus pais, já idosos?

– Não sei o que fazer, Octávio. Mas preciso ajudar de alguma forma.

Mais dois dias se passaram. Novo telefonema de Cristina, dessa vez com um tom a mais de preocupação.

– O coordenador daqui, sr. Rubens, precisou esconder Iaúna! Ele disse que viu alguns garimpeiros rondando o CRPI, provavelmente os mesmos que ela diz que mataram seu irmão. Hoje cedo fui procurá-la, e ela não estava no alojamento. Ele me contou que esses garimpeiros são acusados de muitas barbaridades, e por isso a escondeu na mata! Agora tenho certeza de que Iaúna está correndo risco de vida!

– Então vai trazer mesmo a índia para cá?

– Vou, amor. Não tem jeito. O coordenador do Centro vai me ajudar com a burocracia de emancipação, e não será difícil conseguir autorização para ela se juntar ao grupo que irá de barco até o aeroporto para o nosso retorno.

– E seus pais, minha linda? Falou com eles?

– Sim. Não foi nada fácil, mas consegui convencê-los de que Iaúna é adorável, tem grande estima por mim e será uma mão na roda para ajudar na cozinha, na arrumação da casa e mesmo para fazer companhia a eles. Além disso, ela é mestra em remédios fitoterápicos e conhece tudo quanto é erva medicinal. Minha mãe vai adorar! Vou ajudá-la a levar algumas ervas e sementes daqui.

– Então, tudo certo. Admiro a sua ousadia. Aliás, o que é que não admiro em você?!

– Não me admire tanto, Octávio. Eu sou apenas o que sou. E sei que Iaúna vai ter lá as suas dificuldades de adaptação. Meu pai tem razão, quando faz uma série de ponderações. Iaúna é índia, tem suas crenças, seus costumes tribais, seus comportamentos particulares diferentes dos nossos, seus deuses, valores, mitos e ritos. Mas creio no grande coração dela, na sua inteligência e no seu espírito de gratidão.

– Entendo, querida. Acho que você tem toda razão. O que me assusta é buscar ajuda, esse conforto para seus pais em uma pessoa tão distante da nossa civilização.

– É... Eu sei o que você quer dizer. Mas é que eu convivi com ela, sabe? Ela é muito especial. Carinhosa, me prepara chás, entoa cânticos, até me dá conselhos.

Octávio sorriu. Suas argumentações seriam as mesmas feitas pelo pai de Cristina, mas viu que tudo já estava acertado com a família e não seria ele a se intrometer num assunto particular como aquele. E, na realidade, pensava mais na alegria de reencontrar a querida ex-aluna, sua escolhida para a aventura da vida, do que na índia beiçuda que viria se agregar à família. (Aliás, ele se surpreenderia, porque Iaúna nada tinha de beiçuda; era uma mulher bonita, de traços fortes, corpo bem-feito, cabelos negros, inteligente e amável.)

A mãe de Cristina logo se apegou a Iaúna, desde o momento em que a índia chegou a sua casa. Ajoelhando-se, ela tomou as mãos da sra. Costa e as colocou sobre a própria cabeça, dizendo: "Senhora, por favor, me acolha no seu coração como a sua filha me acolheu. Sou eternamente grata a ela e já gosto da senhora." Desnecessário dizer que o gesto derreteu o coração da mãe de Cristina e fez o próprio sr. Costa enxugar disfarçadamente uma lágrima. No dia seguinte, ele mesmo foi cuidar de fazer o registro de Iaúna no Cartório das Pessoas Naturais. Ela passou a se chamar Iaúna Costa, idade 34 anos.

Cristina e a mãe fizeram compras de roupas, instalaram a índia na bonita edícula da casa e a inscreveram num curso particular, para aprender a ler e escrever a língua dos brancos. Assinaram sua carteira de trabalho, e Iaúna passou a desempenhar, com muita correção e habilidade, as tarefas domésticas.

Servir à família de dona Cristina, para ela, era um privilégio que agradecia todos os dias. Tudo o que tinha de material e imaterial viera daquela carinhosa e decente família.

A vida seguiu seu rumo. O sr. Costa, espanhol de sangue quente, numa discussão afogueada, excitou-se tanto que um infarto fulminante o acometeu, matando-o instantaneamente. Quatro meses depois, a sra. Costa foi lhe fazer companhia, ceifada por um câncer de pulmão adquirido por anos e anos como fumante.

Em 1990, Cristina e Octávio se casaram. Em meados de 2008, ela deu o primeiro passo na busca por educação de qualidade para o Brasil e fundou uma ONG educacional, para ensinar crianças e jovens desfavorecidos a ler e escrever, trabalho esse que vinha recebendo prêmios, registros na imprensa e muitas parcerias. Outras entidades se juntaram à iniciativa, e a ONG cresceu e ampliou seu escopo de atendimento. No entanto, manter uma instituição de grande porte exigia um trabalho árduo, tempo e dedicação. Cristina estava sempre em busca de investidores brasileiros e estrangeiros, por isso viajava muito, participava de extenuantes reuniões e longos jantares. Realizava inúmeros *roadshows*, cujas ferramentas eram argumentação, persuasão e simpatia.

Em suas palestras, o discurso era conciso e objetivo:

– O IBGE nos mostra que quase 10% da população brasileira acima dos 15 anos é analfabeta. O analfabetismo funcional supera 20%. Ler e escrever é o primeiro passo para a cidadania. Precisamos formar e desenvolver indivíduos questionadores, criativos, interessados nos problemas sociais e conhecedores da história do nosso país, para que erros do passado não sejam repetidos. Ao mesmo tempo, esses novos cidadãos precisam estar aptos, competitivos e motivados a nunca, jamais, pararem de estudar!

As plateias eram muito receptivas, porque o tema falava de perto a muitos interesses. Os idealistas autênticos sabiam o valor da educação para o processo civilizatório de uma nação. Os liberais concordavam que uma população educada consome bens que ultrapassam os itens apenas de sobrevivência, como cultura, tecnologia, viagens, livros, e tudo isso é bom para a economia. Mesmo os extremistas de direita e de esquerda queriam uma sociedade mais equilibrada, pelo menos para mostrar para os países mais desenvolvidos que as distâncias sociais estavam diminuindo e, portanto, que o país era atrativo para investimentos.

Cristina fortalecia a cada passo o seu discurso.

– A missão da minha organização é levar educação de alta qualidade a quem precisa, principalmente os jovens e as crianças, por meio de núcleos regionais, quantos forem necessários em cada estado, adaptados à realidade de cada local e priorizando os desfavorecidos, pois, independentemente de credo, cor, orientação sexual, somos todos brasileiros. Conto com vocês para estarem comigo, em cada sala de aula, como a mão que guia o giz na lousa. Juntos, incluindo todos os brasileiros, valorizaremos cada vez mais os professores e acolheremos mais e mais alunos!

Cada palestra fazia ecoar aplausos e aumentava a fama daquela jovem senhora, simpática, cheia de boas intenções... E, como não podia deixar de acontecer, ela acabava por se convencer de que o ativismo político poderia ser o caminho para fazer o seu projeto educacional chegar a um patamar de programa de governo, superando a condição de ser simplesmente ação de uma ONG. E, assim pensando, motivada ao limite pelo filho ao mundo político, candidatou-se e foi eleita. Escolheu o partido certo, que tinha uma proposta alinhada à sua visão de mundo e aliados de peso, e fez uma campanha executada dentro de excelente planejamento, o que lhe permitiu ganhar as eleições com margem tranquila de votos para deputada federal.

A tribuna, nesse dia, é quase um cadafalso. Cristina segura as lágrimas para deixar o plenário sem passar imagem de fraqueza. Mas por dentro está destruída e humilhada. Passando pelo corredor do Congresso, é verbalmente agredida e vaiada por alguns deputados e assessores da Oposição. Com o semblante sério de quem tem caráter e não se deixa abater por mentiras, ignora as vaias e segue em frente. A um canto do plenário, um homem disfarça um riso de escárnio. Cristina sabe quem é essa figura soturna. Mas não tem ideia de quanto mal ele ainda é capaz…

Um Corte Violento

Noite fresca de primavera, 1995. O professor Albuquerque terminou o seu expediente na faculdade no final da tarde, mas decidiu ficar um pouco mais, para finalizar anotações importantes no material coletado ao longo de muitos anos. Para disfarçar seu conteúdo, escolheu uma capa despretensiosa e pediu à sua assistente Eduarda para encadernar o original, colocar numa pasta e guardar em lugar seguro.

– Ficou pronto, Eduarda? – pergunta ele, ao entrar na sala de reprografia.

– Sim, só não encadernei, professor. Tem problema?

– Ah, prefiro que encaderne, se não for dar muito trabalho…

– Imagina. Só que estamos sem espiral.

– Só grampeia então e coloca isso… vai dar um ar inocente ao conjunto.

– Ah! Que lindeza! – diz Eduarda.

– É um desenho do meu filho, o Tavinho. Ele tem quatro anos. Desenhou a mim e a ele de capa, voando… Vê se pode.

– Essas crianças…

A "apostila" continha um tesouro de informações que fariam muitos criminosos ambientais serem presos. Em seguida, retornou à sua sala, fechou as janelas e, antes de apagar a luz, pegou um maço de provas em cima da mesa e guardou na sua pasta. Deu duas voltas na chave da sala e saiu para a rua. O carro estava estacionado a poucos metros da faculdade, logo na primeira esquina.

Dentro do veículo, foi surpreendido por dois assaltantes armados.

– Perdeu, otário! Sai do carro e passa tudo aí!

Procurando manter a calma, Octávio levantou as mãos e desceu do veículo, entregando tudo que tinha: celular, carteira, relógio…

– A pasta – explicou – é de trabalho. Não levem, por favor. São as provas dos meus alunos.

O professor ainda tentou argumentar, mas o que ele não sabia era que se tratava de criminosos de alta periculosidade, ligadaços de pó.

– Mentiroso do caralho!

Irritado, um dos bandidos lhe deu um soco na cara que o fez cair de joelhos. O outro assaltante, aos berros, completava o serviço: uma coronhada, que fez seus óculos voarem e se espatifarem no chão.

– Mala de barão! Professor porra nenhuma!

Então os dois assaltantes passaram a jogar todas as provas e a papelada no chão, aos olhos atônitos da vítima, que, impotente, machucada e tonta, seguiu ali parada, sem reagir.

– Aí, otário! Entra no carro e some daqui!

Com a voz fraca, o professor tentou explicar:

– Eu… eu não estou enxergando direito. Meus óculos…

Um dos assaltantes, o mais corpulento, segurou o professor pelas axilas e o levantou com violência.

Um som seco de tiro se confundiu com o barulho dos automóveis e o ronco das motos.

– Puta merda, imbecil! O que você fez?

– Sei lá! Eu não atirei nele! Só coloquei ele de pé!

– Como não atirou? Olha a cabeça do tio! Olha o sangue!

Alarmados, os assaltantes desapareceram pelos becos e vielas.

Ao verem os bandidos fugirem, as pessoas que estavam por perto se encorajaram para acudir a vítima estirada no asfalto. Mas o ferimento na têmpora de Octávio era gravíssimo, e ele se esvaía em sangue. Professores, alunos e colaboradores correram ao local e chamaram uma ambulância, que levou o professor para o hospital, mas ele já não respirava mais.

Uma colega de Octávio e amiga do casal telefonou para Cristina, pedindo que ela fosse para o hospital. Assustadíssima, deixou Tavinho aos cuidados de Iaúna e seguiu para o que seria o último abraço no homem a quem ela protegeria com a própria vida.

* * *

A vida de Cristina se transformou, de um momento para o outro, à sua revelia. Viu abortados todos os seus planos e as expectativas de realização dos projetos de interesse coletivo aos quais o marido dedicara a existência. Sabia que ele jamais reagiria a um assalto, porque conversavam em casa sobre a eventualidade de um dia isso acontecer – a violência urbana era uma realidade e precisavam estar preparados. Octávio era um homem pacífico, sábio, devoto da sua liberdade e da liberdade dos outros. Com certeza, entregara tudo o que possuía para não perder a vida. E, assim mesmo, fora cruel e violentamente assassinado.

A volta para casa foi como entrar num lugar diferente do que fora a residência da família nos últimos cinco anos. Parecia ter sido transportada à força para a rotina de uma vida desconhecida e, de certa maneira, assustadora.

Ao menos, havia a presença de Tavinho, seu amor em forma de criança, com a sua doçura e beleza de alma. Talvez, sem ele, tivesse desistido. Mas não! Desistir jamais!

Com um suspiro, Cristina buscou recuperar a energia e a coragem que lhe seriam tão necessárias para seguir adiante, cuidando do filho.

Lembrou-se do apoio especial de Iaúna. A índia adorava o menino, era capaz de todos os sacrifícios por ele, e decerto teria um papel fundamental na ajuda da família para se manter firme e valente diante das adversidades. Sentiu um certo alívio ao parar em frente à porta do apartamento, com a chave nas mãos trêmulas, e ouvir a voz de Iaúna cantarolando uma cantiga melodiosa, com palavras que não entendia, mas que expressavam carinho. Tinha uma confiança cega na mulher que um dia o destino a fizera encontrar na mata amazônica, e que agora ela pertencia à família.

Deu outro suspiro, pensou em como daria a notícia a Iaúna e que palavras escolheria para explicar ao menino que ainda pouco entendia do mundo, da vida e da morte, que seu pai viajara para muito longe… e para sempre.

Encontrou Iaúna dando jantar a Tavinho. Com a cara lambuzada de molho de macarronada e a boca cheia, o menino de três anos e pouco demonstrou a maior alegria com a sua chegada. Iaúna logo percebeu a face abatida e a expressão de profunda tristeza no semblante de Cristina. Nada disse. Apenas segurou as mãos da amiga e a fez sentar-se. Acabou de alimentar o menino e o levou para se distrair com os brinquedos de que mais gostava. Da cozinha podiam vigiá-lo e conversar em paz, sem que ele ouvisse.

Assim que Iaúna retornou à cozinha, Cristina desabou em seus braços, em soluços dolorosos. Precisou de alguns minutos para se recompor e conseguir revelar a tragédia.

Da sala, Tavinho chamou:

– Mamãe!

– Sim, meu filho? – respondeu Cristina.

– O papai já vai chegar?

Cristina sentiu um arrepio e prendeu a respiração. Buscou forças, levantou-se e foi para a sala. Pegou Tavinho no colo. Beijou-o, sentou-o no sofá e se ajoelhou diante dele. Segurando-lhe as mãos, fitou-o nos olhos e disse, pausadamente:

– Tavinho, seu papai foi fazer uma viagem. Ele não queria ir, mas foi obrigado. Ele não vai voltar mais. Mas ele deixou a mamãe e a tia Iaúna para cuidar de você, entende?

O menino não entendia. Em silêncio, seu olhar perdido demonstrava que tentava imaginar o que significava aquela notícia. Não chorou, nem quando viu as lágrimas descerem pela face da mãe. Seu impulso foi abraçar a mãe.

Cristina ficou tão emocionada com a atitude do filho, que, em seu coração, teve a certeza de que o seu papel, a partir daquele momento, seria assegurar que ele fosse feliz e tivesse, do pai, a melhor lembrança que ela pudesse transmitir em todos os momentos futuros.

Mas uma coisa já estava certa em seu coração: jamais aceitaria passivamente aquela situação. Com todas as forças, buscaria justiça. Já sabia, inclusive, a quem procurar para ajudá-la: o delegado da 77ª DP, do bairro de Santa Cecília, onde passara sua infância.

Depois de um banho quente, Cristina se sentiu um pouco melhor. Parada na soleira do quarto, viu uma cena emocionante: Iaúna segurava Tavinho no colo e cantava suavemente. A índia ergueu o olhar para Cristina e viu sua expressão angustiada. Nada disse. Nada precisou ser dito. Iaúna prosseguiu no seu canto de paz. Tavinho continuou dormindo. Cristina se afastou devagarinho e foi se deitar. Com a porta fechada, chorou a sua perda e a sua indignação. Lá fora, tudo continuava no mesmo ritmo, porque a morte não muda o mundo, muda vidas…

Consequências

Nada navega tão depressa, nos dias de hoje, quanto uma notícia ruim levada pelas plataformas das redes sociais. A avidez por informações dramáticas, especialmente as que envolvem personalidades famosas, é algo que a psicologia deverá estudar com profundidade no futuro. Foi o que se deu com a suspeita de morte de Otto Jr. Sites especializados, fanpages, hotpages mencionaram a tragédia de Manaus. Eram manchetes chocantes, acompanhadas de fotos que revelavam a brutalidade de quem quer que tivesse provocado tamanha crueldade. O mundo da música estava estarrecido. Mensagens sensatas diziam que o artista estava entre a vida e a morte; outras mais fantasiosas já anunciavam a sua morte. O prestígio de Otto Jr. fazia com que notícias a seu respeito ultrapassassem os veículos especializados em música. Ele era, sem dúvida, uma personalidade internacional, e a repercussão da tragédia tocara o mundo. Quem teria sido capaz de tanta barbárie? O que teria justificado tal atrocidade a um artista tão querido, que, ao que constava, não tinha inimigos? Se havia um motivo, por que a polícia ainda não se manifestara?

A morte de um dos integrantes da banda, confirmada pela sua assessoria, fez o choque aumentar ainda mais. Ao longo da madrugada, um avião foi fretado para o traslado do corpo de Klaus e para levar Otto Jr. para um hospital em São Paulo. A informação espalhou-se de tal maneira que uma multidão aguardava para acompanhar o cortejo até o aeroporto. Muita gente lamentava não ter assistido ao show na noite anterior, enquanto um ou outro fazia questão de afirmar, orgulhoso: "Eu estava lá!"

A comitiva seguiu em três veículos em direção ao aeroporto. Um deles era um carro funerário que levava o corpo de Klaus. Dada a importância da banda, os procedimentos da perícia, do IML e toda a burocracia forense foram acelerados pela eficiência de Alberto, produtor e empresário da banda. A liberação urgente teve como argumento principal a transferência de Otto. Jr., que precisava ser feita de imediato para salvar a vida dele, e para isso urgia que se usasse o mesmo avião. Num dos outros dois carros, seguia o artista e uma equipe de apoio, com todo o equipamento médico para preservar a sua vida até a chegada a São Paulo. No terceiro veículo, seguiam a esposa e a mãe do músico, consternadas e aflitas, consoladas por Alberto. O restante da equipe seguiria mais tarde em avião de carreira.

Foi um cortejo fúnebre como poucas vezes Manaus presenciou. A tristeza era a tônica, embora alguns grupos tocassem uma playlist com as músicas da banda.

Porém, em meio ao sentimento geral de desolação, havia representantes de um submundo escuro.

Encostados no alambrado que impedia invasores de entrar na pista do aeroporto, uma dupla sinistra se mostrava surpresa.

– Puta merda, é gente pra dar com pau, né não?

– Cê sabia que os cara era famoso assim?

– Sabia não. Quando mandaram a gente dar um susto neles, vi que era banda pequena e show pra pouca gente, nem achei que era isso tudo.

– Mas era pra dar um susto, só, seu filho da puta! Quanto de veneno você meteu naquelas lata?!

– Calma, mano! E daí que morreu? Foda-se. É só mais um. Todo mundo morre um dia, meu...

– Que vontade que me dá de te dar uma porrada nessa tua cara de jumento! E se o dono da encomenda resolver não pagar por causa do exagero? Eu vou te entregar, pra tu largar de ser besta!

– Epa, manera aí, mermão! Morreu um só. O outro tá vivo!

– Tá achando graça, seu merda?! Tá pensando que vão pagar a metade porque um ainda tá vivo?

O barulho das turbinas encobriu todos os sons e já não se ouvia o que os dois bandidos conversavam. O avião começou a taxiar pela pista, enquanto a multidão gritava. O pequeno jato não precisou usar mais do que um terço da pista para ganhar velocidade e alçar voo, levando, na sua barriga de alumínio, gente que chorava um morto e gente que torcia para que não houvesse mais uma triste perda…

Antecedentes

Um passado nebuloso envolvia a índia Iaúna. Tudo o que se soube, naquele ano de 1980, foi que ela chegara ao Centro de Reabilitação de Povos Indígenas como quem viera da guerra: ferida, enfraquecida pelo cansaço e pela fome, arredia e assustada. Levava consigo um fardo de cipó trançado, com objetos que trouxera da tribo – tribo essa que não revelou qual era. De início, ficava acocorada num canto, agarrada aos seus pertences. Com dificuldade, os funcionários conseguiram, aos poucos, fazer com que se alimentasse. Somente vários dias depois permitiu que cuidassem dos seus ferimentos, mas sempre pronta para dar o bote. Os funcionários achavam difícil ela ter alguma perspectiva de vida digna em curto prazo.

Mas Iaúna teve muita sorte, porque a futura senhora Cristina Costa Albuquerque, recém-formada, se encontrava no CRPI. Com um vínculo estabelecido entre ambas, Cristina começou a lhe ensinar a língua portuguesa. A inteligência e a velocidade de aprendizado da índia mostraram-se impressionantes. E assim aprendeu depressa a língua dos brancos. As duas começaram a passar mais e mais tempo juntas. Cristina se sentia professora, e aquela relação ensino-aprendizado a deixava feliz.

Decorridas algumas semanas, o levantamento para a monografia de Cristina estava ficando pronto e aproximava-se o fim da sua permanência naquela região da Amazônia Legal. As pessoas do seu grupo de trabalho já começavam a falar em voltar para casa, e Cristina sentia falta dos pais e do namorado.

Num fim de tarde quente e úmido da floresta, quando Cristina terminou um telefonema via rádio para a família e sentou-se num tronco caído para refletir sobre o que o futuro lhe reservava, Iaúna se aproximou, sentou-se ao lado dela e ficou em silêncio por algum tempo. Depois, ergueu os olhos negros para o rosto da amiga e disse, com firmeza, mas em tom de quase desespero:

– Me leva com a senhora!

– Como? Levar você comigo? Por quê?

– Eu tenho medo de ficar aqui. Quero que me leve, quero servir, ser útil, aprender tudo dos brancos.

– Querida Iaúna, gosto muito de você. Mas como eu poderia te levar? Não tenho casa, ainda estou estudando.

Lágrimas escorriam dos olhos de Iaúna. Carinhosa como era, Cristina pediu que Iaúna a olhasse diretamente nos olhos.

– Iaúna, não fique assim. Aprendi a gostar de você, sou sua amiga, e você bem sabe que eu adoraria te levar. Mas não posso. Quero te ajudar, mas não sei do que você tem tanto medo. Você está aqui com amigos, com pessoas que te protegem.

Iaúna abaixou os olhos, triste.

– Pera aí, Iaúna! Você está querendo me dizer que alguém está te maltratando aqui? Estão molestando você? Você entende o que é molestar? Quero dizer, machucar? Alguém aqui está te machucando? Tem gente abusando de você?

– Não... não, dona Cristina.

– Você não precisa me chamar de *dona* Cristina. Me chame apenas de Cristina.

– Não, não é aqui que estão me ameaçando.

– Iaúna, então me conte. O que está acontecendo?

A jovem Iaúna começou a preparar um chá, aquecendo água em um pequeno fogareiro. Num pilão, amassou ervas cujo aroma delicioso de canela misturada com marapuama invadiu o ar.

– Tenho medo dos garimpeiros que fizeram mal pro meu irmão e tentaram fazer mal pra mim também.

– O que fizeram com o seu irmão?

– Acho que mataram ele. Não tenho certeza se ele morreu, porque ele me protegeu e fugiu. Ele se separou de mim. Ele fugiu para um lado, se atirando no rio, e eu para o outro.

– Nossa, Iaúna, isso é muito grave.

– Acho que eles ainda estão atrás de mim e querem me matar.

– Mas por quê? Que ameaça você pode significar para eles?

– Eu sei que são maus e que matam os índios quando querem invadir suas terras para roubar madeira, ouro e pedras.

– Bem, Iaúna, o que posso dizer a você é que tome cuidado, e, diante do que está me contando, acho melhor eu vir sempre visitá-la e verificar se você está se sentindo melhor, mais segura. Daqui a pouco tempo, você vai se esquecer de tudo isso, está bem?

– Te agradeço muito, querida menina. Agradeço muito. Quer tomar chá comigo? Ele é feito de ervas cultivadas pela minha tribo, que eu trouxe com as minhas coisas.

– Verdade? O cheiro é delicioso. O gosto é bom como o cheiro?

Ambas sorriram e trocaram olhares que demonstravam verdadeira sintonia.

– É ótimo, menina Cristina. Vamos tomar ao som de um cântico da minha tribo. Eu canto pra você enquanto tomamos o chá. Você é minha amiga.

Iaúna começou a entoar o que mais parecia um mantra, um som suave e agradável, que Cristina ouviu com atenção e respeito. A sensação era de paz, serenidade e compaixão por aquela jovem índia. Sua simplicidade, singeleza e fragilidade começaram a sensibilizar Cristina, que passou a pensar em tentar lhe dar todo o conforto possível, pelo menos enquanto estivesse por lá.

Ao terminarem o chá, despediram-se e foram dormir.

Cristina ainda não sabia a história completa de Iaúna. Havia algumas lacunas que a índia teimava em não preencher. Mas Cristina respeitava a discrição da índia e a visitava todos os dias.

Faltando menos de duas semanas para o retorno à "civilização", ela foi até o alojamento, mas Iaúna não se encontrava lá. Chamou, perguntou aos vizinhos, ninguém sabia do paradeiro da índia. Decidiu então ir à secretaria do assentamento, onde trabalhava o sr. Rubens. Fizera amizade com ele – aliás, ficara amiga de todos, índios e brancos. Cumprimentaram-se, e Cristina contou que não encontrara a amiga.

– Cristina, você é uma jovem maravilhosa! Não sabia que vinha fazendo isso por essa índia. Vou lhe dizer o que aconteceu, mas não quero que saia por aí contando. Não quero que cause pânico e medo nas aldeias ou mesmo no assentamento.

– Ai, meu Deus! O que houve com ela?

– Ela está bem. Pode ficar tranquila, mas tivemos que escondê-la.

– Esconder? De quem? Do quê?

– A pobre índia está jurada de morte por um grupo de garimpeiros que identificamos graças a ela, e, sempre que eles aparecem no vilarejo, que fica aqui nas proximidades, sou avisado pelo rádio por um homem de inteira confiança, dono de um bar onde o garimpo todo da região se reúne para beber, encontrar-se com mulheres, sabe como é, farrear. Assim que o grupo aparece, ele me comunica imediatamente e a escondemos em um local da mata que prefiro não dizer onde fica. Quanto menos pessoas souberem, melhor. Acho que só eu e a índia conhecemos o local.

"Então é verdade", pensou Cristina. Iaúna corria perigo ali! E refez mentalmente as narrativas da índia, agora entendendo melhor algumas dicas. "Ela falou a verdade. Que vida horrível. A morte do irmão deve ter sido violenta. Ela não merecia isso."

– Sr. Rubens, me diga uma coisa. Se eu quiser adotar Iaúna, levá-la comigo para São Paulo, é possível?

– Ah, não sei se ela iria. Esse povo é muito medroso, Cristina. Preso demais à sua terra.

– Mas ela me pediu. Chegou a chorar várias vezes. Disse que tem medo, que está assustada, mas nunca me revelou o real motivo. Agora estou entendendo.

– Sério? Ela lhe pediu? Minha nossa! Vou dizer uma coisa. Seria ótimo para ela, pois é uma boa pessoa, fala bem o português e adora você.

– Então o senhor acha que eu conseguiria?

– Acho que sim, eu vou te ajudar. Tem muita burocracia, claro, mas não é impossível.

Cristina ficou animadíssima! Precisava telefonar para os pais.

* * *

Convencer os pais foi difícil, mas Cristina tinha o seu jeito especial de amolecer resistências. Com Octávio, a quem amava muito, a conversa teve que ser mais racional, com fundamentação nas questões de cunho antropológico, com discussões sobre a sociologia dos povos indígenas, a dominação europeia. Cristina trabalhou com argumentos lógicos mesclados com pitadas de sedução pela sentimentalidade que nascia da compreensão da alma humana, atributo típico de professores e de pesquisadores. Octávio, que era um pouco dessas duas coisas, foi envolvido pelas palavras firmes e doces da namorada, e também sabia que pouco podia fazer para demovê-la da ideia arriscada. Superadas as barreiras, Iaúna foi viver em São Paulo.

Tudo o que Cristina trouxe da Amazônia foi de riqueza real, humana e da natureza. Suas descrições de tudo o que viu e viveu calaram no coração de Octávio, e não é falso dizer que, em menos de um mês depois do retorno da amada, ele estava completamente apaixonado por tudo o que se referia à Amazônia.

Dizia Cristina, no seu entusiasmo juvenil:

– Temos tudo! Riquezas naturais, extensão de terras, áreas agricultáveis, liberdade para empreender. A Amazônia, especialmente, é um resumo completo do nosso país. O que é que nos falta? Educação! Precisamos educar o nosso povo e devemos incluir os indígenas, negros, mestiços, todas as raças e religiões deste país continental maravilhoso. A proteção que se dá ao povo indígena é predatória, pois de que adianta dar a terra se eles não sabem o que fazer com suas extensões? Surgem os inescrupulosos que os subjugam. Esses verdadeiros bandidos são protegidos pelo sistema, e agem na Amazônia extraindo madeira, riquezas minerais, destroem a flora e a fauna com a subserviência do índio e sob o manto da pseudoproteção, subjugando os índios como mão de obra barata ou até escrava, sem contar os caciques que, pela sua ascendência sobre as tribos, muitas vezes são coniventes com a exploração ilegal das riquezas naturais e de seu povo.

Cristina resolveu, então, criar algum projeto voltado para educação e de abrangência nacional. Octávio acompanhou o sonho e desenvolveu enorme apreço pela causa dos povos amazônicos.

Da parte de Cristina, não foi uma promessa vã. Realmente, acabou por fundar uma ONG educacional, cujo objetivo era promover educação para os menos favorecidos, em período integral, com qualidade e de forma padronizada. Permitir que adolescentes, ao saírem do ensino médio, soubessem ler de verdade e interpretar o que liam, aprendessem com o que liam e discutissem, refletissem a partir da leitura. Também soubessem fazer operações matemáticas, conhecessem a sua história e a de outros países, tivessem clareza sobre geografia, soubessem discernir o que desejassem para suas vidas, de forma a não deverem absolutamente nada a colégios de pessoas abastadas que podiam pagar caríssimas mensalidades. Era não permitir que crianças em formação básica e menos favorecidas se perdessem nas mãos de traficantes, bandidos e inescrupulosos. Era criar gerações de jovens com o mesmo nível de oportunidade para competir por vagas nas universidades. Era a verdadeira inclusão.

O trabalho se materializou e tornou-se robusto ao longo do tempo com a criação de uma rede de escolas mantidas e administradas pela ONG.

Mais tarde, a ONG de Cristina uniu-se ao projeto social de seu filho, Otto Jr., de escolas de música, fundindo a educação padrão com um toque nas artes, na música.

Ainda que este projeto social fosse comparável ao de países do primeiro mundo, a ignorância, sabe-se, é a base para o domínio e o tolhimento da liberdade. Haveria, portanto, resistências e gente que não mediria esforços para enterrá-lo, sufocá-lo, aniquilá-lo...

Adolescência Etária e Musical de Otto Jr.

Os principais telejornais não param de apresentar relatos do estado grave em que se encontra Otto Jr., e instalou-se uma espécie de comoção sobre o ocorrido. Como ídolo, seu caso merece inúmeras reportagens, e a imprensa conseguiu resgatar entrevistas antigas, em que ele contava a sua ascensão de garoto de banda de garagem para a condição de cantor de prestígio internacional. Sua trajetória é lembrada com momentos difíceis da infância que foram deixados para trás.

Cada uma dessas entrevistas reforçava os traços mais marcantes da personalidade de Otto, mostrado sempre como um sujeito interessante, divertido, que encarava a vida de modo filosófico e com muita leveza. Não era por acaso a enorme admiração que todos tinham pelo músico.

O ponto alto, sempre destacado, era o seu projeto de educação musical em vários pontos do Brasil, com escolas de música que ele mantinha, havia alguns anos, para crianças carentes. As escolas estavam instaladas em bairros da periferia e em situação de vulnerabilidade, e, além de ensinar música, elas ofereciam atividades lúdicas. Otto Jr. era um ativista cultural em toda a dimensão do termo: pagava professores, arranjava instrumentos, envolvia os líderes comunitários para cuidar do projeto e proteger as crianças, oferecia alimentação e uniformes. Ou seja, dava dignidade a muitas crianças por meio da música e, com isso, elevava a autoestima dos pais e vizinhos. Pelo menos uma vez por mês, quando não estava nas turnês, comparecia pessoalmente a cada escola do projeto e passava o dia orientando a criançada. Era ídolo e exemplo ao mesmo tempo.

Em uma entrevista, ele revelou de forma humilde e jeito bem-humorado:

– Minha escola era muito forte para mim... Eu não tinha fôlego para acompanhar os meus colegas sabidos e muito mais inteligentes do que eu. Então, pedi pra minha mãe me botar numa escola mais fraca, mais de acordo com o tamanho do meu cérebro.

Ninguém acreditava que aquele gênio dos acordes, um homem com tanta criatividade e competência para a música, tanto na composição quanto na interpretação, fosse o fracasso escolar que ele jurava ter sido. Imagens recuperadas mostravam a apresentação do pequeno grupo original – ele, Klaus e um baixista – numa gincana, na tal escola nova para a qual Otto Jr. (nessa época ainda Tavinho) fora transferido, depois de quase implorar de joelhos à mãe. A banda fora formada pouco tempo depois da sua transferência. Ele e Klaus se entenderam como irmãos desde o primeiro encontro, e suas aptidões para a música os uniu mais ainda. A apresentação da banda, exibida nos telejornais, era em imagens feitas por uma filmadora amadora, portanto um pouco granuladas e trêmulas, mas, em contrapartida, ela demonstrava uma qualidade técnico-musical indiscutível para moleques de pouco mais de 13 anos. O palco da escola, por orientação de Tavinho, instalara um trilho atrás de onde ele se posicionava, de pé, ao microfone. Ao fim de uma canção pop, a plataforma se movia no trilho, trazendo para perto do alcance de Tavinho o violão que seria usado na canção seguinte. A novidade deixou o colégio inteiro em polvorosa.

Em um ponto da filmagem apresentada numa das reportagens, o rosto de Tavinho aparecia em primeiro plano, com os demais integrantes ajustando instrumentos. Com um sorriso maroto, o moleque dizia:

– É uma banda bem sem-vergonha, como vocês podem ver, mas ainda vamos crescer muito. O Klaus, aquele ali no canto, é um puta baterista, ô, foi mal o palavrão, mas o Klaus vai deixar o Ringo Starr boquiaberto. Estamos pensando, para breve, em montar um palco bacana, com luzes de preenchimento, pelo menos dois canhões. Vamos criar figurinos diferentes pra cada show e chamar duas ou até três meninas pra fazer vocal junto com a gente.

* * *

Trechos dessas e de outras reportagens estão repercutindo nas redes sociais, ampliando a fama de Otto Jr. e aumentando a expectativa dos fãs por novas informações. Ainda há o temor de que o cantor não consiga sobreviver ao envenenamento. A essa altura, a equipe médica já diagnosticou a causa de todo esse sofrimento.

Otto Jr., internado, em coma induzido, não tem noção do rebuliço que o atentado contra a sua vida está causando entre os seus fãs. É um brasileiro levando o nome do país para o mundo. Ele ainda não despertou desde o momento em que perdeu a consciência, em Manaus. Prossegue numa luta incansável, se equilibrando na corda entre a vida e a morte, lutando pela sobrevivência…

Otto Jr. Não Contou Tudo

Otto Jr., em casa, aos 13 anos, era Tavinho, e foi Iaúna quem criou o hábito de chamá-lo assim. Aliás, Iaúna nutria um amor desmesurado pelo menino. Preparava para ele os pratos de que mais gostava, adivinhava seus desejos, ouvia suas reclamações, perdoava suas grosserias e se mostrava uma confidente leal e discreta.

Mas a condescendência recebida em casa não tinha correspondente na escola. Ao contrário, seu péssimo aproveitamento escolar era motivo de chacota entre os amigos, e ele virou objeto de bullying. Não que Tavinho fosse covarde, mas de fato não acreditava em violência como forma de resolver conflitos. Além disso, brigar significava preocupar a mãe, última coisa que imaginava fazer.

Certo dia, Iaúna foi levar o lanche preferido de Tavinho, que estava no quarto estudando, ou melhor, enfrentando com desespero a tarefa escolar do dia, e o encontrou mais taciturno do que de costume.

– O que foi, Tavinho? O que está acontecendo?

– A droga da minha dificuldade em aprender. Eu sou burro! Não adianta! A essa hora, meus amigos já estudaram, já estão brincando, e eu estou aqui, tentando memorizar alguma coisa. Não consigo!

– Tavinho, escute! Eu posso resolver o seu problema. Mas preciso saber se você está disposto a fazer sacrifícios.

– Sacrifícios?!

– Posso lhe dar a inteligência mais poderosa deste planeta.

Tavinho já sabia que Iaúna tinha seus mistérios. Por várias vezes já a vira, pela fresta da porta do quarto dela, entoando cânticos numa língua incompreensível, fazendo gestos estranhos, numa espécie de transe. Acreditava que Iaúna tinha algo de mágico, ou de sobrenatural, em algumas atitudes.

– Como assim?

– Através da ingestão de um elixir indígena, mas isso exigirá atos e compromissos bem específicos. Você terá uma inteligência fora do normal.

– Elixir? Sério? Meu Deus! E o que estamos esperando? Topo qualquer coisa! Me explica melhor o que eu preciso fazer.

– Vamos marcar na minha casa? Lá conversaremos com calma e discutiremos tudo.

– Mas quando?

– No sábado que vem será lua cheia. Um dia perfeito. Acho melhor no sábado pela manhã porque sua mãe costuma acordar mais tarde e depois vai sair para fazer compras, ir ao cabeleireiro, à manicure... enfim, estará entretida até quase as quatro ou cinco. É melhor sua mãe não saber que você vai estar comigo todo esse tempo. Diz para ela que vai me visitar pela manhã; ela não precisa saber que você ficou, pelo menos, nove horas na minha companhia.

– Mas até sábado demora, ainda estamos na quarta...

– Calma, Tavinho... Agora tenha calma... até lá vá pensando muito bem em uma coisa. Eu preciso saber: você está disposto a enfrentar um inimigo, uma pessoa ruim, para poder ter acesso ao chá que potencializará a sua inteligência?

– Como assim, enfrentar alguém? Significa brigar? Agredir?

– Sim, é... bem, não... calma. Não é de forma violenta. Talvez você simplesmente precise justiçar a vida de alguém, sabendo que esse alguém é um inimigo... uma pessoa má, uma pessoa que fez muito mal a uma outra.

– Pera aí! Um inimigo? Isso está me assustando, me dando arrepios.

– Vou explicar... Se, por exemplo, um homem rouba outro homem e, além de judiar dele, arranca tudo o que tem e, ainda para completar, mata ele de forma violenta, com requintes de crueldade, sem dar qualquer chance de defesa, você não acha que esse homem é uma pessoa má?

– Sim, claro!

Habilmente, Iaúna buscava encontrar no que acontecera com o pai do adolescente um exemplo de situação para que ele, ainda tão jovem, pudesse compreender esse tipo de estímulo.

– Então, Tavinho, não seria justo esse vilão morrer para pagar pelo que fez? Se ele tivesse feito uma maldade muito cruel com alguém que você ama, por exemplo, você não mataria o desgraçado? Para livrar nosso mundo desses maus espíritos?

– Sim, claro! Quero dizer... acho que sim... acho. Acho que sim...

– Pense bastante nisso, avalie muito bem e voltaremos a nos falar no sábado.

– Tá bom, combinado. Depois me lembra que ônibus eu pego pra chegar na sua casa.

– Pode deixar. Se programe para chegar bem cedinho. Sete da manhã seria ótimo. Agora se alimente... acho que seu sanduíche até já esfriou.

– Vou comer assim mesmo.

Sábado, bem cedo, lá foi Tavinho para o ponto do ônibus 609. Estava ansioso. Dormiu mal, esperando a conversa que teria com Iaúna. Santa Cecília ficava distante, e a demora não foi pouca. O ponto final do ônibus ficava a três quadras do destino. Enquanto caminhava, sentia-se um pouco desconfortável por estar omitindo da mãe uma coisa que lhe parecia proibida. Mas, ao mesmo tempo, estava convicto de que era hora de tomar suas próprias decisões, mostrar que era independente, e não apenas um garoto mimado que ia mal na escola.

Chegou à casa da índia, que se destacava, pela beleza e ótima conservação, dos vários sobrados vizinhos, mais velhos e mais feios. O bairro, agora abandonado e triste, fora reduto dos grandes plantadores e negociantes de café, e os casarões e bangalôs de origem e arquitetura italiana constituíam a marca que restava da antiga opulência. Santa Cecília decaíra depois da crise da Bolsa norte-americana de 1929, muitos ricaços mergulharam na miséria, inclusive alguns se suicidaram. Para completar o estrago econômico, a Revolução de 1930 jogara uma pá de cal nas finanças de muitas famílias, que tiveram que vender suas residências e mudar para a periferia. A especulação imobiliária tomara conta da região e muitas mansões foram demolidas. Ali estava instalada Iaúna, numa casa bonita, grande, com um imenso porão, como era típico das casas da época.

Tavinho tocou a campainha.

– Oi, Tavinho, entra! – gritou Iaúna, lá de cima da escada. – A porta está aberta!

Tavinho subiu, ganhou um abraço, e os dois seguiram para a cozinha, para conversar ao lado de uma xícara de chá e biscoitos deliciosos. O menino já se antecipou, dizendo que a explicação inicial de Iaúna, na quarta-feira, tinha deixado dúvidas e uma "pulga atrás da orelha"...

– Estou achando tudo muito sinistro...

– Calma, fique tranquilo. Você sabe muito bem que eu te quero como ao filho que sempre sonhei. Infelizmente a vida não me presenteou, mas um dia... Então, querido, como você bem sabe, sou uma índia velha e trouxe comigo a fórmula de um elixir herdado dos meus ancestrais. Somente eu sei, ou talvez... é... pensando bem, somente eu tenho essa receita. Esta beberagem, este elixir, como quiser chamar, desperta a inteligência de quem o ingere. É uma infusão cujo líquido, como você vai ver, é meio gelatinoso.

– É bruxaria?

– Não, Tavinho. Não se trata de bruxaria, mas de invocação aos deuses que regem, neste nosso planeta, a inteligência para o bem, e não para o mal, desde que acreditemos nisso. E eu acredito!

Iaúna tomou um gole do chá e completou:

– Tem, inclusive, outras qualidades. Eu tomo o elixir desde que fiz o rito de passagem para a fase adulta, quando tinha só 14 anos, como é costume na minha tribo. Era costume... Bem, o fato é que o elixir mantém a minha forma física, ou seja, rejuvenesce. Você sabe que sou 13 anos mais velha que sua mãe?

– Mentira! Você tem a idade dela!

– Não, Tavinho. Tenho mesmo a idade que falei. Se pareço jovem, é por causa do elixir.

– E eu vou ficar mais jovem também?

– Não, não, não funciona assim. Depende dos ingredientes ingeridos e do ritual e da invocação que eu fizer. No seu caso, vou invocar os meus deuses para despertar a sua inteligência adormecida.

E então explicou ao menino que o elixir era feito de ervas secretas e de outros ingredientes. Que ele iria com ela até o quarto ao lado, onde havia uma cama com um tatame em cima. Ele deveria se deitar e ficar amarrado, porque o elixir poderia causar delírios e seria preciso cuidar para que não se machucasse. Cessados os delírios, ele seria desamarrado, comeria alguma coisa e cairia em sono profundo por três horas, aproximadamente. Passado esse tempo, poderia ir para casa sem nenhuma outra manifestação física, mas já sentindo os efeitos mentais. Dormiria normalmente, a vida seguiria, e ele veria os resultados na escola.

Tudo compreendido, Tavinho de acordo, apesar de um pouco assustado ainda, Iaúna deu início ao cerimonial. Ela deixou o quarto e voltou, minutos depois, paramentada de trajes indígenas e pinturas na face e antebraços.

Antes de dar a tigela do elixir para Tavinho, lançou a pergunta final:

– Você aceita participar desse ritual, para ficar inteligente como nunca foi, mesmo que alguém, homem ou mulher, tenha que morrer para podermos ter o elixir? Mas será alguém do mal, cuja inteligência será incorporada ao seu cérebro, que é um cérebro do bem. Compreende isso? Aceita isso?

Tavinho nem racionalizou direito as palavras de Iaúna para responder que sim, pois o seu sofrimento com as dificuldades na escola estava cada vez maior, e ele ficava proporcionalmente mais e mais angustiado com isso.

– Eu faço qualquer coisa para a minha mãe ter orgulho de mim, para honrar o sobrenome Albuquerque com inteligência, fazer o bem, dar conforto às pessoas. Desejo muito isso.

Tavinho começou a beber o elixir, um líquido espesso, de sabor peculiar. Não totalmente desagradável, mas que causou um pouco de ânsia de vômito.

– Não dá para tomar. É gosmento. Eca…

– Beba, Tavinho… O despertar da sua inteligência depende disso. Beba. No mínimo, três goles. Beba com calma…

Controlou-se, tapou o nariz e se limitou a dar os três goles. Iaúna entoou o seu cântico, clamou aos deuses em sua língua nativa, e Tavinho entrou numa espécie de transe. Não teve nenhuma consciência do que aconteceu em torno dele.

Iaúna amarrou-o à cama para que não se machucasse com as convulsões que estavam por vir e completou o ritual olhando para o menino, praticamente desacordado, e pensando: "Preciso proteger, a qualquer custo, essa família, principalmente esse menino que eu amo desde o seu nascimento. E, quem sabe, obter o perdão dos deuses..."

PARTE DOIS

Marcas que ficam

A Origem Escondida

No meio da mata, oculta de quaisquer olhares, vivia a tribo dos Moxiruna. Guerreiros ferozes e caçadores, com o objetivo de impressionar e afastar eventuais invasores, eles lançavam ao rio Uaupés, numa espécie de esquife, os corpos mutilados dos inimigos mortos. Esse hábito mórbido enchia de terror as outras tribos da região, que jamais se atreviam a se aproximar do território. Havia tanto tempo que estavam isolados, que muita gente achava que a sua existência não passava de lenda, ainda que vez ou outra uma tribo desavisada ousasse um ataque. O resultado era, sempre, mais esquifes lançados ao rio. Quem sobrevivia era enjaulado em celas de madeira, amarradas com cipós.

Além dos deuses Terra e Água, eles cultuavam o deus Céu, a quem prestavam celebrações uma vez por mês, na semana da lua cheia. Mais que celebrações, eram rituais de sacrifício. Eles conseguiam, por meio de um ritual macabro, transferir a inteligência dos prisioneiros para os seus guerreiros. Todos os jovens Moxiruna, ao completarem 14 anos, aprendiam o processo do ritual, que estava registrado, com detalhes, em desenhos rupestres gravados pelos ancestrais nas rochas que rodeavam a aldeia.

Os dois filhos do cacique já haviam passado por esse ritual de iniciação, considerado uma separação simbólica dos seres vivos daqueles que estavam mortos. O mais velho se chamava Iaruanã, guerreiro forte e poderoso caçador, e a mais nova, Iaúna.

Cabia à mulher do cacique liderar um grupo de mulheres para preparar uma infusão, da mesma maneira que era feito o cauim. Elas mastigavam uma grande quantidade de ervas selecionadas e cuspiam a massa numa enorme igaçaba. Outros ingredientes ainda eram misturados, acrescentava-se água e deixava-se o recipiente ao sol, para aquecer, pois a tribo não dominava o fogo. A igaçaba, com a infusão em água quente, era enterrada envolta em folhas de uma palmeira raríssima, a fim de se manter a temperatura. Assim que a lua cheia despontava, os prisioneiros recebiam uma dose generosa dessa infusão. A ingestão deixava-os num estado de torpor, semiconscientes e anestesiados. Nesse momento, toda a tribo se unia numa espécie de mantra, que gerava um som poderoso e ocupava todo o espaço do ritual. A onda de energia originada desse som era fundamental para a manutenção do estado alterado de consciência.

O prisioneiro, deitado e amarrado, recebia um golpe no peito com uma faca de pedra, que dilacerava o lado esquerdo da caixa torácica, expondo seu coração. Com as duas mãos, um dos guerreiros afastava as costelas, enquanto o outro arrancava o coração ainda pulsando e o depositava numa das cuias com a infusão. Inerte pelo efeito da bebida, a vítima não esboçava reação. Em seguida, procedia-se à retirada do cérebro. O prisioneiro, então, era virado de lado, e abria-se uma cava na sua nuca, logo acima da coluna cervical, com uma machadinha e uma lâmina de bambu afiadíssima. Com a cava aberta, o cérebro ficava exposto, era removido por uma espécie de concha de madeira e depois colocado também numa infusão. A beberagem resultante da mistura tornava-se o elixir que tinha o poder de transferir os atributos intelectuais do prisioneiro para aquele que bebesse a infusão gelatinosa. A cerimônia da ingestão era acompanhada de invocações ao deus Céu para que concedesse o dom da inteligência suprema a ser usado para o bem. Quem ingerisse tal líquido alquímico precisava ser amarrado, pois entrava em delírio, tinha espasmos, calafrios e convulsões.

Os corpos sacrificados eram levados ao rio Uaupés, lavados e oferecidos ao deus Céu.

O terror que a tradição Moxiruna espalhava nas redondezas já durava muitos anos. Naquele ano de 1980, a tribo se sentia segura em relação às demais etnias, apoiada na lenda de ferocidade construída desde os ancestrais. Só não contava com a ganância de um grupo de garimpeiros chefiado por um tal de

Malta, homem cruel, tosco, ignorante. Um verdadeiro espírito dominado pelo demônio do mal, com uma carreta de crimes nas costas, procurado pela polícia de todo o país.

O grupo era formado por uns sessenta garimpeiros. Na verdade, nem eram garimpeiros, mas vagabundos, bandidos foragidos, ladrões. Um dia, Malta reuniu a súcia, para dizer que havia descoberto o melhor terreno para garimpo de todo o Brasil, e mostrou no mapa exatamente o local da aldeia Moxiruna. Nunca revelou como tinha localizado a aldeia. Falou que havia uma lenda que contava que a tribo era metida com feitiçaria, que matava seus inimigos com rituais assustadores, arrancando o coração e os miolos deles, que seus guerreiros eram inteligentes e falavam com os animais. Mas avisou que não tinha medo e que iria montar uma expedição muito bem armada para acabar com a tribo. Os garimpeiros antegozavam riquezas que conseguiriam pilhar da aldeia, no assalto planejado para o dia seguinte.

Malta não tinha como saber, mas parece que a sorte estava do lado dele, porque encontraria uma tribo enfraquecida pelo esforço físico, mental e emocional do ritual da lua cheia, que deixava todos os Moxiruna extenuados e desgastados. Estava inclusive muito tranquilo em relação ao ataque, afirmando que, por ser de surpresa, deixaria os índios atordoados, pois não sabiam reagir a tiros. Como ele tinha essa informação, nunca se soube.

No alvorecer, os garimpeiros se separaram em dois grupos. Um deles, com vinte homens, seguiu pela floresta. O outro, de quarenta homens, pela margem do rio. Todos armados com espingardas, revólveres e facões. Avançar foi muito difícil, porque não se podia fazer qualquer ruído suspeito. Mas conseguiram chegar a uma clareira grande, onde estavam instaladas as ocas. Ficaram alguns minutos observando, escondidos, e perceberam que boa parte dos índios dormia. Apenas algumas mulheres trabalhavam. Um dos garimpeiros, pé ante pé, entrou na clareira para ver a melhor forma de atacar, mas acabou caindo numa armadilha de bambus afiados, apontados para cima. Atravessado por uma das lanças da arapuca, o sujeito disparou a berrar feito um porco, e um companheiro não viu outra solução senão a sua degola para que aquele idiota não alertasse a tribo. Todos posicionados, soa um apito que imitava o som da araponga e esse foi o toque de avançar para os demais garimpeiros, que correram em direção às ocas, disparando carabinas e pistolas em cada ser vivo que lhes aparecia pela frente. Degolaram a facão mulheres e crianças. Logo chegou o grupo que vinha pelo mato, e os guerreiros Moxiruna se viram encurralados. Acuados, eles revidaram. Eram exímios arqueiros e foram derrubando garimpeiro após garimpeiro. Mas não se pode comparar arco e flecha com espingardas. Nem o caráter dos Moxiruna com a selvageria bêbada dos garimpeiros desenfreados. Assassinos cruéis, passavam o facão sem dó em qualquer um que estivesse apenas ferido. O terreno ficou gosmento de sangue e tripas misturados à fina camada de terra batida.

Enfim, em menos de meia hora de refrega, não havia um só índio vivo. Todos foram dizimados. O cacique, degolado. Não foi com boa vontade que os garimpeiros obedeceram ao comando do chefe para jogar todos os corpos no rio. O líder proibiu que ateassem fogo na aldeia, para não chamar a atenção de guardas-florestais ou fiscais do Instituto de Conservação e Monitoramento Florestal (CMF), que mantinha fiscais no Amazonas. Terminada a matança, foi a hora da pilhagem. Os garimpeiros roubaram tudo o que puderam, desde artefatos, colares, até pedras que pareciam preciosas. Aos poucos, eles se agruparam novamente e começaram a sair da clareira, em fila indiana. Mas um movimento no meio da mata, na direção do rio, chamou a atenção do último da fila, que deu o alarme. Reuniram-se uns dez homens e correram, porque avistaram, ao longe, um casal de índios que fugia.

O casal era justamente os irmãos Iaruanã e Iaúna, que haviam sido incumbidos de verificar, bem cedinho, as armadilhas que a tribo usava para avisar da chegada de possíveis invasores. Iaruanã, com 30 anos de idade, e Iaúna, com 25, seriam os próximos líderes da tribo, e estavam sendo preparados pelo pai, o cacique, para o sucederem. Entretidos no trabalho, nada perceberam até ouvirem os primeiros tiros. Correram para a aldeia, mas, ao chegarem, era tarde demais. Não adiantava tentar lutar, porque o inimigo já havia dominado toda a tribo, e enfrentá-los seria morte certa. Assistiram a tudo estarrecidos, mas conseguiram agir racionalmente, talvez por causa do elixir que haviam tomado na véspera. Ficaram escondidos quanto puderam, mas depois, esgueirando-se, conseguiram retirar da oca alguns pertences importantes e desapareceram na mata. Foi quando o garimpeiro percebeu o barulho e deu início à perseguição a eles.

Exaustos de tanto matar e sem disposição de perseguirem dois fujões, não os alcançaram. Voltaram para o grupo e logo em seguida retornaram ao vilarejo. O chefe não ficou sabendo que havia dois índios sobreviventes, até chegarem ao vilarejo. Quando lhe contaram, já era noite e não havia jeito de caçar ninguém no mato àquela hora. Esbravejou e deu bordoada nos homens que desistiram da perseguição. No dia seguinte, mandou que se formasse um grupo para apanhar os fugitivos. Enquanto isso, Iaruanã e Iaúna se embrenharam pela floresta. Passaram duas noites se escondendo, até que deram azar e toparam com um outro grupo de garimpeiros que buscavam ouro. Ao fazerem contato por rádio com os homens de Malta, confirmaram tratar-se de fugitivos, e todos juntos partiram atrás dos irmãos. Em certo ponto, Iaruanã teve a ideia de mandar a irmã seguir por um lado, escondida no mato das margens do rio, enquanto ele partiu na direção oposta, deixando-se ver para que o perseguissem. Depois, atirou-se no rio e foi levado pela correnteza. Iaúna ainda o viu ao passar por ela, mas depois não conseguiu mais enxergar o que aconteceu com ele.

Esgotada, faminta, ela juntou forças e escalou um barranco que conduzia a um morro. Lá, o mato era mais baixo, o que tornava a caminhada mais leve. Vagou durante um dia inteiro, bebendo orvalho das folhas, comendo alguns pequenos insetos e frutas. Por fim, chegou a um assentamento. Foi imediatamente acolhida, alimentada e recebeu doses de várias vacinas, para que não a acometessem doenças do homem branco. Calou-se porque não queria falar, porque ninguém entenderia o que ela diria, pois o idioma Moxiruna era desconhecido de todos. E também porque não queria correr o risco de alguém entender o que diria, e assim descobrir que ela era uma sobrevivente Moxiruna, e então corresse para dar com a língua nos dentes aos garimpeiros.

Até hoje não se sabe exatamente o que aconteceu com os Moxiruna. Seu desaparecimento continua envolto em absoluto mistério. Somente a índia

Iaúna e o irmão poderiam relatar o que realmente sucedeu. Entretanto, ela guardaria o segredo e jamais deveria comentar com absolutamente ninguém. Triste e assustada, sozinha no mundo, ficou no assentamento, até que a jovem Cristina, ao encontrá-la, mudou a sua sorte.

O Dia com que Tavinho Sempre Sonhou

Desde que despertou, depois do delírio e do descanso, e foi para casa, Tavinho viu o mundo literalmente com outros olhos. Tudo passou a estar mais colorido, mais nítido, mais sensível. Captava com incrível rapidez o que ocorria ao seu redor. Identificava uma libélula ou uma vespa pelo som quase inaudível do seu voo. Observando a fisionomia de uma pessoa, adivinhava o que lhe ia na alma, se estava triste ou feliz, preocupada ou ansiosa. Durante o domingo seguinte, ele procurou ao máximo disfarçar em casa a mudança pela qual estava passando e aproveitou para estudar, como nunca fizera antes. Evitou muita conversa com a mãe, temendo que o enchesse de perguntas.

Mas a glória mesmo veio na segunda-feira, na escola. Tavinho entendia tudo o que o professor dizia, assimilava as informações com enorme velocidade. Os colegas logo perceberam e passaram a se aproximar daquele que sempre deixavam de lado. Tavinho aproveitou essa aproximação e pôs para funcionar todas as recém-adquiridas habilidades de liderança, articulação e, principalmente, conhecimento. Foi um dia memorável na escola. Suas respostas eram cheias de lógica e de brilho. Tornou-se popular em um único dia! A manhã decorreu ainda com muitas novidades. As aulas de Matemática foram novas oportunidades de exibição, porque parecia que as fórmulas e as equações podiam ser lidas mentalmente como letras de música. Nas aulas de História, deixou o professor Firmino boquiaberto, afinal, sabia toda a matéria. A tal ponto, que foi convidado para fazer parte do time que iria defender o colégio na gincana intercolegial.

– O que foi aquilo, Tavinho? Você sabia toda a matéria de Matemática, de História e de Geografia! – dispara Martha.

– Resolvi estudar, Martha, levar a sério os estudos. Para quem quer fazer Medicina, como eu, se não começar a estudar desde já, e muito, não vou conseguir passar no vestibular. Eu resolvi que, a partir desse último fim de semana, levarei os estudos mais a sério.

– Caramba! Ficamos impressionados.

A última aula do dia foi de Educação Física, com um treino de handebol. Tavinho, normalmente fracote e lerdo no esporte, correu como nunca, além de conseguir antecipar as jogadas, como num raciocínio de trigonometria, ocupando rápido suas posições antes que a bola chegasse, e o mesmo se deu nos lançamentos, agressivo na entrada da área de ataque e certeiro nos chutes a gol. Fez um baita sucesso.

Na volta para casa, Tavinho pegou carona com a mãe de Fernanda de Vita. No caminho, a amiga não parava de falar da aula de História.

– Mãe, o Tavinho deu um show! O professor Firmino engoliu a língua. Se ferrou! O Tavinho sabia toda a matéria.

– Que legal, Tavinho! Parabéns – disse a mãe da Fernanda. – Tal pai, tal filho. Seu pai iria se orgulhar de você.

Tavinho ficou todo cheio de si. Ah, se o pai fosse vivo para ver e ouvir aquilo...

– Obrigado, tia, mas acho que a Fernanda está exagerando.

– Chegamos, Tavinho. Mande um beijo para sua mãe e diga a ela que vou chamá-la para irmos ao cinema num fim de semana desses.

– Pode deixar, tia! Falo, sim. Obrigado pela carona. Tchau, Fê! Tchau, tia!

Tavinho chegou em casa, eufórico.

– Dona Iaúna! Dona Iaúna! Cheguei! Cadê a senhora? Preciso te contar!

– Oi, menino! Tô aqui na cozinha! Vem cá que eu não posso sair daqui. Estou fritando bolinhos de arroz.

E Tavinho se pôs a contar como o dia foi maravilhoso. Queria contar tudo, especialmente o treino de handebol.

– Eu fiz sete gols e dei umas assistências sensacionais! Que dia, dona Iaúna! Estou lendo rapidamente, estou aprendendo rapidamente, estou conseguindo me concentrar, estou com vontade de aprender mais e mais. Impressionante! Ah! Dona Iaúna... obrigado, obrigado e obrigado! Não sei como agradecer!

– Nossa, Tavinho! Que dia maravilhoso! Mas você não tem que me agradecer, não. Faço tudo por você e por sua mãe com o maior prazer. Faço, para retribuir o que a sua família fez por mim. Agora, lembre-se: temos que manter esse segredo entre nós.

– Então, dona Iaúna... por que temos que manter esse segredo? Por que mamãe não pode saber? Ela ficaria tão feliz em saber o que a senhora está fazendo por mim. É apenas um elixir. Tudo bem que ele tem efeitos colaterais, e dos grandes, fiquei até achando que iria morrer, mas o resultado foi tão benéfico! Veja que inteligência eu adquiri.

– Tavinho, lembra que lhe perguntei se você estaria disposto a fazer outras coisas não muito agradáveis para usufruir dessa *poção mágica*?

– Mas o que elas têm a ver com o elixir, dona Iaúna?

– Tavinho, por ora, guarde total segredo. Vou terminar seu almoço, e, à tarde, conversaremos, tá bom? Vá lavar as mãos porque já estou servindo.

– Tá bom. Mas vê se me conta tudo mesmo.

À mesa, Tavinho comeu como um leão. Estava morrendo de fome.

Terminado o almoço, comentou com Iaúna um fato que lhe chamou atenção.

– Dona Iaúna.

– Sim, Tavinho? O que foi?

– A senhora viu ou soube de um assassinato que teve perto da sua casa? Umas pessoas acharam um corpo todo cortado. Tinha polícia para tudo que era lado.

– É mesmo? E você parou pra ver?

– Parei, e um homem me contou que o pessoal usa aquelas casas para fumar e beber, sei lá. Acharam o corpo desse cara em frente a uma das casas. Eu fui embora logo. Não fiquei lá para ver, não.

– Fez bem. Mas quem morreu deve ser um desses bandidos. Como aqueles que fizeram mal ao seu pai.

Iaúna, astuta e calculadamente, já estava abrindo terreno para contar a verdade a Tavinho.

– Como assim, dona Iaúna? Quem fez mal ao meu pai? Mamãe falou que ele se machucou muito num acidente de carro. Quem fez mal a ele? Quem machucou...

– Eu sempre dando com a língua nos dentes. Tavinho, dona Cristina, com certeza, quando sentir que deve contar a você, vai explicar tudo direitinho. Prefiro que ela lhe conte, não eu. Tudo bem? Mas, já que falei demais, posso garantir o seguinte: seu pai se machucou, sim. Mas machucaram ele, e ele não resistiu. E foi gente como esse que foi assassinado lá no bairro. Garanto que, pelo menos, esse que morreu não sabe por que morreu. Morreu sem sofrer.

– Ué? Mas como a senhora sabe?

– Eu não disse que conversaríamos na hora certa? Como prometi, vou te contar tudo, mas tenha um pouco de paciência! Tudo na sua hora, Tavinho!

Tavinho almoçou, de sobremesa saboreou um delicioso pavê, e não via a hora de continuar a conversa. Mas tinha de esperar Iaúna tirar a mesa, limpar a cozinha, colocar os pratos na lava-louça e começar a pensar no jantar, pois Cristina adorava jantar bem e na presença do filho. Fazia questão de saber como havia sido seu dia, dava conselhos, riam dos acontecimentos, enfim, eram grandes companheiros.

– Eu vou subir para o quarto. Preciso estudar sobre a Revolução de 30. Tá bom?

– Tá bom, Tavinho. Lá pelas quatro eu te chamo para o lanche.

Ao longo do lanche, Iaúna contou algumas coisas perturbadoras ao garoto. Ele não via a hora de a mãe chegar do trabalho para perguntar a ela qual a real história da morte do pai.

Cristina voltou para casa no começo da noite. Encontrou o filho alvoroçado para contar as novidades do dia.

– Tavinhoooo, cheguei!!!

– Oi, Mami! Tudo bem?

– Tudo, Tavinho! Como foi o seu dia?

– O melhor da minha vida! Dei um show na escola!

– Sério? Por quê?

– Senta que você vai gostar de ouvir.

– Pera aí! Deixa eu dar um oi para Iaúna também, né? Iaúna? Cheguei!

– Olá, dona Cristina, tudo bem? A que horas eu sirvo o jantar?

– Ah, espera um pouquinho. Tavinho quer me contar o dia dele, e eu quero tomar um banho antes do jantar. Faz assim: sirva o jantar daqui a uma hora.

– Perfeito, dona Cristina, combinado.

Cristina retornou para falar com Tavinho, e aí ele começou...

"Meu Deus! Ele está eufórico."

A mãe ficou encantada e exclamou:

– Tavinho, seu pai ficaria tão orgulhoso de você!

– É, mãe. Também acho. Pela primeira vez, eu sinto isso e vou continuar assim. Vou estudar, me preparar para ser um excelente médico, e, mais do que nunca, um cirurgião cardíaco. Quero ser o melhor do Brasil!

– Nossa, Tavinho, que bom. E a banda?

– Ah, mãe... é um sonho. Mas ela vai ter que esperar. Ou deixa pra lá! De que adianta ser músico? Não ganharia grana com isso. Viveria mal, não é mesmo?

– É... bem, não sei. Pode ser. Acho que músicos devem ter uma vida difícil.

– Pois é. E depois, não param de viajar. Pelo menos, se for médico, poderei ficar perto dos meus amigos, de você, e ter uma vida mais... normal.

– Muito bem, Tavinho. Então, quando eu ficar velhinha, você vai cuidar do meu coração.

Riram muito.

– Mãe, há muito tempo eu não paro de pensar na morte do papai, e gostaria que a gente falasse a respeito. Para dizer a verdade, eu *quero* saber exatamente como tudo aconteceu. Já me sinto preparado para ouvir toda a verdade. Podemos conversar sobre isso?

Cristina estava impressionada. Tavinho abordou o assunto de maneira adulta e acabou de colocá-la em situação de não poder dizer não.

– Claro, meu amor. Vamos conversar, sim. Se é tão importante para você, e entendo que é, vamos conversar. Só que prefiro fazer isso depois do jantar, tudo bem? Entre a sobremesa e o cafezinho. Pode ser?

– Claro, mãe. Pode sim.

Cristina teve tempo de preparar a abordagem do tema delicado e chegou a ficar um pouco tensa, mas o jantar transcorreu alegre, com comida apreciada pelos dois – um belo cassoulet seguido de um delicioso pavê – e o clima ficou ameno. Então, ela se sentiu tranquila para dar início ao relato sobre a perda do marido.

– Então, Tavinho, você deseja saber como seu pai morreu, certo? Vou ser bem direta. Quando aconteceu o fato, você era muito novo, e precisei encontrar um meio de lhe contar, sem que isso o deixasse chocado ou escapasse à sua compreensão. Você era tão pequeno... então decidi falar que seu pai havia se machucado, ficado muito ferido num acidente de carro e, ao não resistir aos ferimentos, morrera. Isso me deu conforto porque, na realidade foi o que de fato aconteceu. Seu pai foi duramente machucado, só que por assaltantes.

– O quê, mãe? Assaltantes?

– Sim, Tavinho. Seu pai estava saindo da faculdade, quando foi surpreendido por dois assaltantes. Um horror! Imagino o que ele deve ter passado, pois era um homem muito tranquilo. Tenho certeza de que deve ter conduzido a situação com toda a calma.

– E por que mataram ele?

– Um dos assaltantes, depois de os dois já terem agredido ele, deu-lhe uma coronhada na cabeça e um soco no rosto, e, como se já não bastasse, atirou. Os policiais acreditam que um deles deu um tiro só para assustá-lo e obrigá-lo a entrar no carro, mas nunca saberemos se é essa a verdade. O tiro atingiu sua têmpora direita. Não houve tempo para nada, filho, ele morreu na hora. Disseram os médicos legistas que ele nem sentiu. Foi tudo muito rápido. Um instantâneo e triste fim.

– Nossa, Mami. Que horrível. E os assaltantes foram presos?

– Sim, mas eles tiveram uma pena muito pequena pelo fato de a arma ter desaparecido e o advogado deles ter seguido uma linha de defesa excepcional para eles e muito ruim para nós. Disseram que não portavam arma de fogo e que, portanto, não poderiam ter disparado o tiro que matou seu pai. Alegaram também terem ficado surpresos ao ouvirem o tiro e verem seu pai ferido no chão.

– Nossa! Nunca encontraram uma prova? Ninguém viu se esses caras estavam armados?

– Não, meu amor. Infelizmente tudo aconteceu muito rápido. Até quem passava na hora se dar conta de que era um assalto, praticamente tudo já havia ocorrido. Então, quem ali estava mal viu os delinquentes fugindo a pé, entre os carros, com as possíveis armas escondidas sob as roupas, ou sei lá onde podem tê-las escondido. O fato é que não houve testemunha que pudesse afirmar tê-los visto portando uma arma de fogo.

– Caramba, mãe! Que absurdo! Que azar também.

– Para completar, a confissão do crime na delegacia foi feita sem a presença de um advogado, e eles alegaram tortura para que confessassem o crime. O pior é que, de fato, a polícia errou. Prenderam os delinquentes e arrancaram deles a confissão sob espancamento, essas barbaridades. Isso foi verdade, e a promotoria perdeu a possibilidade de colocar aqueles assassinos covardes para mofar na cadeia.

– Mas, então, e aí? Eles foram soltos e tudo ficou por isso mesmo?

– Sim, filho, essa é a verdade. Eles estão soltos e, provavelmente, cometendo delitos de todos os gêneros. Não quero mais saber dessa gente.

Tavinho se comoveu com a revelação da mãe e correu para abraçá-la. Entendeu o drama emocional da mãe e tratou de consolá-la, mostrando que compreendia perfeitamente o dilema que ela enfrentara na época. Terminaram a conversa abraçados por um longo tempo. Depois, Cristina se recolheu para dormir. Tavinho tinha muito o que pensar para pôr a cabeça em ordem, com todos os acontecimentos do dia e com aquela informação. Ficou ainda acordado por algumas horas, ruminando seus pensamentos. E nunca se esqueceria de tudo o que acabara de ouvir.

Um dia após essa conversa, Iaúna entendeu ser o momento certo para revelar a ele como eram obtidos os "ingredientes" para o elixir que tomara. Precisavam terminar a conversa que haviam iniciado, mas só agora, na sua avaliação, Tavinho estava pronto.

Subiu a escada e chamou, perguntando se poderia entrar no quarto.

– Oi, dona Iaúna, entra! A porta está aberta.

– Oi, Tavinho, pode falar agora?

– Claro, vamos falar. Me conta tudo, tá? Sem essa de deixar detalhes de fora ou para mais à frente.

– Tá bom, Tavinho! Só que o que vou te contar é algo que também deverá ficar em total segredo. Em hipótese alguma poderá ser dito a outra pessoa. Essa parte do nosso segredo contém fatos muito perigosos e não pode ser transmitida a ninguém; caso contrário, sofrerei consequências gravíssimas. Entendeu?

– Pode deixar, dona Iaúna. Segredo absoluto. Sei que nem a minha mãe pode saber, apesar de ser a minha maior confidente e, acho, sua melhor amiga, né?

Iaúna sentou-se e encarou o menino, com um olhar penetrante. Tavinho fez a indagação que estava martelando sua cabeça e a índia respondeu:

– Tavinho, aquele elixir que você tomou leva vários ingredientes. Ele tem poderes muito fortes porque as substâncias, como já falei, vão além das ervas.

Iaúna pediu-lhe que tivesse um pouco de paciência porque havia algo que ainda precisava dizer a ele. O suspense fazia parte da manipulação sobre o garoto. E narrou, cuidadosamente, a origem do elixir.

– Quando eu vivia na minha tribo, dentre os cultos que fazíamos para vários deuses, havia um muito especial. Na lua cheia, cultuávamos o deus Céu com oferendas. Este deus nos supria de astúcia e alto poder de raciocínio, à medida que incorporávamos a inteligência que era empregada para o mal, canalizando-a para o bem. Para um bem comum. Para a felicidade de uma comunidade, no caso a nossa tribo. Desse modo, quando éramos atacados, encarávamos os inimigos como agressores que ali chegavam para se apossar do que pertencia a nós; portanto, eles eram considerados maus espíritos, maus elementos, egoístas e fracos. Nós, os Moxiruna, quando sofríamos tais ataques, aprisionávamos esses guerreiros e os sacrificávamos em um culto ao deus Céu, arrancando-lhes o coração, com eles ainda vivos, e em seguida fazendo a extração de seu cérebro, para que, em conjunto com uma infusão de várias ervas, tivesse seu aroma inalado e seu líquido gelatinoso sorvido. Foi este o elixir que você conheceu.

– Nossa, por isso ele tem um gosto horrível! – Fez cara de vômito.

Tavinho estava absolutamente impressionado pela crueldade do sacrifício, embora Iaúna o tranquilizasse de que a vítima não sentia dor alguma por causa das ervas anestésicas que lhes eram ministradas antes do sacrifício.

– Dona Iaúna, a senhora não está querendo dizer que tomei o elixir com coração e cérebro arrancados de alguma pessoa há pouco tempo, tá?

– Estou. Como já te expliquei, você tomou com *todos* os ingredientes.

– Dona Iaúna, que barbaridade! E de quem eram o coração e o cérebro? Como a senhora conseguiu isso?

– De um homem que havia feito muita maldade a uma criança de apenas 13 anos; tinha a sua idade, Tavinho! E era um assassino confesso, que se drogava todos os dias e não respondia mais por seus terríveis atos. E que continuaria a fazer mal, sem que a polícia conseguisse colocá-lo na cadeia.

– Foi aquele homem, né? Que foi assassinado perto da sua casa, certo?

– O próprio.

– Mas como? Como a senhora fez aquilo?

– Toda a vizinhança morria de medo dele e sabia que ele se drogava diariamente no cortiço que você viu. Na sexta-feira à noite, lá pelas onze, eu me fingi de usuária e fui para lá. Ele estava vendendo e consumindo drogas. Esperei ele ficar bem chapado, disse a ele que eu também tinha uma droga muito da boa na minha casa e o convidei para fumar comigo. Ele aceitou, pois acho que não sentiu qualquer ameaça em mim. Chegando lá em casa, dei-lhe o chá indígena, causando nele enorme torpor. Como já estava atordoado pelas drogas, ficou mais ainda devido ao chá, e então não foi difícil deitá-lo e amarrá-lo na cama que eu tenho na garagem, e retirar seu coração e seu cérebro sem que eu fizesse qualquer ruído. Ele descansou da vida horrível que tinha aqui na Terra.

– Agradeço imensamente o que fez por mim. Aliás, o que faz por mim e o que tem feito por mim todos esses anos. Mas saber do que o elixir é feito me incomoda demais. Eu não creio que mataria alguém só para poder ter inteligência. Se eu não faria isso, não posso tomar algo cuja matéria-prima são ingredientes que resultam da morte, na realidade, do assassinato de alguém.

– Sim, Tavinho, entendo. Mas pense nas consequências. As pessoas conheceram um Tavinho muito inteligente hoje. Fique atento, pois você não tornará mais a ser o menino brilhante de hoje cedo. A sua inteligência, em algum momento, voltará ao estágio anterior. O que você aprendeu, e na velocidade que aprendeu, foi retido, mas depois voltarão as dificuldades, a lentidão de raciocínio, a falta de memória e tudo mais... Você sabe melhor do que eu.

Despediram-se, e Tavinho seguiu para a escola, sob o peso imenso daquela revelação. Na primeira aula teve uma certa dificuldade de se concentrar, mas continuou se destacando pela velocidade de raciocínio, por todo aquele extraordinário talento que lhe foi conferido, e tudo isso logo fez desvanecer sua memória o sádico procedimento de coleta dos ingredientes narrado por Iaúna. Além disso, os amigos o aplaudiam, cercavam, agradavam, elogiavam. Esse reconhecimento que expulsou a antiga sensação de exclusão e de sofrimento se sobrepôs às questões morais. Era um menino, tinha 13 anos, não conseguia enxergar as consequências das suas escolhas de agora. E tratou de curtir a sua nova condição de garoto prodígio...

Nem Tudo É Assim Tão Fácil

Estava sendo inesquecível aquele último trimestre da 8ª série. As notas azuis no boletim começaram a surgir como mágica. E não era apenas na escola o progresso, mas também nas atividades esportivas, sobretudo naquelas que exigiam um intelecto privilegiado. Pelo seu desempenho, começou a ser chamado para representar o colégio em várias disputas. No xadrez, era imbatível. Derrotou até professores que, na juventude, haviam sido campeões estaduais. Afinal, agora precisava estudar bem menos em casa, pois captava as informações dos livros e apostilas com extrema rapidez, e assim encontrava tempo para se preparar para a competição Intercolegial. Estava no time de Matemática, com os amigos de sempre, Martha Moss, Fernanda de Vita, Renato Stein e mais seis colegas, distribuídos entre a 8ª e a 9ª séries, e também no time de História e Geografia, ao lado de Renato Stein, Oswaldo Roche, Sílvia Bruno e mais seis colegas. E ainda de quebra inscreveu-se na competição de xadrez.

Tavinho estava achando tudo aquilo maravilhoso. Nunca imaginou que estaria um dia participando do grupo de elite dos estudantes, competindo em gincanas por prêmios e pela tradição vitoriosa da escola. Estava radiante. Seu deslumbramento aumentou porque Martha Moss, que até então não era próxima e pouca atenção dava a ele, começou a lhe endereçar sorrisos bem convidativos. A aproximação da menina deixou-o exultante.

Começaram as disputas da Semana da Gincana Intercolegial. Na Matemática, ele deu um show e venceu a primeira fase. Na História e Geografia, derrotou adversários. Seu desempenho estava definindo a vitória da escola. Todos dependiam dele, e isso lhe dava uma deliciosa sensação de orgulho.

Foi para casa com o sentimento do dever cumprido. Iaúna o recebeu, ansiosa por notícias.

– Dona Iaúna, arrasei! Estamos em primeiro lugar. Esse preparado que a senhora me deu, dois meses atrás, é mesmo impressionante! Estou com o raciocínio muito veloz, os reflexos melhoraram, eu nem preciso fazer esforço para lembrar de nada, porque as informações flutuam na minha frente, ao alcance da minha vista! É uma maravilha! Amanhã será a minha estreia no torneio de xadrez, e eu me garanto!

Iaúna celebrou com ele. Mas já o estava preparando, usando de forte grau de manipulação, para tomar uma segunda dose. E confidenciou:

– Então, Tavinho, não valeu a pena tomar o elixir? E os ingredientes vêm de pessoas muito ruins, que merecem desaparecer desse mundo para que sejam interrompidas as suas maldades.

– A senhora já falou isso, mas sempre tem que morrer gente, e desse jeito cruel, pra conseguir os ingredientes. É com isso que não posso concordar!

Na manhã seguinte, bem cedo, Tavinho tomou café com a mãe, e ela, como sempre, saiu esbaforida para cuidar do trabalho como executiva do mercado financeiro e dos compromissos da ONG. Sozinho com a índia, contou a conversa que tivera com a mãe, e revelou que agora conhecia a verdadeira história do desaparecimento do pai.

– Foi muito triste saber disso tudo, dona Iaúna. Mas entendo o silêncio da minha mãe. Agora eu quero tomar novamente...

– Isso mesmo, Tavinho, isso mesmo – concordou Iaúna. – Agora vá para a escola. Depois continuaremos a nossa conversa.

A terça-feira foi mais um dia de glória na gincana escolar, na Matemática, na História e na Geografia. Tavinho apresentava memória invejável sobre passagens históricas e dados demográficos nacionais e mundiais. E sabia trabalhar em equipe, tratando a todos com grande incentivo, mesmo quando erravam alguma pergunta. Ele se lembrava bem como era doloroso sofrer bullying na escola e poupava os amigos dessa atitude amarga. No final do dia, seguiu para a primeira seletiva da gincana de xadrez.

Porém, pela primeira vez em algum tempo, Tavinho aparentava nervosismo e suava mais do que o normal. Sua oponente, considerada um prodígio, era uma menina da 8ª série de uma tradicional escola rival. O jogo começou, Tavinho com as peças pretas, mas ele se sentiu um tanto confuso e não soube por quê. Foi tentando se controlar, jogando com muita atenção, mas não o suficiente, porque, depois de 15 minutos, a menina cantou um sonoro: "Rainha A-5: xeque-mate!"

Ele estava atônito. O que teria acontecido? Era uma jogada razoavelmente simples e ele caíra como um pato na armadilha de uma das mais manjadas jogadas do xadrez. Foi eliminado do campeonato já na primeira rodada classificatória, por um erro bobo, e não se conformou. Chegou em casa chorando de nervoso, de raiva! Narrou o fato para a mãe e para Iaúna. Cristina tentou consolar o filho, achando que tudo aquilo era um exagero da parte dele.

– Amor da minha vida, pense bem! Seu dia foi excepcional. Você só falhou no xadrez porque estava cansado. Pare e pense. Aquela menina devia estar descansada. Pode ser que ela tenha ido à escola somente para aquela competição. Tenha calma e paciência com os seus limites. Você mesmo disse que ela é um prodígio!

– Ah, mãe, é fogo. Eu não podia ter perdido *daquele* jeito. Não entendi.

Iaúna, porém, entendeu. Observou que não havia mais aquele brilho nos olhos de Tavinho. O brilho conferido pelo elixir, que deixava a pessoa com um ar sereno e descansado, porque fazia o cérebro trabalhar sem esforço aparente.

Na manhã seguinte, coube a Iaúna levar Tavinho para a escola, porque Cristina tinha saído mais cedo para um compromisso de negócios. No caminho, ele iniciou um diálogo:

– Então, dona Iaúna, fiquei meio receoso ontem, no jogo de xadrez, o efeito do elixir ter começado a passar. A senhora acredita que isso pode ter acontecido?

– Não, Tavinho, deixa de bobagem. Você é um menino inteligente e sabe o que tem que fazer. Estudar, só isso. O que houve no jogo de xadrez foi distração, cansaço. Não esquenta a cabeça com isso, não. E, de mais a mais, sua adversária provavelmente será a campeã, você mesmo não disse que ela é um prodígio no xadrez?

– Mas sabe o que estou sentindo? Preguiça de pensar. Preguiça de estudar. Não estou sentindo meu cérebro vivo como antes. Estou inseguro.

– Tavinho, fique tranquilo. Vai dar tudo certo. Chegamos!

Mais Claro Impossível: NÃO!

O dia não foi melhor do que a tarde da véspera. Ao contrário, foi muito pior. As perguntas de Matemática eram cada vez mais difíceis e com um prazo curtíssimo para resposta: 5 segundos. Tavinho estava no seu dia mais complicado, com os reflexos lentos e o raciocínio lógico completamente desconectado. A equipe desperdiçou toda a vantagem e caiu para segundo lugar. Tavinho se atrapalhou nas perguntas de História e Geografia. Apertava com pressa o botão, para ter a chance da palavra, mas depois não conseguia se lembrar das respostas. Com isso, tirava a vez dos colegas de acertar as respostas. Ao final do dia, a equipe já estava num decepcionante terceiro lugar para o histórico da escola.

Foi então que Tavinho decidiu abandonar a competição. Comunicou a sua desistência aos companheiros Sílvia, Oswaldo e Renato, que fizeram de tudo para demovê-lo da decisão, mas ele foi bastante enfático:

– Pessoal, eu estou atrapalhando. Se amanhã eu tiver o mesmo desempenho de hoje, vou afundar a escola. Por favor, entendam. É melhor vocês ficarem com um a menos, que mais está atrapalhando do que ajudando. Vão ter menos chances de errar na estratégia.

Apesar dos apelos, inclusive de Martha, que segurou a mão dele enquanto pedia que não os abandonasse, Tavinho ponderou:

– Gente, eu não estou bem e vocês viram o meu desempenho. Vamos fazer assim: vou oficializar a minha desistência, porque estou realmente muito cansado e com a cabeça cheia. Mas estarei ao lado de vocês, incentivando e ajudando como puder.

Uma vez que a decisão estava tomada, os colegas compreenderam e aceitaram.

A equipe acabou ganhando mais brio com a desistência de Tavinho, e os integrantes se esforçaram mais. O resultado foi que superaram a situação e saltaram para o primeiro lugar em Matemática. Em História e Geografia, terminaram em terceiro – pelo menos estavam no pódio em duas competições, ficando fora apenas no xadrez. Tavinho preferiu não comparecer à cerimônia de entrega dos troféus.

Seguiu para casa, com algum alívio pelo resultado da equipe, mas muito aborrecido com o seu desempenho. Sentia que a sua inteligência tinha voltado ao que era antes do elixir.

Ele estava cabisbaixo e derrotado. Aos 13 anos, uma decepção como aquela poderia adquirir a dimensão de uma gigantesca tragédia. E foi assim que ele se sentiu, soterrado pelo peso do fracasso.

Na manhã seguinte, Cristina desceu voando a escada, agitada como sempre, para o café da manhã. Tavinho já estava à mesa. Desculpou-se com o filho, por ter viajado durante a semana e não ter tido oportunidade de acompanhar a gincana. E disse a ele que a mãe da Fernanda havia telefonado para ela na noite anterior.

– Ela me contou da sua desistência e estava bem preocupada. Achou que, para um menino de 13 anos, você está levando a sério demais toda essa história.

– Pois é, mãe. Realmente me descontrolei, mas não queria preocupar você. Para mim, foi muito difícil encarar a derrota no xadrez e ter tido uma quarta-feira de resultados tão ruins. Toda a minha contribuição em ganhos positivos para o grupo na segunda e na terça acabou se transformando em perdas na quarta. Foi um desastre. Muito ruim mesmo.

– Mas você não deve se culpar assim.

– Eu sei disso, mãe.

– Fiquei sabendo da partida de xadrez também. Estão dizendo que a derrota te desestabilizou. Que você ficou muito bravo, descontrolado. Por quê, Tavinho? Sempre te preparei para as frustrações da vida. Sempre te disse que, se alguém ganha, alguém, necessariamente, tem que perder. Perder e ganhar fazem parte de qualquer competição. Sempre te disse isso. Não se ganha todas as vezes. Na verdade, filho, só um vence. Temos que estar preparados para possíveis e reais derrotas.

– Vou tentar trabalhar melhor isso, Mami, vou aprender.

– Vamos escovar os dentes? Vamos juntos. Assim continuamos o papo.

Subiram a escada conversando, e Cristina perguntou:

– Você quer ir a um psicólogo?

Mami, se você achar que é bom, eu gostaria, porque a minha falta de equilíbrio atrapalhou tudo. Pelo menos, é o que estão dizendo.

– Eu acho, filho. Vou perguntar a minhas amigas se conhecem algum psicólogo bom, e marco um horário para você.

– Ótimo, mãe, valeu!

Octávio não via a menor necessidade de ir ao psicólogo, sabia o que havia acontecido, sabia o que queria, mas também sabia como agradar à mãe, ouvindo-a e, se não tinha muita importância para ele, concordando com ela.

– Dona Iaúna, cadê a senhora?

– Estou aqui, meu filho, na cozinha.

– Então… Quero falar com a senhora agora. Pode ser? A senhora pode parar um pouco o que está fazendo?

– Claro. Subo aí no seu quarto?

– Pode ser, acho melhor.

– Tô subindo… – Sorrindo para quebrar o gelo, Iaúna solta: – Você está pelado?

– Claro que não, né, dona Iaúna!

– Ainda bem! Não quero ver seu pintão, não!

Ambos dão risadas.

– Então, dona Iaúna, lembra quando eu falei no seu carro que nunca mais iria passar pela humilhação que passei?

– Lembro bem, meu filho. Você estava possesso!

– Eu decidi.

Seguiu-se um momento de silêncio, para o anúncio da escolha de vida que Tavinho fez.

Antes que ele pudesse falar, Iaúna se antecipou.

– Sei bem como você se sente, depois do que houve na gincana. Calma. Eu vou preparar uma nova dose do elixir...

– Dona Iaúna, a senhora não entende...

– Como não entendo... entendi, sim!

– Não, a senhora não entendeu nada!

– Entendi que você precisa voltar a ser o fenômeno de inteligência que deixou todo mundo admirado!

– Espera, me deixa falar! Quero falar com a senhora antes de falar com a mamãe, porque vi que a senhora sentiu que eu, talvez, quisesse voltar ao ritual. Mas não! Não vou tomar o elixir de novo! Queria deixar isso claro para a senhora.

Iaúna ainda tentou esboçar uma frase de convencimento, mas Tavinho levantou a voz:

– Vou mudar de escola! Foi isso que decidi!

A índia, surpresa com a firmeza de Tavinho, que ela imaginava que viesse implorar por mais uma dose do elixir milagroso, não soube o que dizer.

Tavinho continuou:

– Vou mudar para uma escola menos "puxada" em matérias exatas, e ter tempo para estudar música! Quero estudar aquilo que gosto.

– Meu filho, recupere a sua inteligência, em vez...

– Não! Dona Iaúna, me escuta de uma vez! Não quero o elixir! Preciso vencer na vida pelo meu próprio caminho, e não matando os outros!

Tavinho respirou fundo porque estava com o rosto afogueado, sentiu que estava atropelando as palavras e que podia chegar a maltratar Iaúna.

– Vou falar com a minha mãe e explicar a ela que preciso deixar de pensar numa carreira que talvez meu pai desejasse que eu seguisse, como engenharia ou medicina, mas que não tem nada a ver comigo. Ele queria que eu fosse médico. Mas isso não tem nada a ver comigo...

Parou um pouco, abaixou o tom de voz, olhou bem dentro dos olhos de Iaúna e completou:

– Tem mais uma coisa me atazanando a cabeça, dona Iaúna. Para obter os ingredientes para o elixir, alguém tem que ser sacrificado. Não posso viver com essa culpa! Por isso, vou repetir: eu mantenho o "não" ao seu elixir e quero lhe pedir muito uma coisa: não continue com isso. Aqui, distante da sua terra, da sua origem, a senhora pode se dar muito mal, e não quero, não desejo isso para a senhora, não quero mal à senhora, tá bom? Não quero seu mal…

Vidas que se Perdem

A intoxicação foi causada por um veneno. Quase certamente um inseticida ou um raticida, talvez o famoso "chumbinho". Mas determinar exatamente qual o veneno usado no atentado contra Klaus e Otto Jr. era quase impossível. A equipe médica fez imediatamente uma lavagem gástrica depois da entrada do cantor no hospital, usou soro para eliminar o veneno e aplicou remédios contra hemorragia e convulsões. Também fez uma aplicação de carvão ativado para evitar que as substâncias tóxicas ainda presentes no estômago fossem absorvidas. Houve dano superficial à cavidade oral e à garganta, e os médicos não puderam afirmar se as cordas vocais haviam sido afetadas, porque os exames estavam inconclusivos e seria preciso esperar o paciente acordar para conferir algumas reações dele.

Otto Jr. tinha ficado na UTI durante dois dias, cercado de todos os cuidados. Fernando Cham e Cristina revezavam-se, para acompanhá-lo. Ambos estavam muito abalados, porque a situação era triste e a recuperação, incerta. Choravam a cada tremor que o paciente apresentava. Os médicos hesitavam em fazer um prognóstico, mas também não estavam completamente negativos. Naquela manhã, o boletim médico já considerava que o paciente estava fora de perigo de morte. Desceram com ele para o quarto, e agora só restava torcer. Uma bateria de exames foi solicitada para investigar se havia algum comprometimento de órgãos importantes, sobretudo rins e fígado, ou se existiria a possibilidade de alguma sequela. De qualquer modo, a superação da fase mais crítica, naqueles dois dias, foi um alívio para todos.

Mas havia outras questões a preocupar o amigo e a mãe de Otto Jr. Quando ele acordasse, quem seria encarregado de lhe dar a notícia da morte de

Klaus Thompson, seu melhor amigo? Não seria razoável dar a notícia a ele assim que acordasse, porque ainda estaria fraco e vulnerável, física e emocionalmente. Seria preciso poupá-lo durante algum tempo, aguardar que recuperasse as forças. O efeito do veneno tinha sido avassalador.

Do lado de fora do quarto, onde ficaram cochilando nos sofás à espera de notícias, os demais integrantes da banda foram informados da melhora clínica e relaxaram um pouco. Conversavam sobre o começo da banda e as dificuldades e conquistas iniciais, quando entrou, na TV, a chamada de um telejornal anunciando as principais manchetes que seriam apresentadas logo após um rápido intervalo comercial. A primeira foi sobre a saúde de Otto Jr. Apareceu a imagem de uma repórter loira, muito segura de si, em frente ao hospital, dizendo: "O cantor Otto Jr. continua internado neste hospital, e temos informações de que sofreu um envenenamento. O que terá feito Otto Jr. para sofrer um atentado tão grave? Veja agora!"

A equipe da banda se alvoroçou com a chamada, que já soava maldosa. Entraram as primeiras informações de utilidade pública, e o apresentador anunciou a principal matéria.

Relatando depoimentos que obtivera na casa de shows e mostrando imagens, inclusive de integrantes da banda, que não conseguiam dar entrevista de tão apavorados estavam com o que acabara de acontecer, a repórter fez uma pergunta maliciosa, praticamente repetindo o que fora a chamada da matéria: "O que terá feito Otto Jr. de tão grave a ponto de alguém ter planejado sua morte?" Em seguida, a repórter mencionou que o cantor era o fundador e responsável por uma instituição que ensinava música para crianças, e, com a voz em off, a matéria foi mostrando imagens da ONG. A narração teceu críticas veladas, induzindo o telespectador com insinuações bem pouco profissionais. A repórter comentou que uma pessoa que só ficava fora do país, em turnês, que passava a maior parte do tempo viajando, que só podia deixar a ONG sendo administrada por terceiros, acabara por não se envolver efetivamente nas causas importantes do Brasil. Surgiu o depoimento de uma das crianças atendidas, e foi escolhida a mais iniciante, para apresentar o que havia aprendido na ONG, e o resultado foi muito ruim, porque a criança mal tinha acabado de ter a sua primeira aula de violão, e o objetivo da repórter era desacreditar o trabalho da ONG. Em seguida, entrevistou um vizinho, perguntando se Otto Jr. sempre visitava a instituição. O entrevistado, ingênuo, respondeu que às vezes o cantor aparecia, mas ficava pouco tempo. A imagem voltou para a repórter, que exibiu um sorriso irônico e completou a matéria: "Pode estar aqui, nessa ONG, a origem do atentado sofrido pelo cantor Otto Jr. O futuro e as investigações dirão. Por enquanto, fica no ar a pergunta: Será que Otto Jr. praticou algo de errado que teria levado uma pessoa a cometer um atentado contra ele? Volto com vocês aí do estúdio. Direto de São Paulo para os estúdios do Jornal da MDN Brasil, Nathalia Gouveia."

Os integrantes do grupo ficaram revoltados com a matéria claramente tendenciosa que a emissora acabara de transmitir, e sobretudo com a repórter, claramente decidida a trabalhar para manchar a imagem de Otto Jr.

– Essa filha da puta vive perseguindo a gente! Não larga do pé do Otto Jr.! Sempre mentindo, inventando, distorcendo as informações. É uma canalha completa!

– O que ela ganha com isso, com essa perseguição descarada? Será que tem alguém pagando pra ela falar mal da gente?

– Temos que exigir retratação! Vamos falar com o Alberto pra ele entrar em contato com a emissora! Ou contratar um advogado e botar pra foder!

Uma das backing vocals presentes, Pó Bono, treme os lábios em choro, por tamanha injustiça.

– Puxa, ela não respeitou nem o estado em que o Otto Jr. se encontra. É uma putinha sem coração, mesmo.

Os integrantes da banda eram todos jovens, inflamados pelo ataque, com o peito tomado de angústias, e toda a disposição que os hormônios conferiam. Otto Jr. lutava para sair do hospital sem sequelas pelo envenenamento. Em momentos de quase lucidez, entre sonhos, delírios e pesadelos, ele perguntava, balbuciando de forma quase ininteligível, por aquele que vira em situação muito pior que a sua, aquele que amparara a cabeça entre os joelhos, e por quem clamara aos céus pela vida: "Como está o Klaus? Alguém me diz... Por favor, alguém me diz como ele está..."

O Poder do "NÃO"

Otto Jr. está numa dimensão acima da realidade, ainda por efeito da sedação por medicamentos, para prevenir eventuais danos neurológicos que o veneno possa ter causado. Delira um pouco, desperta brevemente e quer saber onde está, insiste em ter notícias do Klaus, mas logo cai em sono profundo.

Entre delírios e sonhos, lembra-se de passagens e diálogos com a mãe, quando comunicou a ela pela primeira vez que queria formar uma banda. Dizia, naquela conversa, que a sua vocação era a música e, mais do que isso, era algo que o deixava feliz, completo, realizado.

– Mãe, cada vez que eu me dedico a aprender os acordes de uma canção, fico em êxtase quando consigo reproduzir a música tal qual a original. É um sentimento tão legal, que entendo que é exatamente isso o que eu quero da vida.

Olhando no fundo dos olhos da mãe, ele completou:

– Mãe, sei que a senhora me entende. Sabe o que estou sentindo, não sabe?

– Meu filho, não só sei, como estou adorando essa conversa. Você parece um homem feito, com essa coisa linda que é amar a música. Estou orgulhosa da sua maturidade.

– Eu tinha certeza de que você me compreenderia. Foi por isso que eu senti que poderia falar com você. Eu quero sair da escola.

– Como assim, Tavinho? Parar de estudar?!

– Não, não é isso, mãe. Quero sair da escola em que estou, que é muito rígida com as matérias de Exatas. Se você entende e quer mesmo me ajudar, poderia me transferir para uma escola mais voltada para as Artes. Aí, sim, vou poder me dedicar muito mais àquilo que realmente me faz feliz.

Cristina ouve com atenção. Compreende a encruzilhada em que o filho se encontra, e que, afinal, é um ponto aflitivo para muitos jovens. "Uma coisa é ter vocação para fazer algo, e outra bem diferente é gostar muito de fazer esse algo. Pais equilibrados devem ajudar os filhos a compreender que o ideal é seguir a vocação deles, desde que essa vocação seja a coisa que mais se ame fazer na vida – essa é a semente da felicidade", pensa Cristina. Como mãe, sente um certo aperto no coração, porque Tavinho está escolhendo um caminho que foge do tradicional para ingressar numa estrada artística, tão incerta e desacreditada pelo mercado. Mas tem total certeza de que ele não está tentando fugir das obrigações, das dificuldades, e sim querendo estudar o que mais ama, a música.

– Filho, sei que é cedo para falar em carreira e que não está pronto para pensar nisso. Mas você sabe que, como músico, terá dificuldades de encontrar emprego fixo e ter segurança financeira, não é?

– Mãe, acho que uma coisa deve vir antes da outra, como diz o meu professor de Sociologia. Primeiro, quero fazer o que gosto e estudar para ser muito bom nisso que gosto. Depois vou pensar na carreira. A senhora mesma diz que ainda é cedo...

– De fato. Mas você não sentiria falta de Matemática, por exemplo? A música é pura Matemática. Lembra-se do filme que você viu com o seu pai, chamado *Fantasia*, do Walt Disney? Tem um trecho que mostra como a Matemática é importante para a divisão dos compassos, para calcular o andamento, para fazer as medidas de tom, de vibração e de sequência...

– Pois é, mãe. Numa escola de Artes, vou aprender Matemática aplicada à música. O que estou vendo hoje é Matemática voltada para outras aplicações. Eu não quero isso. Nunca vou usar isso...

– É, meu filho, você tem razão. O currículo obrigatório desconsidera as aptidões individuais.

Pensativa, Cristina faz uma pausa. Depois se volta para o filho e declara:

– Muito bem. Está decidido. Vou falar com o professor Firmino sobre a sua decisão. Ele foi amigo do seu pai e o admirava muito. Quero falar com muita tranquilidade, dizer que considero a sua decisão bastante acertada, para que ele não fique preocupado. Preciso conversar com ele como diretor da escola, como seu professor e como alguém que gosta muito de você.

– Só sinto, mãe, que posso estar decepcionando o meu pai. Ele sempre quis que eu fosse engenheiro ou médico, como aquele amigo dele que a gente encontrava no Parque Severo Gomes.

– Decepcionando?! De jeito nenhum. Seu pai vivia falando que você tinha um talento especial para a música desde muito pequeno. Você tem ainda todos os brinquedos musicais que ele te deu? Ele não perdia a oportunidade de elogiar você, de como aprendia rápido e como tinha a música no sangue. Não carregue essa culpa, Tavinho, porque ela não tem sentido. Se o teu pai estivesse aqui, agora, estaria abraçando você e saindo para comprar uma guitarra nova!

Num breve despertar, talvez motivado pela lembrança de grande carga emocional, Otto Jr. balbucia algo que Fernando Cham quase precisa encostar o ouvido na boca do amigo para escutar.

– Ka... Kaa... Klaus?

Fernando Cham não sabe o que dizer. Durante alguns segundos pensa se cabe a ele contar que Klaus Thompson está morto. Fica impassível, tanto quanto pode, segurando a mão de Otto Jr., mas acaba escapando da responsabilidade porque o efeito dos remédios faz com que o amigo caia novamente em letargia.

Mais uma vez, o turbilhão de pensamentos e lembranças invade a cabeça de Otto Jr. E uma das suas maiores preocupações é o fato de que gostaria, mas não pode, de jeito algum, contar para a mãe o que houve entre ele e Iaúna. Contaria, se pudesse, do maravilhoso efeito do elixir, que lhe permitiu no passado destacar-se na escola e fora dela, mas que era fruto de um sacrifício, porque alguém tinha que morrer para se obter os ingredientes. Ingredientes que...

Mergulhado nessas lembranças, e ainda sedado, Otto Jr. se remexe na cama, com uma careta de horror. A mãe, que havia pouco chegara para render Fernando Cham como acompanhante, pensa:

"Que sonho horrível meu filho deve estar tendo, meu Deus! E não posso fazer nada para espantar esse sonho..."

Se ele pudesse falar com a mãe, se pudesse contar o que estava sentindo, certamente diria:

– A palavra "não" é poderosa. Fiz a escolha certa a partir do que aprendi com a senhora e o meu pai...

Infância e Amigos

Tavinho, aos 13 anos, já tinha uma escolha bastante clara sobre que direção profissional seguir. Muitos dos seus colegas também, cada qual com os seus motivos, mas a maioria buscando trilhar os passos do pai ou da mãe.

O seu melhor amigo era Oswaldo Roche, neto de portugueses e amante de thrillers. Não era raro encontrar o menino escondido embaixo da escada, no sobrado onde morava, lendo quadrinhos ou histórias de Ellery Queen, Tintim, ou João Carlos Marinho, autor dos clássicos *O gênio do crime*, *Sangue fresco* e *Berenice detetive*. Ele era um garoto engraçado, meio loucão e imprevisível, justamente as qualidades que Tavinho mais apreciava nele. Tinham uma história juntos. Jogavam bola no meio da rua, e um dia, ameaçados por dois valentões, Oswaldo foi calmamente até sua casa e voltou armado com um arpão de caça submarina, disposto a disparar. Os encrenqueiros meteram o rabo entre as pernas e sumiram. Ele era assim: corajoso e camarada.

Renato Stein era outro amigo, mas com características diferentes. Responsável pelo entretenimento do grupo, gostava de declamar, encarnar personagens e fazer imitações. Era sempre dele o papel principal nas peças de teatro da escola. Inteligente, lia tudo o que lhe caía nas mãos. Estudioso, tinha ótima memória. Sem dúvida, o melhor estudante da turma, aquele que se daria bem em qualquer profissão que escolhesse.

Silvia Bruno já dava todas as indicações de que seria bióloga. Morava numa chácara, e naquele espaço podia ter todos os animais que quisesse – e realmente tinha. Era nessa chácara que a turma passava grande parte do tempo livre, jogando futebol, andando de skate e bike. Silvia era um amor, e bem sacana para a idade. Nas rodinhas de conversa, sempre colocava um assunto mais quente e picante para comentar, deixando os colegas embaraçados, mas excitados.

Fernanda de Vita era exatamente o contrário: superintrovertida, centrada, meio nerd e querida por todos. Tinha aparência frágil, embora fosse firme e séria como ela só. Também gostava de ler, como o Renato, principalmente temas de História e Geografia, mas era fera mesmo em Língua Portuguesa. Viajava com frequência para o exterior com os pais e estudava dois idiomas.

Essa era a turma dos mais chegados. E foi o grupo do qual Tavinho não se desligou depois de transferido para a nova escola, assim como, naturalmente, também não se desligou de Martha, a linda menina que olhava para ele com olhos de ternura e por quem era apaixonado.

Tavinho foi muito bem recebido na escola nova. Logo de cara, percebeu que o astral era diferente, todo mundo leve, cantando, jogando malabares no pátio, declamando para uma árvore, pintando. Era como ter entrado num palco cheio de artistas. Foi uma primeira impressão inesquecível e extremamente agradável. O currículo da escola contava com uma carga horária voltada para o estudo das Artes, que era o dobro ou o triplo da média das escolas particulares da cidade. Já no primeiro dia, fez amizade com Klaus Thompson, um moleque cheio de ritmo, que adorava batucar com um pedaço de pau ou qualquer coisa que tivesse na mão, sobre o tampo de uma mesa, na parede, no portão de metal; qualquer superfície servia. Ele era um talento musical que se percebia de imediato. Klaus apresentou Fernando Cham a Tavinho, e foi outro caso de amizade à primeira vista. Os três se entenderam tão bem que não se largaram mais. Aos poucos, um foi conhecendo os talentos do outro, e a qualidade e o conhecimento musical de Tavinho logo se destacou, porque brincava com vários instrumentos de corda, da guitarra à viola caipira, passando pelo cavaquinho, ukelele e banjo. E o que tinha, que chamava mesmo a atenção dos colegas, era a voz. Ainda em formação, já era afinado e acabava colocando o vocal e melodias nas batucadas ou músicas que arriscavam interpretar.

Nas aulas, era o trio que mais rapidamente absorvia os ensinamentos dos mestres. Depois, eles se reuniam para praticar o que haviam aprendido e, em geral, faziam acréscimos à melodia, inventando algo que a deixava mais atraente. Era um grupo muito criativo. Não demorou para que começassem a preparar um repertório, já pensando em formar uma banda. Queriam fazer algo diferente dos conjuntos tradicionais da época e discutiam praticamente todo dia as ideias que iam surgindo. Desenhavam em papel como poderia ser um palco para os seus shows, muito caprichado, com elementos de bastidores para surpreender a plateia, jogos de luzes, canhões, equipamentos de gelo seco e muitas outras coisas, algumas até exageradas, que depois eles mesmos descartavam. Sonhavam alto.

Estava formado, assim, o núcleo do que seria a banda. Tavinho na guitarra (e em outros instrumentos de corda) e também no vocal, Klaus na bateria, fazendo um som de altíssima qualidade, e Fernando Cham como percussionista, obtendo sons delicadíssimos de pedaços de cristal pendurados, de tubos de metal, de argolas e aros, e dos instrumentos mais tradicionais, como afoxé, agogô, maraca. Fernando também era ótimo baixista, mas deixavam isso a cargo de um teclado que também era de sua responsabilidade.

Certa vez, porém, eles se pegaram discutindo coisa de gente grande:

– Escuta, pessoal! Precisamos começar a tocar em algum lugar. A gente só fica aqui na brincadeira. Precisamos fazer as coisas acontecerem, não acha, Klaus? E você, Cham, o que tem a dizer?

– Concordo, só que precisamos dar um jeito de começar. Quem vai ser o idiota que vai contratar a gente? – perguntou, sempre com seu tom irônico e brincalhão nas conversas.

Caíram na gargalhada.

– Verdade! – concordou Tavinho.

E mais risadas, até que Tavinho, então, falou sério.

– Já arrumei o meu nome artístico e estou com umas ideias na cabeça, que quero dividir com vocês...

– Nome artístico? – perguntou Klaus.

– Sim, Otto Jr.

– Que ridículo! – Mais uma vez, Cham entrou com tudo.

– Fernando, vê se para de encher o meu saco! Vai ser Otto Jr., e não se discute. O seu pode ficar Fernando Cham porque acho bonito, e Klaus é bem legal. Nome meio único, difícil de achar. Mas o meu, quero sair de Tavinho e virar gente. E Otto Jr. pega bem até nos Estados Unidos.

– Caraca, tá bom, então. Fechou! – concordou Cham.

– E quem vai ser o idiota que vai nos contratar? – perguntou Klaus.

Tavinho, agora Otto Jr., fitou direto nos olhos dos dois e disse:

– Estou com ótimas ideias...

Numa conversa séria com a mãe, ele apresentou a alternativa de que as escolas poderiam ser verdadeiros laboratórios de arte se contribuíssem para formar não apenas massas de alunos, mas se tornassem comprometidas com a educação integral, que ultrapassa a obrigação do ensino da grade curricular básica, e formassem pessoas, respeitando e estimulando suas habilidades e vocações. Cristina comprou rapidamente a ideia.

– Sim, senhor, hein, seu Tavinho!? Está me saindo um marqueteiro de primeira!

– Tavinho, não, mãe. A partir de agora, Otto Jr.

– Nome artístico e tudo? Não disse?

– Vai então ajudar a gente, senhora dona Cristina Costa Albuquerque?

– Hum... vou pensar no seu caso...

Ambos riram.

Nos dias que se seguiram, bastaram algumas conversas de Cristina com o professor Firmino, amigos de longa data, preparando o terreno para uma entrevista com o filho artista e os dois amigos, para que fosse iniciado um processo de convencimento para a inserção da banda nas gincanas interescolares. Naturalmente, os procedimentos incluiriam ensaios de palco, montagem, produção, e isso deixaria os rapazes em evidência nas escolas que acolheriam as apresentações musicais.

Era o início de uma caminhada. Um começo bem modesto, mas que Cristina não se incomodou de bancar com apoio moral... e financeiro.

Sussurro Ensurdecedor

Foi Cristina, a mãe amorosa, que tomou para si a tarefa de dar a notícia a Otto Jr. Depois de dois dias de UTI e mais dois no quarto, submetido a vários exames e acompanhado o tempo todo por médicos e enfermeiros, o cantor está mais forte, embora ainda necessite de repouso e alimentação pastosa. Tudo para poupar a garganta e as cordas vocais. Emocionalmente, Octávio está muito sensível, mas ele não pode ficar sem notícias do amigo.

Cristina aproveita que o filho está plenamente acordado e avisa que precisa lhe contar uma coisa.

– Filho, você sobreviveu a um envenenamento encomendado. Eu temo, inclusive, que seja um desafeto meu, um inimigo oculto. Essa história de política é horrível… Não sei quem pode ter feito essa canalhice, mas fico aqui pensando que tem a ver comigo. Não há qualquer motivo para alguém desejar a sua morte! Você teve sorte porque bebeu apenas um gole da lata de cerveja, e por isso o efeito não foi letal.

– Inimigo, mãe? Não imagino quem possa ser seu ou meu inimigo. A gente sempre busca o melhor para todos. É duro imaginar quem pode ser um inimigo… Inimigo é coisa de bandido, não acha?

– A polícia já está investigando. E a imprensa continua levantando informações. Mas, você sabe, tem também aquelas emissoras que vivem do mundo cão e botam no ar notícias sensacionalistas. Tem uma repórter que anda insinuando que alguém que você maltratou, ou não deu a devida atenção na ONG, pode ter sido o responsável…

– Que calúnia, mãe! Todas as famílias de crianças atendidas pela ONG são superagradecidas, elas sempre me abraçam e relatam como estudar na

ONG faz bem aos filhos. Nunca recebi qualquer reclamação dura ou grave a respeito da escola. Isso não é possível!

– Calma, querido. As coisas serão esclarecidas no seu devido tempo. Mas não é disso que eu quero falar. E vou ser direta, porque num caso como esse não adianta ficar dando voltas.

– O que é, mãe? – Otto Jr. quase suplica.

– Klaus Thompson não suportou o envenenamento, meu filho. Os médicos pouco puderam fazer. Ele está morto.

Otto Jr. empalidece. Ele leva alguns segundos para assimilar a informação e dispara uma sequência de soluços sufocados, ocultando o rosto nas mãos. Não consegue dizer nada. Chora por vários minutos. Cristina afaga o seu cabelo, tentando oferecer consolo. Ela parece adivinhar as lembranças que o filho está vislumbrando. Os dois amigos unidos, tocando, brincando, conversando seriamente sobre o futuro da banda. Por fim, Otto Jr. se recompõe e, ainda em lágrimas, pede detalhes.

– Querido, quando você desmaiou no camarim, com a cabeça do Klaus apoiada na sua perna, ele já estava morto. Não resistiu ao veneno. Os médicos disseram que a quantidade de veneno era capaz de matar um touro. Aparentemente estava com muita sede, porque pegou a lata e bebeu de uma vez só. Você, praticamente, deu um ou dois goles.

Otto Jr. cai no choro novamente, dessa vez misturado com ódio. Grita, olhando para o teto branco:

– Quem fez isso, meu Deus?! Por quê? Quem é esse filho da puta?

Cristina ignora o desabafo. Otto Jr. não é de dizer palavrões na presença dela, mas a circunstância é realmente exasperadora. Os dois se abraçam.

– A justiça vai encontrar o desgraçado que matou o Klaus e quase me matou! Vou dedicar a minha vida a descobrir o maldito.

Perto dali, o deputado federal Carlos Rodrigues, que veio a São Paulo acompanhar o desembaraço e o embarque de toneladas de madeira retidas pelos órgãos fiscalizadores, circula num carro blindado. Com seu jeito peculiar, que mais parece o de um mafioso, resolve não perder a oportunidade de fazer uma visitinha à colega parlamentar, no hospital. Primeiro, como cortesia a uma deputada em início de mandato, e segundo porque ele precisa saber das reais condições de saúde do cantor. Por ora, sabe apenas o que lhe foi relatado pela esposa – a linda repórter Nathalia Gouveia. Mas quer ver com os próprios olhos.

Mesmo fora do horário de visitas, o índio tem a entrada franqueada no hospital e se dirige ao quarto de Otto Jr. Cristina o recebe, e Carlos Rodrigues faz quase um discurso de tribuna:

– Vossa Excelência e eu temos enormes divergências ideológicas. Pessoas maldosas poderiam até dizer que somos arqui-inimigos. Mas a situação exige que deixemos as nossas diferenças de lado e a deputada aceite o meu sincero sentimento de pesar pelo ocorrido. Além do mais, gosto daquele *garoto* ali e quero apertar a mão dele para apresentar os meus votos de rápida convalescença.

Cristina estremece ao ouvir a palavra "garoto". Carlos Rodrigues imprimiu certa ênfase à palavra, num tom intrigante que pareceu irônico e depreciativo ao mesmo tempo.

– Já soube que o seu filho está melhor e vim cumprimentá-lo. A colega me dá licença?

Tudo está soando misterioso, forçado e pesado. A visita, a polidez do deputado, a oferta de um "cachimbo da paz"... Mas Cristina não pode recusar que o visitante cumprimente o filho, pois já é de conhecimento público que ele passa bem. Além do mais, não quer correr o risco de que o deputado venha a usar uma eventual recusa para atacá-la politicamente.

Mesmo contrariada, ela entra com o parlamentar no quarto e, por amor à educação, anuncia ao filho o nome do deputado e informa tratar-se de uma visita de cortesia. Em seguida, por amor à discrição, mantém-se num canto do quarto, a uma certa distância da cama. Ouve Carlos Rodrigues falar, enquanto se aproxima de Otto Jr.:

– Sou seu fã, meu jovem! Eu e toda a minha família. Meus filhos têm fotos suas e da banda espalhadas entre pôsteres e porta-retratos nos quartos deles.

O rapaz arregala os olhos, sente a garganta seca, a língua intumescida, a respiração ofegante e o coração pulsando como um cavalo a galope. Fica lívido, e algo o mantém imóvel, quase paralisado.

O deputado chega perto da cama, segura a mão de Otto Jr. e aproxima o rosto do dele, como num abraço. Com a boca quase colada ao ouvido do rapaz, sussurra, ciciando como uma cobra:

– O aviso está dado...

E continua, pérfido e cruel:

– Seu amigo mereceu o fim que teve só por estar ao seu lado. A próxima vítima, se você não parar, será a sua mãe! Você não! Eu quero você vivo pra te ver sofrer...

Otto Jr. permanece de olhos arregalados, quase sem acreditar no que acabou de ouvir. E, como se nada tivesse acontecido, o deputado sorri e fala alto:

– Você vai ficar melhor que antes, garoto! Fique tranquilo, porque os deuses vão te curar por completo!

Despede-se, inclina-se em reverência na direção de Cristina, num cumprimento solene, e se retira, a passos firmes, como quem acaba de cumprir um dever social de muita relevância para a humanidade. Cristina olha para o filho e não entende a expressão de pavor que acaba de lhe transfigurar o rosto...

Reforço

Tavinho se mostrava um líder, não só porque as pessoas naturalmente o seguiam, graças ao seu carisma, mas também pelas suas qualidades de agregador, incentivador de talentos e empreendedor. Tendo como principais parceiros os amigos Klaus Thompson e Fernando Cham, ele formou uma banda, ainda amadora, que contava com a participação de alguns alunos do conservatório. Mas não perdia de vista a intenção de cursar uma faculdade de música. Passara-se apenas um ano e pouco desde a sua derrota no campeonato de xadrez.

Instruído pela mãe, Tavinho procurou o professor Firmino para convidá-lo a assistir a um ensaio do grupo, porque desejava mostrar como a sua nova escola estava sendo decisiva na formação musical dos alunos.

– Tenho certeza de que o senhor ficará contente de ver o resultado prático das aulas.

– E por que eu deveria ir te assistir na outra escola? Por que você não ficou aqui, onde o seu pai lecionou, para realizar esse trabalho musical?

– Professor Firmino, por favor, né? O senhor sabe que eu iria repetir o ano não sei quantas vezes nesta escola... aliás, o senhor, inclusive, me avisou que não conseguiria me salvar se eu não estudasse mais.

– Porque você não estudava o quanto deveria, concorda?

– Discordo, professor. Eu não conseguia me concentrar, não me interessava pelas matérias, porque não eram ligadas à música. Sei lá, professor. Eu gosto só de música, o que eu posso fazer? Mas sempre gostei muito daqui, do senhor, dos colegas. O senhor sabia que a gente continua se vendo?

– Não me diga! Verdade?

– Sim! Somos muito amigos, e estou apresentando os meus grandes colegas daqui para os meus amigos da outra escola e do conservatório. Estamos fazendo uma turma enorme!

– Isso é muito bom, Tavinho!

– E então, professor, o senhor vai, né?

Em consideração à memória do pai do rapaz, assassinado de maneira tão estúpida, o professor Firmino decidiu que iria. Mas não naquele dia, porque estava com assuntos importantes a tratar. Ele também tinha enorme apreço por Cristina, grande ativista na área da educação. Admirava-a como mulher de fibra e de princípios muito bem definidos. Marcaram, então, para sábado. Ele compareceu um pouco descrente, mas, à medida que foi ouvindo o ensaio e observando os elementos introduzidos no palco improvisado, ficou atônito com a qualidade da banda. Cristina, mãe e anfitriã, aproveitou o entusiasmo dele para sugerir que os garotos fizessem uma apresentação como encerramento das premiações da próxima gincana.

A banda se apresentou na gincana de 2007 e fez o maior sucesso. Com os elementos decorativos e de efeito trazidos ao palco, a garotada pirou. Cristina dera apoio financeiro à empreitada, entusiasmada com a capacidade de produção artística do filho de 15 anos, e não se arrependeu, porque o show causou furor. Foi uma novidade introduzida pelos organizadores, uma surpresa que se revelou o ponto alto da gincana.

Ocupados em desmontar o palco, os integrantes da banda estavam felizes com o próprio desempenho e tagarelavam sem parar. Tavinho, enquanto guardava a guitarra na caixa, sentiu um toque delicado no ombro. Voltou-se e deu de cara com Martha. Foi um encontro tão próximo que os rostos se tocaram. Martha pensou rápido e estendeu os braços ao redor do pescoço dele, para um abraço cordial, evitando assim que os lábios se tocassem. Para ela, poderia parecer muito assanhamento já chegar beijando Tavinho – viraria motivo de zoação da galera inteira da banda. Mas o abraço, símbolo de amizade e carinho, era aceitável. Tavinho correspondeu, e os dois sussurraram elogios e agradecimentos.

– Adorei o show, Tavinho!

– Obrigado, Martha. Eu vi você dançando no meio da galera.

– Nossa, você parecia tão concentrado na apresentação! Como conseguiu me ver?

– Martha, a pessoa… as pessoas… de quem a gente gosta se destacam na multidão.

Martha abriu um sorriso, apertou um pouco mais o abraço dele e depois se afastou, dirigindo-se aos outros integrantes da banda, em voz alta:

– Pessoal, foi maravilhoso! Vocês estão de parabéns!

Dando um último olhar de ternura para Tavinho, ela se foi.

De longe, Cristina não havia desligado o seu olhar para a cena e, assim que Martha se afastou, aproximou-se de Tavinho, deu uma rápida piscadela e soltou:

– Ela arrastou a maior asa pra você. Ela não é boba, não. Já viu que dessa toca sai coelho…

– Chega, né, mãe…

Cristina encheu o filho de cócegas na barriga, lembrando-se de como ele gostava desse carinho quando era pequeno.

– Para, mãe, para, mãe! Chega de cócegas. Que mico! Na frente de todo mundo!

– Tá bom, vou parar, mas vou te provocar de outro jeito… Qual o nome da banda?

Tavinho olhou bem para ela e pensou: "Um nome… Um nome para a banda…"

Atormentado

Felicidade se mede, principalmente, por algumas coisas intangíveis. Tavinho estava feliz com o sucesso do show e voltava para casa eufórico. Garantiu à mãe que jamais pararia de tocar, que era aquilo que o tornava uma pessoa feliz.

Cristina, ao volante do carro, fez uma alusão ao encontro que acabara de assistir.

– E feliz também porque a Martha foi arrastar as asinhas pra você, né, meu filho galã?

– Ah, mãe, foi só um abraço de amizade... – contestou ele, sem graça.

– Amizade? Sei... Não é de hoje que venho sacando uns olhares dela e uns suspiros seus...

– Para, mãe!

– Tá envergonhado, seu bobo? Por quê? Por acaso é pecado a gente se apaixonar?

– Quem tá apaixonado? Eu acho a Martha muito legal, inteligente, atenciosa, amiga, sempre pronta a ajudar, simpática, bonita...

– Para, filho, para! Está me dando enjoo escutar essa ladainha de paixonite!

Tavinho se deu conta de que, por mais que negasse, estava mesmo atraído por Martha e havia caído na armadilha carinhosa da mãe.

– Mãe, fica quieta, então! Me deixa pensar num nome pra banda. Me deixa esquecer a Martha por um tempo!

No fundo, Tavinho sabia que era impossível. Tinha consciência do tamanho do seu amor e pôs-se a pensar nela com carinho. Estava mais próxima, mais disponível, mais atenciosa. Tomado por um sentimento de felicidade, de repente lhe veio à mente a figura do pai. Embora fosse muito feliz com a mãe, pois se amavam bastante, a ausência do pai constituía um hiato que não deixava completa a sua vida.

Lembrar-se do pai, pensar que poderia tê-lo naquele momento ao seu lado era um passo para a indignação. O assalto covarde, a agressividade dos bandidos, a fuga e a falta de pistas que impediam a polícia de pôr as mãos nos assassinos. Sabia o quanto a mãe tentara e insistira inutilmente nas investigações. Tinha uma vontade enorme de desvendar o crime, de colocar luz sobre aquela morte obscura e inexplicada. Não se conformava com a falta de conclusão convincente para o caso. Seu pai, um homem bom, muito admirado e querido, havia sido assassinado de maneira tão covarde e brutal. Uma violência exagerada. Por que os bandidos não levaram nada de valor? Não fazia sentido. Algo certamente estava por trás daquela morte, e isso sempre lhe rondava a mente e surgia do nada. Algo como se o pai lhe soprasse aos ouvidos que houvera um motivo...

Do Inferninho ao Top

O sucesso obtido na gincana chamou a atenção de alguns donos de bares da região. Tavinho, animado com a possibilidade de marcar presença, não recusava nenhum convite para a Pandora 5-1. O nome inspirara-se no mito grego da criação do mundo. Zeus, o deus maior, fizera a primeira mulher, que se chamara Pandora, e entregara a ela, para que guardasse numa caixa fechada, os cinco principais males da humanidade (a guerra, a discórdia, o ódio, a inveja e a doença) e o maior bem que alguém poderia possuir, a esperança. A ideia era condensar, no nome da banda, a mensagem de que, ao se apresentar, os integrantes perseguiriam com o arsenal da boa música todos aqueles males, para derrotá-los com a arma divina da esperança. Era uma concepção filosófica em demasia para os companheiros, e por isso Tavinho precisou insistir muito, explicar a origem do nome e a mensagem que pretendia passar para o público. Como de costume, quem cuidou de promover a conciliação da turma foi o diplomático Fernando Cham. Àquela altura, a trupe já contava com um baixista, aluno do conservatório, Roberto Pillo. Não dependiam mais do teclado, para alívio do percussionista Cham.

A turma sempre acreditou no faro do líder Tavinho. Apresentavam-se em bares, restaurantes simples, inferninhos. Animavam festas, inclusive em cidades do entorno da capital, mas não se atreviam a fazer incursões mais distantes. Primeiro, porque Tavinho tinha apenas 15 anos e seus companheiros, uma idade bem próxima, e segundo porque, ainda que Cristina sempre que necessário comparecesse para bancar a turma, havia uma dificuldade logística para se conseguir transporte para a trupe toda, mais os equipamentos, além da obrigação de dormir cedo para estudar. Nos fins de semana, entretanto, começando pela sexta-feira, Tavinho tentava manter a agenda lotada. Cada apresentação significava um treino, e o lema era treinar muito. Sua turma concordava que valia a pena praticar, mesmo tocando de graça ou recebendo apenas refeição, transporte e/ou minúsculos cachês. Eram jovens. E para jovens, sempre vale tudo.

Assim transcorreu o ano de 2007.

Em 2008, Martha e Tavinho já estavam saindo havia algum tempo. Numa conversa entre os dois, surgiu uma ideia.

Desde a escola anterior, quando estudavam juntos, costumavam frequentar um a casa do outro e já conheciam as respectivas famílias. Dois jovens simpáticos e educados, os pais aprovavam aquela amizade e confiavam no bom senso de ambos. Numa dessas ocasiões, Martha passou na casa de Tavinho e ficou na cozinha, conversando com Cristina e Iaúna. As duas adoravam aquela menina linda e inteligente, que levava alegria a todo lugar aonde ia.

Martha era hábil em conquistar corações. Convidou as duas para jantar fora, na companhia dela e de Tavinho.

– Tia Cristina, convença a tia Iaúna a ir conosco. Vai ser divertido!

Iaúna fez cara feia, fingindo-se zangada.

– Imagine essa índia velha ir jantar fora! Ficou doida, menina? Os restaurantes nem vão aceitar a minha entrada!

Cristina e Martha riram da ingenuidade da índia. Tavinho entrou na cozinha e Cristina sugeriu:

– Tavinho, vá jantar com a Martha. Estou cansada e quero ficar descansando. Iaúna vai me fazer companhia.

– Bacana, tia! Tavinho, vamos então ao Ratá? Meu pai só fala nesse lugar. Por ele, jantaria toda noite lá.

– Também adoro! – disse Tavinho. – Mãe, não quer ir mesmo?

– Não, meu filho. Divirtam-se vocês dois. Leve o meu cartão de crédito.

– Opa! Aí sim! Gostei!

Todos caem na risada...

O Ratá era um restaurante moderno, que os jovens adoravam porque tinha boa música, petiscos gourmet, pratos muito bons e ambiente à meia-luz, com alguns pontos bem reservados. E, é claro, era nisso que Tavinho e Martha estavam pensando.

Pegaram um táxi e, em 20 minutos, já estavam sentados lado a lado, num sofá em frente a uma mesa para dois. Pediram o menu degustação, composto por quatro pratos. Conversaram muito sobre a escola, seus planos nos estudos e, por fim, beijaram-se ao sabor de uma sobremesa compartilhada: profiteroles com uma carolina recheada de sorvete de creme.

– Tavinho, pensei numa coisa. Meu pai é muito amigo dos donos do Ratá. Acho que eu posso falar com ele e ver se consegue convencê-los a aceitar que a sua banda venha tocar aqui.

– Aqui no Ratá?! Caramba, Martha, é um lugar top, frequentado pela elite paulistana!

– É isso mesmo. Seria uma espécie de estreia da Pandora 5-1, num lugar chique.

– Mas você acha que tem chance de a gente conseguir tocar nesse lugar, pelo menos uma vez? – perguntou Octávio, esperançoso.

– Não custa tentar. E você sabe que o meu pai faz tudo que eu quero. Tenho um jeitinho especial de lidar com ele…

– Puxa, mas eu só tenho 16 anos… Não vai ter problema com autorização do Juizado, essas coisas?

– Tenho certeza de que não. No dia do show, virei com os meus pais e você, com a sua mãe. Com os responsáveis junto, não haverá problema, acho eu!

Na volta para casa, de mãos dadas no banco traseiro do táxi, era difícil imaginar um casal mais feliz que Tavinho e Martha. Novos e bons ventos começavam a soprar…

Que Músico É Esse?

Tocar num restaurante de renome como o Ratá foi um excelente desafio para a banda. Os integrantes já vinham num ritmo acelerado de treinos e ensaios, mas se apresentar num lugar da elite requeria mais treino, mais dedicação e mais apuro na produção do espetáculo. Era isso: eles não queriam apenas tocar no restaurante, mas apresentar um espetáculo, para que a banda ficasse marcada na memória dos frequentadores. E não fizeram feio. Muito pelo contrário, os contratantes ficaram entusiasmados e assinaram um contrato inicial por três meses, para tocarem aos sábados, com repertório composto principalmente de bossa nova. Tocariam das 17 até as 22 horas para não haver qualquer problema, quando então, entraria outro conjunto composto por veteranos. O Pandora 5-1 pegaria um bom horário, aquele em que as pessoas, principalmente no centro da capital paulista se reúnem para uns "tapas" e iniciam a degustação de aperitivos. Nada mau para iniciantes se tornarem conhecidos do público.

Criativo e dedicado pesquisador do repertório musical de muitos países, Tavinho promoveu a sua formação musical com base em duas premissas. Primeiro, a prática. E segundo, combinada com a prática, a técnica.

O conservatório lhe deu a base, mas o refinamento foi obtido na Faculdade de Música da Escola de Comunicação e Artes da USP, com professores do mais alto nível. Tamanhas eram a desenvoltura e dedicação aos estudos de música, que ele foi aprovado entre os dez melhores vestibulandos, logo no primeiro vestibular que prestou aos 16 anos. Foi um período de muito estudo e trabalho, porque os shows não podiam parar nos fins de semana. Tavinho concluiu o curso de composição em dez semestres, num total de quase cinco mil horas entre aulas teóricas e práticas. Ainda durante a graduação, obteve uma bolsa de estudos para um programa de pesquisa numa universidade da Espanha, com duração de um ano. Durante esse período na Europa, ele viajou por vários países. Buscou a música popular e a música raiz. Compreendeu os pontos em comum e traçou os padrões. Uniu estilos, conseguindo um misto interessante e muito agradável de bossa nova, jazz e samba. Para apimentar e aplicar um toque exclusivo, trouxe elementos alegres da cumbia colombiana, do merengue caribenho, da java francesa, do flamenco espanhol e da desgarrada portuguesa.

De todo esse sincretismo musical surgiu um novo ritmo, que Tavinho batizou de Basam, uma inversão silábica de Samba. Contagiante, dançante, alegre, o Basam ganhou o mundo. As composições de Tavinho receberam menções muito positivas da crítica especializada e começaram a frequentar as listas das músicas mais tocadas.

Mas ele queria mais. Não se considerava pronto.

– Mãe – disse ele –, quanto mais aprendo, mais vejo o quanto ainda tenho para aprender.

– Mas, filho, você já é famoso, já tem uma agenda cheia de apresentações. Que mais você quer?

– Excelência, mãe. Quero ser o melhor que eu puder, e sei que posso ser muito mais do que sou agora. Preciso ir para uma escola de ponta. Estou há tempos reservando uma parte do que tenho recebido das casas onde a banda se apresenta, mas ainda é pouco para custear o que eu quero.

– E o que você quer, Tavinho?

– O centro musical do mundo ocidental, mãe: Nova York. Eu tenho como pagar as passagens e mais a alimentação por uns seis meses, mas fui ver os preços das matrículas em várias escolas americanas. Tudo muito caro e com exigências impressionantes para a prova de ingresso. Mas a que mais chamou a minha atenção foi a Manhattan School of Music.

– E a banda, meu filho, como vai ficar?

– Eu me acerto com eles. Podem continuar sem mim por um tempo, na boa. Fernando Cham pode fazer o vocal, com as três super backing vocals que são maravilhosas, a Vi Belle, Ci Cher e Pó Bono – elas são ótimas, estão cada vez melhores e vão saber segurar os shows com o Fernando. E, claro, além do público ser avisado antes dos shows, eles explicarão para a audiência que estou em viagem de aperfeiçoamento musical. Quando eu voltar, estarei mais afinado do que nunca.

– Bem, se você acha…

– Tenho certeza, mãe! Vai ser muito bom para a banda e eles dão conta do recado!

– E os custos. Já viu as taxas?

– Já, sim. Aluno estrangeiro paga 41.130 dólares por ano, com material didático e acomodação incluídos. O campus da Claremont Avenue não é lá essas coisas, tem inclusive recebido nota C+ dos ex-alunos que pesquisei, mas a qualidade do curso é excepcional. A escola é de tempo integral e o número de vagas, apenas umas 500.

– Bem salgado, né, Tavinho?

– É, eu sei, mãe. Mas a partir do segundo ano poderei conseguir uma bolsa. Se eu tiver desempenho nota A, tenho certeza de que serei aprovado na bolsa Be Bold, de 25 mil dólares, o que corresponde a mais da metade da anuidade.

Feliz com a aquiescência da mãe para os seus planos, Tavinho começou a se planejar. Precisava de mais excelência para ser um artista de nível internacional. Sua inovação na criação de um novo ritmo foi a chave para apresentar um projeto de pós-graduação na Manhattan School of Music (MSM). Uma das escolas de música mais competitivas dos Estados Unidos, tanto pela sua localização quanto pela excelência do corpo docente, oferecia programas de bacharelado e mestrado em música clássica e jazz. Cristina aplicou parte dos seus investimentos no aperfeiçoamento de Tavinho, custeando matrícula e materiais, além de uma mesada para despesas extraordinárias. O talento do rapaz chamou a atenção de professores e colegas, e, pouquíssimo tempo depois de ter iniciado o curso, já começou a se apresentar em bares e clubes badalados do Greenwich Village. Suas performances, com músicas do cancioneiro raiz dos Estados Unidos e de outros países, combinadas com algumas composições próprias, deram-lhe fama de estrela nascente. Era um artista que transmitia alegria e leveza, e assim cativava qualquer público.

Tavinho não perdia qualquer oportunidade e aliava os estudos à prática e ao forte treino que as apresentações proporcionavam. Fez imersão no mundo noturno da música americana em pleno coração de Manhattan, o que lhe garantiu uma cancha sensacional para o projeto que ele delineava, de aliar, à música brasileira, a sonoridade americana. E, sempre que podia, introduzia elementos de origem das músicas que pesquisara na Europa. Era o seu sonho, era o seu projeto.

Ao voltar para o Brasil, em 2013, aos 21 anos, Tavinho disse que queria deixar a casa da mãe e viver por conta própria. Bastava de viver às custas dela!

Seguiu-se um embate entre ele e Cristina. Ela achava que era cedo para ele morar sozinho. Mas Tavinho tinha necessidade de se provar, vivendo da música. Assim, numa manhã de sábado ensolarada, ele saiu da casa de Cristina.

Ela, por trás do seu semblante entristecido, estava mais do que orgulhosa do filho. Enxergava nele a repetição da sua atitude de jovem, quando, com a cara e a coragem, foi enfrentar a Amazônia para produzir sua pesquisa de conclusão de curso. Na volta, poucos meses ficou na casa dos pais, tendo buscado a sua independência num apartamento alugado, próximo ao trabalho, para evitar trajetos longos e o trânsito absolutamente caótico de São Paulo. Teve muito orgulho de si mesma naquele momento e agora sentia muito orgulho do filho que conseguira criar, que desejava liberdade e independência para viver a sua vida, sem esquecer que contara com a ajuda de Iaúna, é claro...

Turnê Mantida

Depois de uma semana angustiante, finalmente Otto Jr. recebe alta. Ainda abatido, combalido por tudo o que passou, mas com a voz firme, concede uma entrevista à imprensa, no auditório do hospital, antes de seguir para casa. Assim que entra para ocupar o seu lugar, é cercado por repórteres fotográficos. Tendo Martha à sua direita e o empresário do grupo à esquerda, senta-se à frente dos integrantes da banda, que formam uma linha atrás deles, cada um usando, no braço esquerdo, uma faixa preta de luto.

A primeira repórter a erguer a mão é Elena Rueda.

– Otto Jr., represento a Caracol TV, da Colômbia. Por favor, diga como se sente, depois de uma semana internado por envenenamento.

– Estou muito bem, graças ao atendimento que tive neste ótimo hospital. Sinto-me pronto para retomar as minhas atividades artísticas.

– Logo depois de Manaus, o próximo show agendado seria em Bogotá. A turnê está mantida?

– Sim, Elena. A turnê está mantida. A banda não pode desapontar os fãs colombianos. Talvez um ou outro show tenha que ser remanejado, por causa de circunstâncias locais, mas o nosso empresário está cuidando disso, fazendo todos os ajustes necessários para que não haja frustração por parte do público que pagou ingresso e reservou o seu tempo para nos assistir. Precisamos reorganizar as datas, porque esta semana de interrupção atrapalhou a agenda, mas Alberto Spitz, aqui ao meu lado, já confirmou a realização do show em Bogotá no dia 15 de junho. Todos os ingressos continuam válidos. E agradeço que a TV que você representa ajude na divulgação desta nova data.

– Será um prazer. E também operamos um canal aberto no sul da Flórida, chamado GenTV, por isso vamos alcançar muitos fãs nos Estados Unidos.

Apressa-se a erguer a mão o repórter Diego Cruz, da TV Peru, emissora estatal sediada em Lima.

– E os shows programados para a Venezuela e o Peru também estão mantidos?

– Todos os shows previstos na turnê de lançamento do álbum *Amazônia* estão mantidos e serão cumpridos.

O repórter grandalhão que faz a cobertura da CNN no Brasil é mais pragmático:

– A gente vê que você ainda não está 100% recuperado, e já sabemos que os médicos recomendaram um pouco mais de repouso.

– Não posso me dar ao luxo de mais repouso. Tenho que voltar ao trabalho, até para homenagear o meu amigo Klaus Thompson.

Há um murmúrio de lamentação na plateia. O repórter da CNN retoma a palavra.

– Nós todos lamentamos o atentado que resultou na morte do seu baterista...

– Amigo, mais do que baterista! – interrompe Otto Jr.

– Sim, entendemos a sua emoção. Pergunto se já foi escolhido o substituto de Klaus Thompson.

Otto Jr. se levanta, abraça Fernando Cham e o apresenta aos jornalistas.

– Este é Fernando Cham, um amigo maravilhoso, percussionista de grande expressão e baterista com a mesma competência de Klaus Thompson. Ele será o novo baterista da banda. Está conosco desde a nossa época de colégio, quando começamos a fazer os primeiros ensaios, após as aulas. E sente tanto quanto eu a dor pela perda de Klaus, amigo mais que querido.

Momento de forte emoção, Otto Jr. abraça Fernando e afaga a cabeça do amigo, que encosta o rosto no seu peito, tomado pelas lágrimas que não consegue conter.

– Fernando é um músico completo e, ao ver que Klaus e eu estávamos iniciando o nosso projeto musical, imediatamente se juntou a nós e nunca mais nos deixou.

Faz uma pausa, apertando o abraço do amigo, e prossegue:

– Fernando Cham é um dos alicerces da nossa banda. É ele que interfere com o seu enorme bom senso e sensibilidade, ah... e bom humor, quando há alguma discordância entre nós. É um integrador, um facilitador e, ao mesmo tempo, um profissional exímio. Posso dizer que é o responsável pela banda ter se mantido sempre num ambiente de harmonia e de companheirismo. É o nosso catalisador.

A repórter da TV brasileira, baixinha, tem que pular para ser vista.

– E para a percussão, para o lugar do Fernando, quem vai ser escolhido?

– Vamos convidar um grande amigo e percussionista de mão cheia, Fábio Có. Ele está à altura do Fernando Cham. É muito competente, e tenho certeza de que o público vai adorá-lo.

Fernando faz questão de falar do novo integrante.

– Estivemos de passagem por Botucatu, anos atrás, e paramos para jantar num restaurante legal, no Centro. Tinha um conjunto fazendo um som. Ficamos impressionados com a qualidade musical do Fábio. Desde então, mantivemos contato. Estamos muito felizes por ele ter aceitado o nosso convite. O mundo vai conhecer o trabalho desse grande artista, Fábio Có!

Otto Jr. completa:

– E assim o nosso grupo ganha, ele ganha, e o público também. A música que ele apresenta tem muita identificação com o nosso estilo e a nossa mensagem.

As respostas de Otto Jr. mostram a pessoa decidida que é, com uma visão no futuro, apesar dos embaraços do presente.

A entrevista prossegue, descambando para os aspectos mais policialescos do caso. Indaga-se quem pode ter sido o responsável pelo envenenamento, qual foi a motivação, como estão as investigações. Otto Jr. não tem como responder. Após o coma ficou em recuperação, sem contato com ninguém, a não ser com a mãe, Fernando Cham e, de forma rápida, os integrantes da banda. Garante que acompanhará toda a apuração do caso e que o seu maior desejo é que os responsáveis sejam identificados e a justiça, feita.

– Sei que há repórteres sensacionalistas que andam dizendo que o envenenamento pode ter sido uma vingança a uma pretensa ausência minha das obrigações que assumi na ONG que criei. Quero declarar que essa alegação é absurda e intolerável. Centenas de famílias poderão confirmar a minha dedicação.

Em seguida, afirma que planeja comparecer à missa de 7º dia de Klaus, em São Paulo, antes de embarcar para Bogotá. Anuncia que haverá algumas novidades, mas não detalha quais. Diz que será uma surpresa para o público.

Emocionado, Otto Jr. conclui a entrevista da seguinte maneira:

– Estamos preparando uma homenagem ao Klaus, na abertura do nosso próximo show. Não podemos deixar de exaltar a lembrança dele, tudo que representou para a banda e o que significou para mim.

Então, abaixa a cabeça e chora. Martha lhe faz um afago. Os cinegrafistas e repórteres fotográficos aproveitam a cena comovente para captar imagens que ilustrarão as manchetes e reportagens. Otto Jr. está vivo e de volta, para a alegria do seu público.

Se É para Ser, Será...

A cidade de Nova York é um sonho para quem a visita e para quem mora lá, ainda que temporariamente. Era o caso de Tavinho, prestes a completar 20 anos e cursando especialização na Manhattan School of Music. Aos domingos, apresentava-se, com exclusividade, no tradicional Blue Note, no Greenwich Village, uma das casas de shows de jazz mais famosas da cidade e onde já haviam se apresentado nomes como Dizzy Gillespie, Sarah Vaughan, Ray Charles e The Modern Jazz Quartet.

– Olá, pessoal. Sou Otto Jr. e vou levar vocês a uma viagem musical pelo mundo. Espero que gostem.

Essa era a sua frase de apresentação. Fazia sucesso, porque acrescentava ao jazz as suas intervenções de arranjos coletados do cancioneiro internacional, especialmente a bossa nova.

– Nossa! Que maneira peculiar de tocar *Garota de Ipanema* – comentou a gaúcha ruiva para a amiga americana que havia morado no Brasil. As duas eram frequentadoras do Blue Note e passavam sempre por lá aos domingos.

– Lindo! Really cool! – disse a americana em voz alta para Otto Jr.

Tavinho agradeceu em inglês, para que todos os clientes entendessem a mensagem.

Um senhor gordo, com cara e jeito de texano, e com idade já um tanto avançada, pediu que ele tocasse algo de Carmen Miranda.

Tavinho tocou um trechinho de *Chica-Chica-Bum* para agradar o saudosista, mas emendou logo em seguida uma seleção de Moraes Moreira e Lulu Santos, que levou os frequentadores a balançar o corpo no ritmo das canções.

Nessa época, Tavinho mantinha contato frequente com a sua equipe por intermédio do WhatsApp, acompanhava as notícias sobre as apresentações da banda, falava com a mãe e Iaúna, pelo menos, duas vezes por semana. E, quando tinha uma notícia que considerava suficientemente importante, fazia contato com Martha. A vida tinha seguido o seu curso, depois da formatura, Martha escolhera a faculdade de Engenharia de Produção e Tavinho seguira para a música. Por conta disso, os encontros foram rareando, até que acabaram deixando de se ver. Mas o carinho mútuo permaneceu. Falavam-se quando possível, de modo que ambos sempre estavam a par do que cada um fazia. O relacionamento terminou, ou melhor, ficou desidratado por falta de contato físico, mas a amizade e o carinho entre eles só cresciam.

Numa das mensagens, Tavinho enviou um vídeo curto de uma apresentação. Martha se encantou com o que viu e informou que ela e os pais fariam uma viagem de férias a Nova York.

– Você virá com eles, Martha?

– Sim, Tavinho!

– Uau! Você virá aqui em Manhattan? Que demais!

– Sim, Tavinho, também achei demais a gente se ver por aí! Quero me divertir com você!

– Fantástico! Vou levar vocês para conhecer uma porção de lugares que fogem do padrão dos turistas comuns. Tem coisas muito interessantes para se ver.

– Nossa, meus pais vão adorar!

– E você?

– Eu o quê?

– Vai gostar de me ver?

– É claro que vou. Nunca me esqueço de você.

– E também vou levar você... vocês... para me verem tocar. Anote aí o endereço: 131 W 3rd Street – Greenwich Village.

– Ai, meu Deus! O bairro mais cult de Nova York!

Vinte dias depois, o sol morno do início de outono iluminava todo o palco externo do Blue Note. Tavinho experimentava uma seleção de blues com evoluções jazzísticas, muito bem aceita pela plateia. No instante em que ergueu o rosto para passear o olhar pelos clientes, deu uma bela desafinada. É que enxergou, na calçada, ao lado dos pais, esperando que o maître lhes arranjasse uma mesa, ninguém menos que Martha. Ela estava com um olhar enlevado, a mão direita sobre o coração e um sorriso mais brilhante que o sol de outono.

– Meu Deus! Sinto algo diferente quando vejo essa mulher...

Tavinho se recuperou depressa para prosseguir a apresentação, depois de um "sorry" para a plateia. Mal via a hora de chegar o intervalo para abraçar os recém-chegados. Somente dez minutos depois conseguiu descansar a guitarra e avisar que era hora de tomar uma água.

Encaminhou-se para a mesa da família Moss, recebendo palavras de cumprimentos pelo caminho. Martha se levantou e o recebeu de corpo inteiro, num abraço bem apertado. Seus pais se entreolharam, numa espécie de aprovação tácita do carinho que presenciavam. Sempre aprovaram o encontro dos dois, porque Tavinho era educado, determinado e muito agradável. E também porque sabiam o que cada mensagem causava na filha. Depois de ter falado com Tavinho, ela passava dias e dias cantando como um pássaro.

– Martha, que saudade! – disse Tavinho ao ouvido da moça, por entre o seu cabelo liso e dourado. – Eu não via a hora de descer daquele palco.

– Eu também, Tavinho... Há quanto tempo não ganho um abraço tão gostoso!

– Você está mais linda ainda!

– E você, um galã de cinema. Pensei que tínhamos errado a passagem e estávamos em Hollywood.

O pigarrear do sr. Moss trouxe os dois de volta à realidade. O abraço tinha durado muito mais do que a etiqueta considerava adequado.

Tavinho se apressou a cumprimentá-los educadamente. Em seguida, sentou-se e iniciaram um papo gostoso.

– Quero fazer uma proposta. Como já estou aqui há bastante tempo, sou curioso e fucei a cidade inteira, descobri uns lugares bem bacanas, fora do circuito entediante dos turistas. Quero mostrar a verdadeira América para vocês. Topam?

– Vamos gostar muito – disse a sra. Moss. – Meu marido e eu temos no sangue o espírito da aventura.

– Nem tanto, né, mãe? – retrucou Martha.

Todos riram e Martha completou:

– Também, não vamos para nenhum safari ou clube da Máfia. Vamos só conhecer coisas novas.

Tavinho olhou o relógio e voltou para o palco, para mais vinte minutos de apresentação. Pensando em Martha, escolheu uma playlist mais romântica, com toques dançantes. A plateia amou. Terminado o compromisso, desceu do palco quase correndo, puxou Martha pela mão e saiu animado, descrevendo a vizinhança, e os pais dela tentando acompanhar o passo acelerado dos dois. De Greenwich Village, Tavinho os levou para conhecer o pequeno apartamento em que morava, perto da Livraria Barnes & Noble. Conversaram mais um pouco e decidiram que estava na hora de deixar Tavinho descansar, pois sabiam que no dia seguinte ele teria aula logo cedo na universidade.

– Vamos descer e ficarei com vocês até pegarem um táxi. Daqui não é muito longe. Jantem, descansem, e sugiro que, até quarta-feira, façam o circuito que planejaram, museus, parques, compras e tudo mais. De minha parte, a partir de amanhã, terei faculdade todos os dias, com muitas atividades que não poderei perder. Mas na quinta-feira será Dia de Ação de Graças. A faculdade irá emendar, já ajustei para não tocar no sábado e no domingo no Blue Note, e aí teremos quatro dias inteiros para passear, tá bom? Combinado assim?

Martha bateu palmas de excitação. Parecia uma menina a quem se prometia um passeio no circo. Os pais também ficaram felizes, porque teriam um guia exclusivo e, acima de tudo, já bem conhecido deles.

De segunda até quarta, Martha e Tavinho, cada um a seu modo, estavam ansiosos pela chegada da quinta-feira.

– Martha, você está roendo a unha do polegar! – censurou a sra. Moss. – Só faltava essa: começar a roer as unhas!

– Não vou não, mãe. É que estou bem feliz com esse passeio!

O sr. Moss apenas sorria, pensando no grande presente que estava proporcionando à esposa e à filha.

* * *

A quinta-feira afinal chegou. Como prometido, Tavinho estava esperando no hall do hotel. Tinha alugado um carro para poderem se deslocar mais livremente. O rapaz mostra tudo o que já havia aprendido sobre a cidade aos pais de Martha, locais pitorescos, fora da área turística, bairros elegantes, lojas e empórios únicos como o Zabar's e um pouco dos *suburbs* tão vivenciados pelos americanos que trabalham na ilha, mas vivem fora de Manhattan. Passam a tarde em Ridgewood, em New Jersey, próxima a outras cidades como Paramus, e Glen Rock, que são vilas localizadas no distrito de Ho-Ho-Kus, condado de Bergen, típicos *suburbs* americanos ao lado da imensa Manhattan, mas locais onde ainda é possível desfrutar de algum sossego.

Curiosamente, quando estavam caminhando por uma rua, em Ridgewood, escutam um senhor chamando Octávio da porta de uma casa:

– Otto! Otto!

Quando eles se viram para atender ao chamado, verificam que é a casa de número 731, da Parsons Road, de onde saía um dos professores de Tavinho, para cumprimentá-lo na rua. Não os convidou para entrar, típico comportamento mais frio do americano, mas perguntou o que estavam fazendo por lá. Octávio apresenta Martha e os pais como seus amigos do Brasil e conta que estava mostrando os subúrbios ao redor de Nova York, em contraste com a loucura de Manhattan.

– Estão gostando? – pergunta o professor. – Eu me sinto bem aqui, com as ruas largas e arborizadas, e o sossego. É o meu recanto predileto. Vou para a ilha todos os dias de trem até Hoboken e depois pego o metrô para atravessar por baixo do Hudson e desço na Penn Station, do lado da faculdade.

– Estamos adorando, professor – responde Martha, fluente em inglês. – É uma América bem diferente daquela que os agentes de viagem costumam indicar.

– Da mesma forma, a imagem que temos de alguns brasileiros que vêm visitar nosso país é um pouco distorcida – desculpa-se o professor. – Eu passei a apreciar muito mais os brasileiros depois de conhecer pessoas como o Otto. Um aluno excelente, rapaz disciplinado, de caráter, músico talentoso. E devo dizer, de bom gosto – completa ele, dirigindo-se a Martha –, escolheu uma moça educada e muito elegante para ser sua namorada.

Os pais se entreolham de novo. Octávio e Martha dão-se as mãos, num gesto quase reflexo, e sorriem. O professor conversa um pouco mais e depois deixa que prossigam o passeio.

Já é fim de tarde, precisam pegar a ponte de volta para a ilha. O trânsito não está tão ruim, porque o movimento mais intenso é de gente saindo de Manhattan, e não o contrário.

Chegaram rapidamente ao hotel. Ao deixá-los, Tavinho informou que havia adquirido ingressos para o show do Stamp, na Broadway, para o sr. e a sra. Moss.

– É um grupo de bailarinos que dançam fazendo som com qualquer material que tiverem nas mãos: um cabo de vassoura, uma panela... Vocês vão amar. Sugiro que, depois do show, jantem no restaurante do Marriott Marquis, lindíssimo. Enquanto isso, eu e a Martha jantaremos em Little Italy, bairro italiano de Nova York.

Tudo acertado, Martha e os pais subiram para um banho e um breve descanso. Tavinho correu de volta para o studio, porque tinha providências a tomar.

O jantar em Little Italy foi mais surpreendente do que esperavam, porque Tavinho encontrou, jantando placidamente num canto, o maestro Mário Medalhão, de quem era grande fã e com quem trocou apenas algumas frases de admiração, para não atrapalhar o jantar dele.

Escolheram a mesa, pediram um *antipasto* clássico e, enquanto aguardavam os pratos, saborearam uma boa taça de vinho tinto, que os americanos chamam de burgundy.

– Martha...

– Sim, Tavinho...

– Eu pensei que poderíamos ir para o meu studio, depois do jantar. Ficar um pouco sozinhos...

Ela sorriu e brincou:

– Não aguenta mais passear com os meus pais, não é?

Ele sorriu de volta e devolveu a brincadeira:

– Bem, eu não reclamaria se eles tivessem ficado no Brasil…

Riram, um pouco por conta do vinho que já lhes alegrava o espírito e impedia cerimônia.

Jantaram, o tempo todo encostados um no outro, como se, sem o toque da pele, o outro escaparia transformado em sonho. No táxi, abraçaram-se e beijaram-se sem desconforto, porque os taxistas do Yellow Cab são muito discretos ou não estão nem aí para quem transportam. Ao chegarem à porta do apartamento, Tavinho pediu que Martha esperasse um pouco, antes de entrar. Ele abriu a porta, entrou, acendeu as luzes e voltou. Com o carinho de quem estava carregando um vaso de porcelana chinesa da dinastia Ming, ele a pegou no colo, enquanto ela enlaçava os braços em torno do pescoço dele.

O apartamento estava cheio das flores que Martha amava – cravos brancos. As luzes eram suaves. Cada coisa no seu lugar, tudo na mais perfeita ordem. Dirigindo-se ao quarto, Martha percebeu para onde estavam indo e apertou mais os braços em Tavinho, como se dissesse: "Eu sabia que você me quer." Tavinho parou à porta, beijou-a no rosto, nos olhos que ela manteve fechados, no pescoço de onde o sangue parecia fluir a toda velocidade, impulsionado por um coração em festa. Delicadamente, segurou-a no queixo para que levantasse o rosto para um beijo suave, que aos poucos foi ficando mais profundo. Tavinho escorregou a mão para dentro do vestido de Martha e encontrou um seio perfeito.

Estavam descobrindo o que ainda faltava descobrir. Já se amavam por dentro, mas queriam se amar um dentro do outro. Martha se deixou beijar, entregou-se à paixão na mesma intensidade que observou em Tavinho. Encontraram o ritmo certo para os corpos e o timing certo para atingirem o ápice. Amaram-se mais e mais, por horas, cansados, suados, felizes.

Dois dias depois, Tavinho foi levar a família ao JFK, de onde Martha e os pais decolariam de volta para o Brasil. Foi um desenlace muito triste, porque ambos não queriam se separar de forma alguma, abraçados o tempo todo, ou andando de mãos dadas. Era como se o sr. e a sra. Moss nem existissem, afinal os jovens mal olhavam para eles. Olhavam um para o outro, ansiando por uma nova noite de amor, que rezavam para que acontecesse muito proximamente.

Decolou um avião que, entre os seus passageiros, levava o coração mais triste deste mundo: o de Martha Moss, que deixou a metade dele pulsando junto a um outro coração...

PARTE TRÊS

Sem Volta

Ele Voltou

Era junho, o verão norte-americano estava esplendoroso. As pessoas circulavam pelo Central Park de bermudas e camisetas leves, enjoadas das parkas, gorros e luvas exigidos durante o inverno gélido. Final de semestre e final de curso para Tavinho. Pela dedicação em tempo praticamente integral, tinha conseguido adiantar alguns créditos, e o seu *term paper* – que fez com o pé nas costas, analisando as influências exógenas no jazz norte-americano – foi celebrado como um rico acréscimo à biblioteca e à seção de pesquisa da Manhattan School of Music. Era um trabalho inovador e de uma robustez difícil de se encontrar, mesmo numa escola com tantos talentos. Mas além de ser um aluno excepcional, Tavinho era um colega muito especial, respeitado, querido. Tanto que os colegas prepararam um festival para a despedida dele. Seria uma *jam session*, reunião informal em que os músicos improvisam a partir de uma linha musical inicial. Escolheram um bar dentro do Central Park, o Loeb Boathouse, com vista espetacular para um dos lagos, e lá reuniram-se todos os alunos que estavam se graduando e mais os professores. No verão, os dias eram mais longos e a noite chegava a cair apenas depois das 21 horas, por isso tiveram bastante tempo para se apresentar à luz do dia. Para iniciar a sessão, pediram a Tavinho que apresentasse uma das suas composições. No meio da canção, entrou um havaiano fazendo um solo de ukelele, improvisando sobre o tema, em seguida, um estudante da Tanzânia entrou com um som de tambores, e logo depois foi a vez do sax da colega da Malásia. Um a um, cada estudante foi desfilando o seu instrumento e a sua competência, mas sem deixar que Tavinho abandonasse a guitarra. Ao fim de duas horas de show, com o restaurante já rodeado de centenas de espectadores que estavam adorando a apresentação, foi feita uma pausa para que os professores também comparecessem com os seus instrumentos. Começou uma nova sessão de improviso, e os mestres exigiram a presença de Tavinho junto deles. Foi uma noitada histórica. Para encerrar, aos gritos de "discurso, discurso", Tavinho foi chamado a dizer algumas palavras. Não se fez de rogado, porque queria mesmo relatar o seu sentimento.

– Companheiros, camaradas, amigos. Eu vim para este país, como vários de vocês, acreditando que havia uma fonte de conhecimento da qual eu poderia tomar alguns cálices. Eu me enganei. Não tomei cálices, mas galões inteiros de conhecimento musical, experiência de vida, exemplos de atitudes e generosidade. Cheguei aqui um garoto, e volto para casa um homem. Cheguei aqui com o meu talento e poucos dólares no bolso. Saio daqui, depois de dois anos, duas vezes mais sábio, duas vezes mais humano e duas vezes mais profissional. Aos mestres, ergo este copo de cerveja para brindar pelo meu reconhecimento e admiração. Aos colegas, vocês todos que iluminaram a minha permanência aqui, com a sua boa vibração e companheirismo, abro os meus braços para tentar acolher a todos, de uma só vez, no abraço coletivo que eu gostaria de dar. Muito obrigado pela belíssima festa de hoje e pelo imenso carinho que levo, na memória e no coração, para o meu querido Brasil!

Tavinho desceu do palco, sob aplausos. A primeira pessoa a se aproximar para cumprimentá-lo foi a gaúcha ruiva que costumava ir ver as suas apresentações no Blue Note. Soltinha, sob efeito de algumas cervejas, não desgrudou dele, fazendo perguntas e mais perguntas sobre os seus planos para o futuro, as suas preferências. Tavinho bem que gostou da companhia, porque Rita queria mesmo era arrastá-lo para o apartamento dela. Conseguiu, e nem precisou fazer muito esforço. Tavinho estava mesmo disposto a uma comemoração.

Na manhã seguinte, teve tempo de tomar o café com a insaciável companheira da noite. Transaram mais uma vez na mesa da cozinha mesmo. Depois ele tomou um banho e seguiu para arrumar as suas coisas. Despachou a maior parte por navio, embora demorasse a chegar, mas era muito mais barato do que pagar excesso de bagagem no avião.

* * *

Tavinho estava de volta. Desembarcou por volta das 10 da manhã no Aeroporto de Guarulhos e já se encontrava na casa da mãe para o almoço. Cristina nem foi trabalhar. Encomendou a Iaúna os pratos prediletos do filho. Foi um reencontro temperado com muito carinho e saudade. Mas, apesar de todo o mimo e atenção da mãe e da índia, ele estava ansioso para ver novamente, e de muito perto, os olhos claros de uma moça loira que lhe dera, em Nova York, a noite mais feliz da sua vida. Já havia mandado mensagens por aplicativo, desde que marcara a passagem de volta. Não estava tendo paciência para prestar atenção a todas as novidades que a mãe queria contar, por conta da ansiedade em rever Martha. Porém, ela só conseguiria encontrá-lo no fim de semana, porque a empresa em que trabalhava estava em auditoria. Então, paciência.

Falaram-se por aplicativo todas as noites, confessaram a falta que sentiam um do outro. Enquanto o fim de semana não chegava, Tavinho aproveitou o tempo para matar saudades da mãe e de Iaúna, e ir ao encontro dos companheiros da banda, para colocar em ação várias ideias que lhe povoavam a cabeça. Estavam todos superfelizes e fizeram um relatório minucioso de tudo quanto puderam realizar durante o período em que ele estivera ausente. Mas, como sempre se falavam por aplicativo, não havia grandes novidades a relatar por ora.

– Senti que as nossas conversas esfriaram um pouco, depois que você voltou para o Brasil. Aconteceu alguma coisa?

A pergunta pegou Martha botando na boca uma colherada de sorvete, sentados os dois num banco à sombra de um cipreste, no Parque Ibirapuera. Martha quase se engasgou. Demorou-se com o sorvete. Precisava pensar.

– Bem, achei que, pra você, tudo o que vivemos em Nova York não passou de uma noite agradável.

– Agradável, Martha?! Foi lindo! Mas por que isso pode ter sido motivo de a gente diminuir o nosso contato?

– Ah! Tavinho, você era muito assediado em Nova York, e eu fui testemunha disso. As mulheres te perseguiam, se ofereciam pra você. A gente ficou junto, mas você tinha namorada lá.

– Ué, eu tinha sim. E você também teve namorados aqui.

Tavinho parou de repente, segurou Martha pelos ombros, num gesto de delicadeza, e disparou:

– Martha, do que nós estamos falando? Estamos com ciúmes um do outro?

A moça caiu em si. Era isso mesmo: estavam falando de ciúmes de uma relação entre eles que nem existia. Os dois perceberam o que estavam fazendo e caíram na risada. Abraçaram-se, renovados. Mas Martha empurrou Tavinho.

– Esquecemos do sorvete! Meu vestido ficou todo lambuzado!

E riram de novo. Naquele momento só havia, no mundo inteiro, os dois. O resto do universo virara névoa. Perceberam-se, num instante, apaixonados um pelo outro. Beijaram-se.

– Martha, nós nos queremos tanto, podemos namorar de verdade, não acha?

– Acho! Quero! Quero muito!

Juntos, os dois tiveram dias maravilhosos. Passearam, foram a bares onde Tavinho pesquisava oportunidades, visitaram parques e conversaram muito. Começaram efetivamente a se conhecer em profundidade, por meio de longos e inteligentes diálogos. Até ali, cada um estava vivendo a sua vida. Tavinho, direcionado à música, Martha iniciando carreira na área de Administração de Empresas, em função de sua graduação em Engenharia de Produção. Não haviam percebido como cada um era importante para o outro. E foi nessa situação, no Parque Ibirapuera, que os dois amigos de infância resolveram ser um casal.

No final do ano, Martha terminou o curso de Engenharia de Produção, tendo se especializado em Finanças. O curso de Tavinho tinha sido mais concentrado, em tempo integral, e por isso durara um semestre menos do que o curso de Martha. Ele costumava brincar com ela, dizendo que era atrasada nos estudos. Ela nem ligava. Fora uma excelente aluna, como Cristina Albuquerque, e, logo depois de graduada, já conquistara vaga de trainee numa multinacional.

Martha era brilhante no trabalho, reconhecida por todos os diretores. Eficiente, encontrava tempo de ajudar a organizar as contas da banda, acompanhando entradas e saídas, sugerindo ajustes nas despesas e investimentos dos lucros. Ajudava muitíssimo a rapaziada da banda, pouco voltada para as necessidades do mundo real, como em geral são os artistas.

– Martha…

– Que é, Tavinho? Vai dizer de novo que sou atrasada nos estudos e que me formei depois de você?

– Não, nada disso, querida! É que estou pensando em sair da casa da minha mãe. Chega, né? Está na hora de viver por minha própria conta. O que você acha?

Santa Cecília – É Bom, mas É Ruim...

Tavinho escolheu a parte charmosa do bairro de Santa Cecília para morar, quando decidiu sair da casa da mãe. Assim, ficava perto de Iaúna, sua segunda mãe, amiga e confidente, e perto também dos maiores e melhores bares e restaurantes, que deixavam músicos novatos tocarem. Dali poderia ir facilmente à faculdade, ao Bexiga, ao centrão de São Paulo, onde havia bares famosos e com estrutura para som ao vivo. Contudo, bem perto de casa, do outro lado da avenida, convivia-se com drogados que dormiam em casas abandonadas, cortiços, e onde rolava prostituição em troca de drogas de todo tipo.

Circulando pela área boêmia de Santa Cecília e adjacências, recebeu convites para tocar em alguns bares underground, e em um ou outro restaurante de melhor frequência.

Caminhando pela avenida Ipiranga, descobriu um bar com bastante gente e decidiu entrar para tomar um expresso. O homem que cuidava do balcão viu a capa do instrumento, adivinhou que fosse uma guitarra e foi logo perguntando:

– Procurando lugar pra tocar? O dono está contratando. Disse que cansou de música eletrônica. Que tipo de música você toca?

– Toco tudo que o freguês gostar, meu chapa.

– Então vou apresentar você a ele. Vem comigo.

O lugar era um inferninho quente, enfumaçado, escuro, mas muito animado. Tavinho seguiu o homem, já pensando numa playlist adequada para o local. O dono, recostado numa poltrona surrada, parecia cochilar. Tavinho percebeu o sujeito do balcão sair e fechar a porta, e esperou. Já ia desistir quando o dono o chamou.

– Senta aqui, rapaz.

– Pois não – respondeu Tavinho, educado.

– Toque uma canção pra mim. Só uma. Eu vou saber, de cara, se você é o sujeito que estou procurando.

Enquanto abria a caixa e ligava a guitarra, Tavinho passou os olhos pela sala. Tapete verde, feltro também verde em cima da mesa. Abajures com anteparos vermelhos. Tudo à meia-luz, fedendo a tabaco velho.

– Vou cantar uma que acho que vai bater no seu coração – disse Tavinho. Dedilhando a guitarra, já mandou direto o refrão: "Y todo a media luz, crepúsculo interior, que suave terciopelo, la media luz de amor."

O velho endireitou-se na cadeira e cantarolou:

– "Corrientes tres cuatro ocho, segundo piso ascensor, no hay porteros ni vecinos, adentro cocktail y amor."

Estava contratado.

Assim ocorreu com mais de cinco lugares. A maioria inferninhos, mas que apresentavam excelentes oportunidades para Tavinho estudar seus públicos, conhecer seus gostos e desgostos. Era como um laboratório para ele e sua música.

Numa noite, ao retornar de um desses inferninhos onde tocara, Tavinho presenciou uma ação policial da 77ª DP. Estavam protegendo o pessoal da perícia que examinava um corpo mutilado. Ficou estarrecido. Dali, partiu apressado para a casa de Iaúna, em meio à ventania que precedia um temporal. Tocou a campainha, insistiu e acabou convencido de que não havia ninguém na casa. Saiu à procura de Iaúna, mas não tinha muita ideia de onde procurar, porque a índia era muito reservada e ele não conhecia nenhum amigo dela. Depois de muito andar, desistiu e foi dormir. Encontrou Iaúna no dia seguinte.

– Dona Iaúna, preciso que me fale a verdade. A senhora anda fazendo os rituais?

– Por que você está me fazendo essa pergunta, meu filho?

– Tenho razões para acreditar nisso. Nesta madrugada, voltando de um show, vi um corpo mutilado na Cracolândia. O local estava cheio de polícia e gente da perícia recolhendo as evidências.

– Eu nem ando pela Cracolândia – respondeu, contrariada, tentando desconversar.

– Dona Iaúna, eu não acredito. O corpo tinha as mutilações exatamente no peito e na cabeça.

– Coincidência, Tavinho.

– Dona Iaúna, não existe coincidência num caso desses. A senhora tem que parar com isso! Onde está sua pick-up que não está na garagem e também não estava ontem quando passei aqui?

– Está lavando...

– Lavando da sujeirada de um corpo? É isso? Levou ele na pick-up, né? Não ia arrastar o infeliz pelas ruas, ia?

– Mas, Tavinho...

– Mas nada, dona Iaúna! Pare com isso! Ah, meu Deus, eu gostaria de nunca ter ficado sabendo desses rituais malditos.

Iaúna abaixou a cabeça, muito séria.

– Não é muita ingratidão de sua parte? Primeiro se aproveitou bem dos poderes do elixir, agora vem querendo me dar sermão.

– Quero é mostrar o perigo que a senhora corre, saindo à noite, no meio desse bairro sujo e perigoso, para buscar alguém que lhe dê material para o seu trabalho sujo e perigoso!

– Sou eu que me arrisco, Tavinho! E me arrisco para livrar a Terra de gente má, você sabe disso!

– Pare com isso! Pare de usar esse pretexto. Vai acabar presa ou, sei lá, morta por algum bandido! Você faz isso para quê? Para ficar mais inteligente do que já é? Ah... ou para ficar mais jovem? É isso?

Iaúna fez um gesto com a cabeça, dando a impressão de que concordava com Tavinho. Ele percebeu o movimento e suavizou um pouco a tensão da voz.

– Eu gosto demais da senhora, sou leal e não quero vê-la presa. É o que vai acontecer, se alguém começar a juntar as pistas e acabar chegando à sua casa!

Iaúna levantou a cabeça, segurou as mãos de Tavinho e prometeu, com voz mansa:

– Eu vou atender você, meu filho. Vou parar. Eu prometo!

– A senhora entende que o certo seria eu denunciá-la? A senhora entende a gravidade de fazer o que faz e a gravidade de eu saber e ficar quieto, e de certa forma acobertá-la? Quem garante que o infeliz que matou não tem família? Que algum dia já pode ter sido um homem bom e acabou se perdendo seja lá por qual motivo? Quem pode ser você para julgá-lo sem saber o que aconteceu ao pobre homem para chegar aonde chegou?

– Entendo Tavinho. Vou te atender, prometo. Pode acreditar em mim e me desculpe.

– Por favor, dona Iaúna. Entenda… me ouça. Quero seu bem. Por favor…

O tempo passou. Tavinho criou uma rotina de visitas a Iaúna. Ela era uma mulher divertida, ele sabia. Tinha muita ponderação e sabedoria ancestral. Poderia dizer a ela o que sentia e ela o compreenderia.

Numa dessas visitas, a conversa variou em torno de alguns temas, até que acabou centrada na juventude.

– Você está passando o seu tempo com meninas novas, mas acho que já está na hora de pensar em conhecer mulheres de verdade.

– Do que exatamente a senhora está falando, dona Iaúna? – perguntou Tavinho, sentindo-se desconfortável.

– Estou falando daquela loirinha sem graça com quem você anda saindo.

– Está falando da Martha, dona Iaúna?

– Martha, não, Mortha! A mortinha…

– A senhora não gosta dela! Por quê?

– Não gosto nem desgosto. Mas veja aqui uma coisa.

Pegou a mão de Tavinho e a colocou sobre o seu seio.

– Vê como é durinho e firme?

Tavinho tirou a mão rapidamente, confuso com o que acabara de acontecer.

– Aquela franguinha tem peitos assim? Deve ter é umas mamicas de porca…

Tavinho mal podia crer no que estava ouvindo.

– Que é isso, dona Iaúna?! Pirou? De mais a mais, eu estou namorando a Martha. É mais do que uma amiga com quem saio de vez em quando. E, se quer saber, é alguém com quem penso em me casar!

– Casar? Essa mulherzinha nem liga pra você. Eu sim, sou a mulher da sua vida! Posso te dar muitos filhos e...

Tavinho interrompeu a conversa, levantou-se e saiu irritado, sem entender o que acabara de acontecer. Mas fez um esforço para pensar que tudo aquilo não passara de uma brincadeira de Iaúna, que não entendera que exagerara e tinha sido grosseira. De qualquer modo, achou melhor interromper as visitas por um tempo. Iaúna parecia não estar muito equilibrada... estava era muito estranha...

Top ou Inferno?

Restaurante Ratá, 2008. Tavinho estava eufórico pelo que poderia ser o começo da sua carreira profissional. Por ser uma banda novata, eles se apresentariam antes da atração principal e deixariam o palco às 10 da noite. Por isso, não foi preciso que os pais de Martha ou Cristina os acompanhassem. Tavinho se mostrou um prodígio da música ao público seleto, que ficou encantado com a performance do jovem. E mais, ele tinha um timbre de voz diferente e era muito afinado.

Ao término da sexta música, anunciou o intervalo e desceu do palco. Nesse momento, quatro bandidos armados irromperam restaurante adentro.

– Todo mundo quieto! Mãos em cima da mesa! É um assalto! Quem vacilar morre!

Aquilo parecia um pesadelo. Dois bandidos passavam de mesa em mesa recolhendo carteiras, celulares, relógios e anéis dos clientes. Um outro pegava o dinheiro do caixa, com a arma apontada para o gerente e os donos do restaurante. O quarto se alojara na cozinha, tomando conta dos cozinheiros. Como poderia haver mais bandidos do lado de fora do restaurante, de tocaia, Tavinho achou por bem ter muito cuidado. Ele e Martha obedeceram à risca a orientação que seus pais sempre deram: "Não ofereçam qualquer resistência. Entreguem tudo sem hesitar."

A pulseira do relógio de Martha era muito apertada e não saía do pulso, o que deixou um dos assaltantes enfurecido, achando que a garota não queria entregar o relógio.

– Pera aí, moço, ela é apertada, mas vai sair.

– Entrega essa merda agora, senão vou arrancar a tua mão!

O bandido sacou uma faca que levava presa no cinto e fez menção de cortar o pulso de Martha.

Tavinho se adiantou. Mostrando calma e com as mãos para o alto, disse:

– Ela vai colaborar, moço. Fique calmo, é só ter jeito que ela vai conseguir soltar. Posso ajudar? Queremos facilitar para que ninguém se machuque. O senhor me dá licença de tentar?

Tavinho olhava firmemente para o bandido, que hesitou, mas concordou:

– Tá, tira logo essa merda do braço da putinha!

Tavinho engoliu em seco, esforçando-se para ignorar a ofensa.

Com cuidado, deu um leve puxão para soltar o fecho da pulseira, fazendo com que deslizasse para fora do braço de Martha. Ele mesmo a entregou, erguendo as mãos logo em seguida. O bandido olhou com ódio para ele, ainda com a faca na mão. Mas a serenidade no rosto de Tavinho desarmou o assaltante, que passou para a mesa seguinte. Tavinho abaixou um dos braços para segurar a mão de Martha, que estava pálida e assustada. Sua mão era uma pedra de gelo. O bandido notou o movimento e fez menção de voltar.

– Calma, moço – disse Tavinho. – Só estou tentando fazer com que ela fique mais tranquila. Sabemos que o senhor não quer fazer mal a ninguém.

– É o que você pensa, seu bosta! Meto a faca em qualquer um que se mexer, entenderam?

Tavinho abaixou a cabeça, em sinal de que não queria enfrentamento. Tinha certeza de que os berros do assaltante eram mais de ameaça, que possivelmente estava com tanto medo quanto os clientes, e então decidiu agir com submissão, mesmo tendo que engolir a raiva e a vontade de se jogar em cima do bandido e lhe dar socos na cara. Segurando a mão de Martha, aproximou o corpo do dela, como se quisesse se colocar como barreira de proteção. Ela se recostou nele, tremendo.

O bandido achou que tinha assustado suficientemente o casal e seguiu na sua coleta de produtos. Em poucos minutos, a quadrilha completou o assalto e deixou o local. Do lado de fora, ouviram-se pneus cantando e um carro que saía em disparada.

Imediatamente, Tavinho fez Martha se sentar e a abraçou, sussurrando palavras de conforto para que ela se acalmasse.

– Meu amor, vou ver se alguém precisa de ajuda. Naquela mesa do canto, um bandido pegou pesado com o rapaz.

– Vai, Tavinho. Eu estou bem. Vou tomar um pouco d'água e me tranquilizar.

Tavinho corre à mesa onde o moço havia tomado uma coronhada que fez os óculos pararem longe. O moço estava caído, desmaiado. A moça que o acompanhava estava aterrorizada, e Tavinho procurou sossegá-la, mostrando que o ferimento não era grave e fazendo o rapaz cheirar vinagre para despertar. Funcionou, e o casal ficou abraçado, ele sentado e ela de joelhos.

Em outros pontos do restaurante as pessoas se recompunham, recuperavam a dignidade. Não demorou muito para que a polícia chegasse, e Tavinho foi o mais solícito cliente a dar informações sobre o assalto, a descrição dos bandidos.

Aos poucos, a calma foi tomando conta do local e os clientes começaram a conversar entre si, cada um contando o que parecia ter sido a pior experiência de suas vidas.

Tavinho voltou para a mesa onde Martha já estava mais calma, embora com os olhos vermelhos de tanto chorar.

– Você está bem, Martha?

Martha abraçou Tavinho.

– Obrigada por me defender, Tavinho.

– Eu gostaria de ter feito mais, mas achei melhor não provocar os bandidos. Sinceramente, achei que ele iria me ferir com a faca, e me controlei ao máximo para passar a impressão de colaboração, pois assim ele nos deixaria em paz, como realmente deixou.

Tavinho olhou em volta e pediu a Martha que o acompanhasse até o casal que ele havia ajudado, para ver se precisavam de mais alguma coisa.

A moça estava tomando água com açúcar, que Tavinho havia pedido a um dos garçons.

– Qual o seu nome?

– Olívia. Muito obrigada por ter ajudado o Cícero. Eu quase morri de medo. Tenho só 17 anos e nunca fui assaltada.

– Fique tranquila, Olívia. Está tudo bem. Dei a descrição de dois dos assaltantes para a polícia. Se tivermos sorte, vamos recuperar o que nos foi roubado. E o seu namorado?

– O Cícero está bem, apesar de ter machucado o rosto com a coronhada.

Tavinho se dirigiu ao rapaz, que estava sentado, comprimindo contra o rosto um guardanapo com gelo.

– Está se sentindo melhor? Já sei que você se chama Cícero. Meu nome é Octávio.

– Ah, sim. Eu estava assistindo ao seu show. Obrigado pela ajuda. A Olívia me falou o que você fez.

– Era minha obrigação ajudar. Nem fale disso.

– Agradeço de novo. Eu vim pra ver você tocar. Sou músico também. Guitarrista. Meu nome de guerra é Cícero Silva.

– Muito prazer. Achei maneiro você ter vindo pra me ver. Mas, agora, vamos até o hospital. Estão de carro?

– Não, mas não se incomode. A gente dá um jeito de ir ao hospital.

– De jeito nenhum. Martha e eu vamos levar vocês até lá.

Os dois casais partiram à procura de socorro médico. Enquanto aguardavam atendimento, conversaram bastante. Martha e Tavinho esperaram até que Cícero e Olívia recebessem os cuidados necessários e depois os acompanharam às respectivas casas. Cícero estava muito agradecido. E mal sabia que ainda teria inúmeras aventuras com Tavinho; na realidade, com Otto Jr. e sua banda…

Homem Consciente

Tavinho cresceu como profissional. E ganhou importância também como artista atuante em causas nobres, especialmente para a população mais vulnerável.

Aos 22 para 23 anos, tendo na genética o peso das características do pai, de buscar um mundo melhor, de ampliar na população a consciência e a ética, criou escolas em São Paulo com o objetivo de ministrar educação musical nas favelas da cidade. Seu sonho era expandir o modelo de educação pela música para outras cidades e estados do país. Cristina era a maior entusiasta da iniciativa e conseguiu, com a sua influência junto ao meio empresarial, obter apoio de algumas empresas privadas. Começou as ações pela capital. Somente na região metropolitana de São Paulo, segundo dados da Prefeitura, existiam 1.728 favelas, que somavam cerca de 400 mil famílias (mais de dois milhões de pessoas) vivendo em condições degradantes. Uma parte desse contingente enfrentava uma situação ainda mais delicada, sem saneamento básico, com pais violentos, fome e doenças.

Para mitigar um pouco que fosse essa situação terrível, Tavinho queria educar crianças através da música e de atividades lúdicas, procurando tirá-las do risco de serem cooptadas por bandidos, e dar o máximo de oportunidade possível a elas por meio da música, o meio que conhecia e no qual acreditava.

Começou o projeto de maneira singela. Instrumentos musicais usados, doados por famílias do relacionamento dele. Conseguiu dos conservatórios a doação de instrumentos reservas, alguns quebrados, mantidos apenas em estoque, mas sem uso, os quais ele conseguiu que fossem consertados. Um luthier amigo e sua equipe ofereceram algumas horas por semana para recuperar sem ônus os instrumentos. O maestro, que Tavinho encontrara em Nova York, foi mais um apoiador, cedendo apostilas e partituras, e dispondo-se a visitar a escola uma vez por semana. Tudo isso fez parte dos preparativos para iniciar a primeira unidade. A Secretaria de Cultura municipal abraçou a ideia e destinou uma verba para alimentação e vestuário da criançada, e também cedeu alguns funcionários para auxiliar nos ensaios. E, por fim, a própria Manhattan School of Music, por intermédio dos professores que se entusiasmaram com o projeto de Tavinho, patrocinou bolsas de estudos para alunos que usariam os recursos da dotação para desenvolver um projeto na instituição criada por ele, com duração de seis meses.

Pois bem, a base ficou pronta, com mais apoio do que inicialmente se esperava.

Na inauguração da primeira escola, Tavinho fez um pedido a Cristina.

– Mãe, você é uma executiva de renome. E o seu prestígio proporciona recursos financeiros para que a sua ONG ofereça educação básica e até ensino médio a muitos milhares de jovens, mas você pode fazer bem mais...

– Do que você está falando, filho? Seja objetivo.

– O que eu quero dizer é que, como executiva, você consegue muita coisa, mas é sempre insuficiente para atender uma carência que o poder público é incapaz de atender, e que os próprios governantes admitem tal incompetência.

– E o que você sugere, filho?

– Política, mãe. A Política com P maiúsculo, de prover necessidades básicas e, com isso, a cidadania a muitos que vivem marginalizados e sem acesso ao essencial. Quero que você se candidate a deputada federal. Poderá, nessa condição, destinar recursos de emendas parlamentares para diversas iniciativas, e não só isso, mas compreender o funcionamento de fundos que existem para ações de educação e cultura que os maus políticos aproveitam para fins menos nobres.

– Política, Tavinho? Será que estou preparada para enfrentar esse covil de lobos?

– Estará preparada se conseguir candidatura por um partido inovador e com vontade de mudar o curso do país pela educação do seu povo.

– Prevejo que vou ter muito trabalho, muito desgaste e muitos inimigos.

– Eu sei disso, mãe, mas há um exército de necessitados esperando por alguém como você. Se não for você, quem será? E se não for agora, quando será? Essa é uma frase do ex-presidente americano, Ronald Reagan.

Cristina começou a ser tocada pela argumentação do filho.

– Mãe, imploro que o faça. Você não se conforma com os políticos de hoje nos poderes legislativo e executivo, não aceita o comportamento dos que detêm o poder, que escolhem e decidem orientados única e exclusivamente por interesses próprios e dos grupos que representam.

– Não, Tavinho! Você tem razão. Chega disso! Chega de uma classe com muitos malfeitores eleitos com base em mentiras e na compra de votos e na sua manipulação. Sabemos como muitos deles se elegem, se aproveitando da lei eleitoral e representatividade dos partidos. Basta "contratar" gente boa de voto e pronto. Pessoas que nunca ouvimos falar se elegem pela soma de votos computados pelo partido. Absurdo! Essa lei eleitoral precisa mudar. Precisamos interferir para interromper esse processo de domínio e escravidão do povo pela sua ignorância.

– Sim, mãe! A sua luta será por um país que enaltece a educação, o desenvolvimento das pessoas, a liberdade, e você será a porta-voz dessa bandeira.

Tavinho tinha certeza de que era necessário um basta radical na artimanha secular de deixar o povo na ignorância, para assim ter domínio total das massas desprovidas da educação.

– Mãe, os políticos de mau caráter querem privar o povo brasileiro, nossos índios, negros, asiáticos, brancos, seja qual for a raça ou religião, dos direitos primordiais de um cidadão, que é o direito de escolha e decisão por si memo. A falta de educação de qualidade é inadmissível e danosa para o futuro da nação. Isso precisa ser revertido!

– É isso, filho! Não, não importa a cor, etnia, religião, orientação sexual ou necessidade especial... todos têm direito e devem receber educação! Falo do povo brasileiro, falo do ser humano!

– Sim, mãe. A senhora é Cristina Costa Albuquerque, tem história, tem coragem e tem substância para lutar e tornar o nosso Brasil melhor. Agora! E não no futuro. O futuro é já!

Cristina estava até com o peito arfante, inoculada com o vírus do entusiasmo injetado no seu coração pelo filho Octávio. E seria ele quem daria a cartada final para a decisão dela:

– Minha mãe, VOCÊ PODE FAZER ISSO!

Em 2014, Cristina se elege a deputada federal liberal mais votada da história…

Eu Digo "SIM!"

Cristina disse sim à candidatura, acatando os argumentos de Tavinho. Começou a construir um projeto político, mas pediu o apoio incondicional do filho, porque iria precisar do seu suporte emocional e incentivo para conseguir avançar em causas que abalariam o *status quo* da política atual.

– Tavinho, vou ter que tocar em causas profundamente enraizadas na política brasileira…

– Eu sei, mãe. E vai ter que enfrentar muitas resistências.

– É, meu filho. Há muita gente levando vantagem de um sistema que veio sendo degradado, ao longo de muitos anos, por grupos que se aproveitaram de brechas das leis, ou que construíram essas brechas justamente para serem beneficiados. Penso, por exemplo, na educação.

– Isso! Fala, mãe, o que você pensa sobre esse tema! Finja que já está em campanha!

– Vamos lá. Eu fico pensando no que aconteceu com a educação deste país. Se a gente parar pra pensar, Tavinho, o seu pai estudou em escola pública e recebeu uma educação de qualidade. Foi para uma universidade pública sem precisar desses cursinhos que apenas preparam os alunos para resolver questões de vestibular e, passado o vestibular, nem se lembram mais do que estudaram.

– Escolas que não ensinam a garotada a pensar, né, mãe?

– Pois é. Seu pai, com a formação que teve em escola pública, nem precisaria ter ocupado uma vaga na universidade pública, porque estava preparado, assim que saiu do ensino médio, para trabalhar e pagar o seu próprio curso superior. E, graças à boa escola que teve, tornou-se um professor brilhante!

– Você poderia questionar a remuneração dos professores, mãe, cada vez mais achatada. São os profissionais mais importantes de uma nação... no Japão, os professores são tratados como autoridades e são as únicas pessoas que não precisam se inclinar em reverência diante do imperador! Entretanto, no Brasil, muitos Estados pagam salário mínimo aos professores!

– Bom argumento, filho. Quero questionar o papel do governo, que acha, atualmente, que basta dar uniforme, transporte, material escolar e alimentação para os alunos, para considerar o seu dever cumprido. Como podem passar um aluno de ano, assim, de qualquer jeito? Sem prepará-lo para a competição que irá enfrentar no mercado de trabalho? Nossa educação forma hordas de analfabetos funcionais... Como podem deixar essa garotada despreparada, caso queira melhorar de vida? Isso tudo é horrível! Há muito mais o que fazer para preparar realmente um aluno para a vida!

Cristina tinha os olhos brilhantes nesse ensaio que fazia com Tavinho. Como executiva, sabia como funcionava o orçamento federal, os repasses que deveriam ser feitos aos Estados e a legislação que envolvia o custeio da educação, como o Fundeb, a Lei de Diretrizes e Bases da Educação Nacional e as cláusulas constitucionais que definiam os percentuais dos orçamentos que deveriam ser aplicados na educação. Como ativista, fundadora de uma ONG voltada para a Educação, inclusive de povos da Amazônia, já enfrentara diversas situações de constrangimento de políticos e até de empresários que faziam o que podiam para desviar recursos da Educação mediante projetos esdrúxulos, disfarçados de educacionais, mas que não passavam de trambicagem.

Cristina se lembrava de conversas que tivera com o marido. Ele costumava citar Thomas Paine, um dos Pais Fundadores dos Estados Unidos da América, com a seguinte frase: "O governo, quando perfeito, é um mal necessário. Quando imperfeito, é um mal insuportável."

– Seu pai era um sábio, Tavinho, um polímata, e, às vezes, tinha uns lances de anarquista. Ele dizia que, embora o governo fosse um mal necessário, sem ele não poderíamos organizar a direção de uma nação. Mas, se o governo fosse mau, o que o político... e a sociedade geral, enfim... precisavam fazer era torná-lo o menos mau possível ou o menor possível!

– Verdade, mãe!

– Precisamos levar o ensino público para a gestão privada, é isso!

A cada debate com Tavinho, mais entusiasmada Cristina ficava com a perspectiva da candidatura. Tinha convicção de que a Educação salvava e libertava o cidadão, fazendo com que se desenvolvesse e se tornasse útil para a sociedade.

Debruçou-se na Constituição, foi estudar o papel do deputado federal, o regimento da Câmara, entender o que era moção, projeto de lei, proposta de emenda constitucional, tudo o que um parlamentar podia e não podia fazer. Começou a construir o seu plano de campanha. Rascunhou projetos de lei para derrubar o foro privilegiado para políticos, à exceção do presidente da República e do presidente do STF, para dar fim à estabilidade do servidor público e para propor reformas administrativas. Planos ambiciosos. Sabia perfeitamente com quem e contra quantos teria que lutar.

Era uma liberal declarada. Pensava: "O povo não pode ficar pagando por improdutividade, por benefícios insustentáveis e desmandos."

E Tavinho era a sua inesgotável fonte de energia.

– Você vai ser uma porta-bandeira da desestatização, mãe! Precisamos dar um basta ao excesso de estatais, verdadeiros cabides de emprego ineficientes. Devemos privatizar tudo que for possível para diminuir o Estado. Ficar apenas com aquilo que a iniciativa privada não deseja por ser inviável economicamente, mas necessário ao contribuinte e ao povo brasileiro. Só aí, para dar conforto à população, o governo entra e banca com os recursos arrecadados do contribuinte, revertendo em benefício à nação.

Cristina cada vez mais ficava enlevada com o descortínio político do filho.

– Você é que deveria se candidatar, Tavinho!

– Só tenho 22 anos, mãe! Você é quem tem a maturidade e a vivência para representar uma boa fatia da população.

Cristina se filiou ao Partido Liberal Brasileiro (PLB). Iniciou-se a campanha eleitoral propriamente dita. Seus primeiros contatos foram com a iniciativa privada, principalmente com as empresas com as quais já mantinha relacionamento profissional. Sua decisão de se candidatar foi festejada pelos empresários, que buscavam exatamente alguém com o perfil guerreiro, íntegro e diplomático de Cristina para os representar. Dali, para conseguir apoio das associações empresariais, cansadas de corrupção e de partidos de fachada, foi um passo.

Ao lado disso, com o espírito jovem que sempre a distinguira, entendeu rapidamente o papel das mídias sociais e foi precursora em usá-las de maneira brilhante e inovadora, numa campanha eleitoral. Com algumas dicas de Tavinho e dos seus amigos, inclusive dos companheiros da banda, foi aperfeiçoando o diálogo com o público jovem e conseguiu um engajamento gigantesco.

– Cara, a sua mãe tá bombando nas redes sociais! Ela manda umas mensagens superinteressantes!

– É mesmo! Estou orgulhoso dela, madura e, ao mesmo tempo, moderna!

Um dos companheiros da banda pediu licença para se manifestar.

– Otto Jr., vi um discurso da sua mãe e gostei pra cacete. Só acho que ela precisa também falar com o pessoal da periferia, que tem muito a contribuir. Nessas regiões, vivem jovens bem articulados e ansiosos para melhorar as suas comunidades.

– Fala, parceiro! Pode dizer tudo o que pensa, porque tudo o que vier de opinião pra somar tá valendo!

Os comentários dos jovens que se entusiasmavam pela campanha de Cristina foram sendo – também como trabalho voluntário – encaminhados pelos seguidores de Otto Jr., um contingente bastante grande que já conhecia a sua ONG de ensino de música para crianças carentes e outras causas sociais que defendia. O rapaz divulgou intensamente em seus canais das redes sociais cada passo da campanha da mãe.

Cristina cresceu nas pesquisas. E a cada subida nas intenções de voto, mais e mais jovens se chegavam à campanha e traziam consigo os pais, os tios, os avós. A candidatura estava consolidada. Ela representava um estrondoso "NÃO" ao voto de cabresto e às diversas práticas de corrupção, clientelismo e favorecimentos diversos, típicos da política brasileira. E, simultaneamente, representava um enorme "SIM" ao desenvolvimento do país pela Educação.

Alguém Queria o "Não"

Cristina estava superentusiasmada com a campanha que desenhara e conduzia com honestidade, ética e coragem. Ela, Tavinho e a equipe da campanha mostravam-se atônitos com a baixa qualidade do ensino no país e centravam a sua principal bandeira neste tema.

"O que aconteceu com a Educação no Brasil?", perguntavam-se.

– Tavinho, como eu já disse e repito, o seu pai estudou em escolas públicas. Formou-se, fez mestrado e doutorado em universidades também públicas e excelentes. E, com a boa formação que teve no ensino médio, adquiriu condições para trabalhar. Isso é prova de que a Educação salva, liberta, faz as pessoas se desenvolverem.

– Tem razão, mãe. A Educação traz valores e transmite a importância do trabalho!

– E a razão da decadência da qualidade da Educação deve-se, especialmente, à velha fórmula dos maus políticos, de desviar ou cortar recursos exatamente onde eles mais são necessários, como habitação, segurança, saúde e Educação. Vamos lutar bravamente contra esse sistema deteriorado!

Nessa linha ia sendo conduzida a campanha eleitoral de Cristina. Sua candidatura era a prova de que gente idônea poderia ter acesso a uma vaga na Câmara dos Deputados e lutar pela moralização do serviço público. E ela ganhava apoios aceleradamente. Os jovens já estavam com ela, graças à visibilidade que a sua ONG de atuação nacional lhe proporcionava. Além disso, a equipe aproveitava a popularidade de Tavinho, que usava as suas redes sociais para divulgar as ideias políticas da mãe. E mais: Cristina era bem relacionada nas principais associações empresariais, fazia parte do conselho da Federação

Estadual da Indústria e Comércio, e tinha grande prestígio na Associação Brasileira de Executivos de Finanças, entidades que viam com bons olhos a luta que Cristina prometia empreender, de moralizar a administração pública e o legislativo. Ela defendia a extinção do foro privilegiado para políticos, propondo mantê-lo apenas para o presidente da República e o presidente do Supremo Tribunal Federal. Queria acabar com o voto de cabresto e declarava um estrondoso "NÃO" à corrupção.

Cristina era uma figura de destaque, com credibilidade, bem conhecida da imprensa, e tinha projeção antes mesmo de se lançar na carreira política. Com uma história sólida e de integridade indiscutível, ajudando comunidades menos favorecidas e atendendo em sua ONG pessoas carentes, costumava ser chamada para entrevistas e opiniões, principalmente a respeito do tema Educação. Era reconhecida pela sua atividade altruísta e humanitária, e frequentemente ministrava palestra na Associação das Mulheres Empresárias do Brasil. Com todas essas frentes de apoio, sua candidatura tinha tudo para ser um sucesso.

Mas um sujeito feroz, maldoso e disposto a tudo para tentar acabar com a imagem de Cristina e a sua candidatura entrou em cena.

Para começar, montou uma plataforma de fake news, exibindo vídeos e informações que mostravam que a Amazônia só se mantinha sendo o pulmão do mundo porque estava bem preservada, graças à proteção do povo indígena e ao trabalho de ONGs, empresários, empreendedores e líderes de negócios locais, gente ótima que trabalhava com sustentabilidade, fazia a economia girar na região e com isso melhorava a vida dos índios e das populações tradicionais.

Um dos textos divulgados por ele dizia: "As ONGs estrangeiras só desejam que preservemos o meio ambiente, e não têm qualquer interesse em nossas riquezas naturais. Por outro lado, a candidata a deputada, sra. Cristina Costa Albuquerque, tem a clara intenção de entregar a nossa soberania ao capital estrangeiro predatório, que deseja explorar economicamente os recursos da nossa biodiversidade e escravizar os índios, com a justificativa de proporcionar Educação de qualidade a eles! Mas o que ela quer, na realidade, é acabar com a cultura indígena e desmatar a Amazônia!"

Esse deputado não conhecia Cristina. Mas, no momento em que ela se lançou candidata, ele intuiu, pelo tom da campanha, que ela representaria um grande perigo para as suas atividades. Era uma política nova, sem os maus hábitos dos políticos tradicionais, e estava vindo para balançar as velhas estruturas do sistema. Por isso, o deputado federal Carlos Rodrigues pesquisara tudo o que podia sobre ela, a família, a carreira, a ONG que fundara, Educar para a Vida, e tratava de iniciar uma ofensiva baseada em calúnias.

Pela quarta vez, Carlos Rodrigues concorria a uma cadeira na Câmara. Era um dos líderes da ala conservadora, grupo de partidos de médio porte que reunia os deputados que se preocupavam mais em cuidar dos seus interesses particulares e ganhar benefícios do que defender o povo. Inescrupuloso, era o representante ideal dos políticos de mau caráter, porque mantinham um *status quo* pernicioso. Suas estratégias de crivar os adversários políticos de difamações e acusações injustas já eram bem conhecidas, mas ainda assim conseguia ludibriar uma boa parte do eleitorado, que havia 12 anos o mantinha deputado federal. Entretanto, o que os eleitores não sabiam era que as suas fake news serviam não só para açoitar os adversários, mas também para ocultar os seus crimes. Ele era um predador, um contumaz explorador de mão de obra semiescrava, inclusive de índios que, em público, jurava defender, fazia contrabando de madeira ilegal e usava capangas para ameaçar seus desafetos. Um crápula, no sentido estrito da palavra. Populista ao extremo, era político carreirista de grande destaque na vida pública nacional e de extenso sucesso financeiro. Era praticamente o único dono de um império madeireiro que apresentava algumas pontas lícitas, mas que tinha por trás atividades obscuras de atuação, dignas de um capo italiano.

Estranhamente, esse chefe do crime tinha seguidores fanáticos, que enxergavam nele um ídolo, quase um mito. Era gente radical, atacada pela cegueira e pela ignorância, que se acomodava em ler e repassar as notícias falsas, sem procurar entender motivações nem consultar outras fontes para comparação.

Todas essas informações formavam um contraponto violento e desproporcional à campanha comportada e séria de Cristina. Mas ela não se abateu.

O Poder do "SIM"

Em 2014, Cristina se elegeu deputada federal, sob a bandeira de um partido liberal. Carlos Rodrigues também foi eleito por um partido ultraconservador – e com bem menos votos –, para o seu quarto mandato.

A Constituição, no artigo 15, proíbe aos deputados aceitar ou exercer cargo, função ou emprego remunerado em pessoa jurídica de direito público, autarquia, empresa pública, sociedade de economia mista ou empresa concessionária de serviço público. Mesmo sem estar sujeita a nenhuma dessas condições, Cristina pediu licença do banco privado em que trabalhava.

Levantando a bandeira de que era uma servidora do país, aceitou apenas o salário de deputada federal. Recusou o recebimento de verbas e "penduricalhos", como o auxílio paletó e o auxílio moradia. Abriu mão de apartamento funcional. Considerava que o que recebia de salário era mais do que suficiente para uma vida de servidora. Portanto, decidiu que vinte por cento dos ganhos que o Estado lhe proporcionava deveriam ser doados a entidades que cuidavam da Educação de crianças carentes, mas nunca para a sua própria ONG. Tinha um gabinete enxuto, com somente funcionários imprescindíveis para a execução do trabalho legislativo, que eram quatro: um para serviços de secretaria em Brasília e outro no escritório em São Paulo, sua base eleitoral, um assessor jurídico e um assessor parlamentar. Embora um Ato da Mesa da Câmara autorizasse a contratação de até 25 secretários parlamentares, atingindo o teto mensal de 111 mil reais, aproximadamente, Cristina usava menos de um quinto dessa verba.

– Eu não preciso de um exército de 25 pessoas para exercer o mandato de deputada federal. Uma equipe mínima, entusiasta e trabalhadora me basta!

Além dessas iniciativas individuais, moralizadoras e de austeridade, Cristina criou e liderou várias comissões para a criação e entrada de projetos de lei com a sua equipe e em parceria com alguns outros poucos deputados, arrastando uma legião de jovens para as suas iniciativas.

Um dos projetos que apresentou, aliás o que mais resistência enfrentou dos colegas parlamentares, foi a proposta de acabar com o foro privilegiado, essa excrescência do legado de criminosos no poder.

Mas Cristina avançou. Elaborou o texto de uma emenda à Constituição para acabar com a estabilidade de todo e qualquer servidor público. Num trecho do discurso na tribuna, para justificar seu projeto, ela disse:

"Se o servidor não serve, rua! Não se faz qualquer tipo de gestão de pessoas tratando desiguais de forma igual. É preciso haver disciplina com produtividade. O contribuinte não pode mais tolerar servidor preguiçoso, cabide de emprego e sustentação de votos de políticos. Os cargos de servidores são técnicos, e não políticos. E se novos servidores não aceitam isso, não concorram à vaga, e ponto final. Que trabalhem na iniciativa privada, sem estabilidade, se a pública não lhes serve."

Muitas vozes se ergueram, deblaterando contra a proposta, argumentando que a estabilidade era uma garantia assegurada aos servidores concursados, e que precisavam dessa estabilidade para não sofrer pressões de qualquer ordem. Mas Cristina mantinha-se inflexível na sua posição. "Se estão sofrendo pressão é porque o seu cargo é político, e não técnico. Portanto, que saiam e não voltem mais ao serviço público e fiquem no setor privado."

A nova deputada logo percebeu que era necessária uma forte articulação com parlamentares de todos os partidos para fazer andar, na casa, um projeto de lei ou uma proposta de emenda à Constituição. Sem fazer concessões, mas dialogando diplomaticamente com deputados de várias tendências, conseguiu colecionar alguns sucessos e muitas decepções.

– Eu sei que os meus projetos são ambiciosos demais para o entendimento desses senhores e senhoras, na maioria, pessoas que vieram para cá para defender interesses de grupos, da bala, do boi, da Bíblia, da mídia, dos "movimentos sem fim"... cada um com o seu grupo, e são muitos mais! Mas precisamos insistir. O país conta conosco para não perder a fé!

A equipe aplaudiu a fala da chefe. E retomou fôlego para elaborar novas propostas. Estavam todos focados naquilo que era mais caro a Cristina: destruir os cartéis em diferentes regiões desassistidas pelo Estado no país, como era o caso da Amazônia. E a única forma de fazer isso seria levando investimentos, como estradas, ferrovias e aeroportos. Cada cidade teria que ter o seu plano diretor, prevendo ocupação regular, áreas para polos turísticos, áreas para polos industriais, escolas de qualidade impecável para os ensinos básico e médio, verba para subsidiar a ida de universidades privadas para grandes polos da região amazônica, além de levar transporte eficiente para a região. E, no aspecto legal, fazer a regulamentação fundiária de terras ocupadas e a demarcação razoável de terras indígenas.

– Conheci muito bem a Amazônia durante o meu projeto de conclusão de curso na época da minha graduação, e depois acompanhando o meu marido nas suas pesquisas. Sei bem do que a Amazônia precisa e sei também quais são os grupos que trabalham para impedir que isso aconteça. Por outro lado, não precisamos ter reservas indígenas do tamanho da Bélgica ou da Holanda. As demarcações precisam ser justas e respeitar o nosso território, nossas riquezas naturais, a nossa soberania, segurança das fronteiras, bem como a história e as tradições dos povos nativos, assim como é preciso pensar em atividades produtivas que estimulem a economia da região, para benefício desses próprios povos nativos!

É lógico que declarações corajosas como essa, dada a uma emissora global de televisão, despertavam amores e rancores. Não era difícil encontrar rodinhas de deputados debatendo, uns contra, outros a favor, as palavras da deputada. Um deles, gordo e ofegante, ficou à beira de um AVC quando ouviu Cristina demonstrando que as principais reservas indígenas estavam demarcadas numa faixa de 150 km para dentro da fronteira.

– Mas Vossa Excelência acha que está errado?! Qual é o problema dessa demarcação?! – esbravejou o deputado, com o dedo indicador em riste.

– Sim, Excelência. Está errado. Quem toma conta da fronteira? Quem fiscaliza, já que a reserva não pode ser ocupada pelo Exército? O que acontece é que as nossas fronteiras, na selva, estão abertas à invasão de grupos criminosos e de países estrangeiros que queiram invadir e explorar ilegalmente as nossas riquezas. Esse território virou "terra de ninguém" em nome de Terra Indígena!

– E essa preocupação da senhora deputada tem motivo, já que a senhora é deputada por São Paulo? Por que esse interesse na Amazônia?

– Deputado, o senhor já foi à Amazônia? Já sentiu o clima de desânimo das populações ribeirinhas e o desespero dos índios? O senhor sabe que a região tem o menor índice de desenvolvimento humano do país que já não é dos melhores? O senhor sabe que mais de 90% da população que vive no Amazonas não tem saneamento básico, não tem coleta de esgoto? O senhor sabe quantos garimpeiros e bandidos sem coração estão soltos na floresta, aprisionando índios, ou os matando, derrubando a mata, destruindo a flora e a fauna? Muitos deles numa faixa de terra que, coincidentemente, está dentro dos 150 km adentro da fronteira. Vá ver pessoalmente, Excelência, como eu fui, e depois discutiremos.

O gordo bufava, enxugava a testa, buscava apoio no semblante dos deputados que estavam por perto, mas acabou desistindo de discutir e se retirou, acompanhado de três puxa-sacos, quer dizer, assessores...

Com toda a honestidade, Cristina deu passos largos para potencializar e difundir o modelo da sua ONG para todo o Brasil, sem verba governamental. Fez questão de se valer apenas de recursos provenientes de empresas privadas que pudessem dar impulso para conseguir ser autossustentável. Assim que eleita, decidiu, como presidente do conselho, que a sua ONG divulgaria os resultados em jornais e sites econômicos a cada exercício fechado, até o fim do primeiro trimestre do ano subsequente, para quem desejasse verificar a origem e aplicação dos recursos. Implantou um conselho fiscal independente, bem como um conselho de administração multidisciplinar, e não político. Inclusive, fez questão de não participar da gestão. Apenas ocupava uma cadeira no conselho de administração como fundadora da ONG.

– Mãe, não é um cuidado exagerado? – perguntou Tavinho, entendendo a cautela de Cristina, mas considerando que ela não precisava ser radical a esse ponto.

– Meu filho, não tenho rabo preso e não quero ter! Vai ser assim! Transparência total!

Ele Não Desiste e Quer o "NÃO"

Nem todos os deputados, porém, desistiram da disputa. Um deles, inclusive, usou as armas mais odiosas para combater as ideias de Cristina. Não era ninguém menos que Carlos Rodrigues, o mesmo canalha que tentara minar a candidatura dela.

Num discurso na tribuna da Câmara, ele apontou a sua metralhadora verbal para a deputada:

– Nobres colegas, todos aqui me conhecem e sabem que eu não tenho receio de dizer o que penso. E o que penso vou dizer agora. Temos entre nós uma criminosa disfarçada de defensora dos direitos humanos. Finge ser uma honesta militante da Educação, mas usa a sua ONG para receber recursos de empresas envolvidas em sérios problemas com a Justiça. Trata-se da nossa colega, a excelentíssima Cristina Costa Albuquerque. Essa senhora é o mais perfeito retrato da hipocrisia e da falsidade, e não merece dividir assento com parlamentares íntegros como eu e muitos de vocês.

O plenário se agitou. As palavras eram duras e diretas, e os deputados se sentiram desconfortáveis com a acusação, alguns apoiando Carlos Rodrigues, outros – a maioria – descrentes do que ouviam, pois conheciam a base de sustentação do deputado por Mato Grosso do Sul e a história ilibada da deputada.

– Fui investigar, senhores. E pesquisei a fundo essa rede criminosa! Essa deputada não trabalha sozinha. Tem a ajuda do *filhinho*, um aproveitador que toca outra ONG e, decerto, faz as mesmas maracutaias que a mãe. Uma ONG que ensina música é a ONG desse vagabundo! Ensinar música?! Qual a necessidade disso na nossa sociedade? O povo precisa de trabalho, de saúde, de segurança. Vai aprender música pra quê? Quem quer aprender música, que pague pra aprender! É outra amostra da falta de seriedade dessa família que hoje usa a Câmara para os seus fins escusos!

Murmúrio geral. Várias mãos se levantaram, pedindo a palavra. O presidente da Câmara ligou o seu microfone para o aviso:

– Senhores deputados, a palavra está com Sua Excelência, o deputado Carlos Rodrigues. Depois que ele terminar a sua fala, abrirei o microfone por ordem de inscrição.

Carlos Rodrigues, de pé na tribuna, deu um sorriso discreto de vitorioso e prosseguiu, ainda mais ferino:

– Esse vagabundo, que se esconde sob o pseudônimo de Otto Jr., vive fazendo espetáculos em bares e até em casas noturnas suspeitas. Eu vou dizer o que esse rapaz desocupado faz para ajudar a mãe nas empreitadas infames!

Mais agitação, gente tentando se manifestar. Carlos Rodrigues não media as palavras.

– Tenho provas, senhores deputados. Tenho provas. A farmacêutica Pílulas de Vida S/A e a indústria de cosméticos Tons da Natureza Ltda., apoiadoras da ONG da sra. Cristina Costa Albuquerque, são uma fraude, um embuste! Essas empresas trabalham com mão de obra semiescravizada, em condições sub-humanas, sem uso de equipamentos de segurança, sem a menor condição de saúde. Além disso, são empresas com passivos ambientais enormes!

Pigarreou, tossiu, pegou um copo d'água, bebeu um gole e voltou a falar, cada vez mais inflamado:

– A ONG da deputada vem recebendo regularmente dinheiro de uma ONG europeia, cujos principais doadores são empresas que usam mão de obra escrava na extração ilegal de ouro e diamantes. Tenho provas, senhores! Tenho provas! E, portanto, eu acuso: a sra. Cristina Costa Albuquerque é adepta de atividades escusas. A sra. Cristina Costa Albuquerque está a serviço de foras da lei que agem não só no Brasil, mas também no exterior.

Fez uma pausa estratégica para aferir a impressão que estava causando no plenário. E continuou:

– Quem disse que essas empresas não estão aqui no Brasil tomando o nosso ouro da Amazônia? Quem disse que não estão explorando as nossas riquezas naturais na Amazônia para encher os seus bolsos? É desta forma que promovemos a nossa educação? Escravizando povos? Pois bem: empresas doadoras da ONG da senhora deputada Cristina Costa Albuquerque vêm depositando vultosas somas de recursos de origem escrava e de povos subjugados por bandidos que se aproveitam de leis frouxas para cometer tais delitos inadmissíveis no Brasil há tanto tempo!

Repórteres plantonistas na Câmara dos Deputados anotavam e gravavam as acusações, e já se comunicavam com as suas chefias. Afinal, uma fala de um deputado, com denúncias graves, configurava notícia-crime, e as acusações precisavam ser apuradas.

E Cristina? Onde estava ela nesse momento? Pois nisso o deputado Carlos Rodrigues havia sido estratégico também. Buscara o dia em que, com certeza, a deputada não estaria em plenário. Ela não teria como se defender e, quanto maior a demora, mais notícias sensacionalistas teriam espaço nas notícias nacionais daquele dia.

– Eu me dirijo agora diretamente ao excelentíssimo Sr. Presidente da Câmara dos Deputados e peço que seja instalada uma CPI para apurar o caso. Vou protocolar o pedido de instauração via Congresso para agilizar os trâmites. Veremos quem é de verdade a deputada Cristina Albuquerque...

Como Isso Aconteceu?

O lamentável de tudo isso era a veracidade das denúncias do deputado Carlos Rodrigues. Ao menos em parte. Sua equipe contratada de investigadores de maus bofes, de ratos de redes sociais e de hackers mercenários levantara a origem de todos os aportes em dinheiro para as contas da ONG de Cristina. A tarefa de pesquisa havia sido facilitada porque todas as contas e informações financeiras da ONG eram abertas à consulta pública, no seu site. Cristina estava segura de que nada tinha a esconder.

Porém, o que ela não sabia era que o diretor financeiro e o CEO da sua ONG haviam flexibilizado o *compliance* da entidade. Em outras palavras, no intuito de receber mais recursos para novos projetos, os dois profissionais fecharam os olhos para a origem dos recursos de determinadas empresas e fundações privadas brasileiras e europeias. E essas empresas estavam com sérios problemas fiscais, irregularidades trabalhistas e ambientais, principalmente porque a sua cadeia produtiva, com fornecedores terceirizados, não agia de forma ética no afã de reduzir os custos.

Para se certificar da lisura da administração da ONG, Cristina contratou uma auditoria. Queria esfregar na cara do seu acusador que nada havia de errado. Mas acabou tomando um susto. O relatório da auditoria, minucioso, não deixava dúvidas: o diretor financeiro e o CEO da ONG tinham agido com imprudência no afã por buscar recursos para crescimento e alcançar as metas estabelecidas de captação para crescimento da ONG. E acabaram por afrouxar uma análise mais rigorosa, prevista em estatuto. O dano à imagem da ONG estava feito.

Cristina reuniu o Conselho de Administração e convocou ambos para prestar esclarecimentos. Ficou claro o interesse deles quanto à performance financeira e os investimentos planejados, deixando de lado aspectos sustentáveis – embora tenham tentado justificar suas ações.

– Mas, dona Cristina, tudo o que fizemos foi para atingirmos as metas da ONG, e não em benefício próprio.

– O senhor acha que atingir metas é mais importante que preservar a integridade da instituição? Não é uma declaração de fraqueza de caráter?

– Mas, senhora, todo mundo faz uma "acomodação", no mundo dos negócios. Sabe o quanto a ONG recebe de pedidos de investimento em escolas no Norte e Nordeste. Nesses momentos, flexibilizar pode significar mais alunos matriculados. A senhora não sabe que é assim que funciona?

– Sei, sim senhor, e sei que é exatamente contra isso que eu e este Conselho nos posicionamos. E o senhor e o diretor financeiro fizeram justamente aquilo que faz com que o "mundo dos negócios", como o senhor diz, se torne insustentável a longo prazo. Como eu posso tolerar uma atitude como essa, que acaba por trazer mais malefício do que benefício para a sociedade? A reputação da instituição, manchada como foi, irá fazer com que o caixa seque, pois não conseguiremos captar por um bom tempo. Nossa credibilidade foi ao chão. Numa atividade cujo propósito é desenvolver o caráter nos jovens? Pare e pense...

– Mas...

– Não tem mais nem menos! Terei que afastar o senhor e o diretor financeiro. Essa é a decisão unânime do Conselho!

Cristina não queria ser dura, mas a situação exigia uma postura mais firme. Carlos Rodrigues tivera amplo acesso a todas as informações – inclusive no exterior, nos países-sede das empresas apoiadoras da ONG – e as estava usando para tentar eliminar a mulher que, com os seus projetos, poderia pôr fim a uma série de benefícios de que o deputado se aproveitava, junto com numerosos parlamentares inescrupulosos. Carlos Rodrigues não ignorava que a má conduta administrativa era dos dois funcionários da ONG, mas tratava de acusar Cristina, com denúncias falsamente formuladas para colocar a culpa toda nela. Não bastasse isso, buscava difamar a família, sugerindo que Otto Jr. também tinha desvio de comportamento e se aproveitava das doações recebidas na própria ONG. Escarafunchou a vida de Cristina e, com a lista de doadores inescrupulosos em mãos, ele montou o seu devastador discurso na tribuna da Câmara dos Deputados. E pediu, em altos brados, o imediato afastamento da colega da casa legislativa, até que a CPI estivesse concluída, pretextando ser pessoa comprovadamente inidônea.

– Peço o seu afastamento imediato da casa, para que sejam apurados os fatos e para que ela, uma vez afastada, não venha a minar as nossas investigações. Hoje mesmo entro com o requerimento de afastamento da deputada e vou buscar as assinaturas para a instauração da CPI e peço apoio dos colegas. Muito obrigado…

Gestão de Conflitos

Cristina estava vivendo um inferno. O escândalo do recebimento de recursos, pela sua ONG, de empresas acusadas de usar mão de obra escrava chegara à imprensa, que ficara alerta depois do discurso de Carlos Rodrigues na tribuna da Câmara dos Deputados. Ela estava sendo constantemente acossada por jornalistas – bons profissionais, que precisavam checar todos os lados do fato, mas também por profissionais de caráter duvidoso, mais interessados em gritarias acusatórias do que em esclarecer a verdade. Passara também a ser investigada pelo Ministério Público, que por dever de ofício tinha de verificar a notícia-crime declarada na denúncia de Carlos Rodrigues. Da mesma forma, a própria Câmara dos Deputados iniciara uma sindicância. Com tudo isso, Cristina estava sob a mira de centenas de pessoas. E, tendo ela mesma contratado uma auditoria independente, constatara que as práticas de *compliance* da ONG haviam falhado.

Consciente da real dimensão do problema, demitiu os dois principais executivos da ONG e deu início à busca de executivos de peso e de reputação ilibada para os cargos vagos. Logo após as medidas de governança tomadas, solicitou ao presidente da Câmara licença para se dirigir ao plenário, pois queria dar uma rápida mensagem ao mercado, uma vez que havia tomado pé da situação e sabia exatamente o que havia acontecido. Autorizada, fez um discurso que mesclava racionalidade e emotividade:

– Entendo, nobres colegas, a indignação que toma conta de seus corações. Eu também teria sentido o mesmo, caso identificasse um malfeito dessa monta por parte de um colega. Admito o meu erro, que não foi ter participado diretamente da gestão da ONG fundada por mim, mas haver confiado demais na minha equipe e não ter sido mais atenta aos indicadores nas reuniões do Conselho de Administração. Tenho aqui, em mãos, um relatório de auditoria independente, mostrando indícios dos reais responsáveis pela aceitação de recursos de empresas com atuação questionável no mercado, que ainda deverão ser comprovados, mas isso será trabalho da Justiça. Também tenho comigo a comprovação da demissão do diretor financeiro e do CEO, e cópia da ação judicial que impetrei, buscando a apuração dos fatos. Deixo claro que até ser comprovado exatamente o que houve, acredito que os executivos da minha ONG agiram de boa-fé. Não estou acusando os executivos de qualquer ato ilícito. Mas, eventualmente, podem ter agido em desacordo com nosso modelo de governança e código de ética, ignorando indicadores que perseguimos antes de fechar qualquer acordo de doação de nossos parceiros ou potenciais parceiros. Lamento que, mesmo sem a devida comprovação de culpa contra mim, eu tenha sofrido a ira de alguns partidos e ameaças explícitas de alguns extremistas. Reforço a minha lisura em função de que tenho cumprido à risca o Estatuto e o código de ética da ONG Educar para a Vida, bem como por meio da contratação de uma investigação isenta, que irá prosseguir até que todas as questões sejam efetivamente esclarecidas, a fim de que possamos corrigir os nossos processos e gestão. Farei de tudo para preservar o projeto nacional de cunho educacional que a Educar para a Vida executa, e, assim, continuar a contribuir com a Educação dos brasileiros. Preferi dirigir-me primeiramente aos senhores e a esta Casa de Leis, antes de ir à imprensa exibir fatos e dados das conquistas, e números de crianças e jovens salvos de uma possível vida de marginalização e caminho voltado ao crime, pela instituição cujo conselho de administração eu presido. Agradeço a oportunidade de me manifestar, presidente.

Cristina desceu da tribuna, nervosa, mas altiva como sempre, e com o coração mais aliviado. Saindo pelo corredor, sofreu palavras ofensivas, mas também recebeu elogios e apoios.

Seu passo seguinte foi procurar logo os repórteres que davam plantão no Congresso. Todos já a conheciam, e a maioria lhe dedicava muita simpatia. Montaram rapidamente, então, uma entrevista coletiva. Ela iniciou garantindo que, embora pessoalmente não tivesse participado de qualquer gestão direta, iria apurar e devolver cada centavo que tivesse sido recebido de maneira irregular de empresas fraudadoras do fisco e/ou que desrespeitassem critérios morais e éticos de conduta. Mostrou comprovações das apurações conduzidas até aquele momento e relacionou as providências que já estavam em andamento.

– Minha atitude imediata, logo após a demissão dos executivos responsáveis, foi separar 100% dos recursos recebidos de origem duvidosa em uma conta especial. Essa conta está à disposição das autoridades e de qualquer veículo de imprensa que queira comprovar a veracidade das minhas palavras.

– Essa conta já está disponível para consulta, deputada? – perguntou a correspondente da WJOK, da Grã-Bretanha.

– Sim. Já vou passar o endereço eletrônico para vocês.

– Mas, sem esse dinheiro, a ONG não vai ter dificuldades financeiras, deputada? – quis saber a repórter da TV mexicana.

– De fato, eu e a minha equipe estamos preocupados com a situação do caixa, porque existe o risco de as escolas ficarem sem recursos para custear educação, alimentação etc. para os mais de 100 mil alunos em todo o Brasil. Por isso, quero aproveitar a gentileza do espaço que vocês estão me dando para me dirigir a todos os parceiros e empresas ilibadas que nos apoiam, a fim de que ajudem a cobrir o vale de caixa até a regularização do fluxo de caixa para não prejudicar as nossas crianças.

– Tudo isso está parecendo um teatrinho para você se passar por vítima, não, deputada? A denúncia do deputado Carlos Rodrigues é consistente e eu acredito nela! – alfineta Nathalia Gouveia, do jornal da MDN Brasil.

– Ah, você se refere à denúncia que o seu marido, deputado Carlos Rodrigues, fez na tribuna? Ser mulher dele não te desqualifica como repórter isenta para fazer essa afirmação?

Os outros repórteres, irritados com a provocação, aprovaram ruidosamente a resposta da entrevistada e passaram a outras perguntas, ignorando a presença da loira impertinente.

À noite, todas as emissoras de TV, rádio e sites noticiosos repercutiram a entrevista. Quase imediatamente, Cristina começou a receber mensagens de empresários.

Senhora Cristina, a nossa empresa está envergonhada de ter apoiado uma entidade que julgávamos decente, e estamos orientando o nosso departamento financeiro a suspender todo o repasse programado. Lamentamos a má gestão que nos induziu a erro.

Cristina sentiu um choque. Jamais imaginaria uma reação desse tipo de uma empresa que, havia muito tempo, colaborava com a ONG.

Mas essa foi uma de apenas três mensagens negativas. Ao longo daquela noite e nos dias seguintes, outras 116 mensagens de empresários, pessoas físicas e ONGs asseguravam confiança no trabalho da deputada e na sua integridade. Todos estavam empenhados em ajudar a reverter a situação de forma urgente, colocando a entidade novamente de pé. Confiando em Cristina, confiando no seu trabalho e na importância que ele tinha para o país!

Transparência

Antes que se completassem 30 dias, Cristina novamente solicitou permissão para usar a palavra na tribuna. Sua intenção era apresentar um balanço de tudo o que fizera para sanar o erro cometido pelos seus dois ex-funcionários. Sim, não deixava de ser um grande erro, ainda que possa não ter havido má-fé.

– Senhor presidente, gostaria de usar um pouco do meu tempo de pronunciamento para agradecer vivamente ao deputado Carlos Rodrigues por ter permitido, com a sua pertinente denúncia, que eu viesse a saber de iniciativas que estavam sendo tomadas sem que eu tivesse conhecimento. Graças ao seu empenho em denunciá-las, percebi o quanto estava sendo negligente no que tangia aos valores da Educar para a Vida. E devo dizer que fico feliz por ver que o deputado tem um exército enorme de profissionais de pesquisa, de marketing, hackers e outros especialistas em escarafunchar a vida dos outros, para levantar todas as informações que me permitiram descobrir e corrigir erros que vinham ocorrendo à minha revelia.

Cristina olhou para o plenário, procurando a figura de Carlos Rodrigues, mas o deputado não estava presente à sessão.

– Lamento, senhor presidente e nobres deputados, que Sua Excelência, o deputado Carlos Rodrigues, não esteja presente hoje para ouvir os meus sinceros agradecimentos à colaboração que me prestou, denunciando aqui mesmo, desta tribuna, em alto e bom som, os erros que, na ocasião, atribuiu à minha pessoa.

Percebendo a ironia, alguns parlamentares do grupo político ligado a Carlos Rodrigues começaram a falar, tentando protestar, mas o presidente foi firme:

– Senhores, a palavra está com a deputada, e não vou permitir apartes até o fim do pronunciamento dela. Com a palavra, deputada Cristina Costa Albuquerque.

– Muito obrigada, senhor presidente. Eu gostaria de observar que facilitei grandemente o trabalho do exército do Excelentíssimo deputado Carlos Rodrigues, afinal, a Educar para a Vida tem todos os seus demonstrativos financeiros publicados em seu site, abertos a qualquer pessoa que queira escrutiná-los. Portanto, a TRANSPARÊNCIA da nossa gestão auxiliou o levantamento feito pela competentíssima equipe do deputado. Graças à nossa TRANSPARÊNCIA, ele pôde colher as informações que possibilitaram a verificação da origem dos malfeitos e trazê-los a público, e obviamente a mim mesma, permitindo, assim, a correção imediata das más decisões.

Vários deputados abriram um sorriso de satisfação, orgulhosos da coragem de Cristina de se dirigir dessa forma a um dos poderosos líderes da velha política brasileira. Uma coragem que poucos tinham.

Cristina prosseguiu:

– Ao mesmo tempo, quero pedir, com todas as minhas forças, que o deputado Carlos Rodrigues também explique, da mesma forma e com a mesma transparência, os sinais de riqueza que ele apresenta, incompatíveis com o seu cargo, uma vez que não se declara empresário nem que tem qualquer outra fonte de renda além do seu salário como deputado federal há três mandatos...

Novas tentativas de protestos, em vão, dos apaniguados de Carlos Rodrigues. Cristina não se intimidou.

– Seria muito conveniente, e uma demonstração de boa-fé, ele vir explicar como comprou as suas mansões em Altamira e em Belém, assim como o seu enorme apartamento de 1.000 metros quadrados...

Cristina foi interrompida por um assessor e, por isso, pediu um minuto à audiência.

– Meu assessor acaba de me corrigir. Desculpem-me, não são 1.000 metros quadrados; são apenas 900 metros quadrados...

Risos no plenário da Câmara. Em tom irônico, Cristina prosseguiu:

– Pois é, em bairro nobre da capital de São Paulo. E as duas mansões em Brasília, numa das quais vive oferecendo festas famosas e apreciadas por membros do Legislativo e do Executivo. Aliás, também pedirei informações sobre o motivo pelo qual senadoras e deputadas federais não são convidadas.

Fez uma pausa e passeou o olhar pelo plenário. Os deputados estavam atônitos – muitos deles eram fregueses dessas festas...

– Ah, também pedi explicações de como o Excelentíssimo senhor deputado trata o dinheiro público em viagens pelo Brasil e ao exterior, uma vez que é deputado federal por Mato Grosso do Sul. O requerimento já está em andamento.

A deputada precisou fazer uma pausa devido aos risos em plenário. Foi necessária a intervenção do presidente da Câmara para ela poder voltar a falar.

– Pedirei que o sr. Carlos Rodrigues explique tudo aqui. E, quem sabe, se em cada uma dessas questões que mencionei ele cometeu algum erro, eu possa lhe dar a oportunidade de corrigir e também de me agradecer, assim como fiz agora a ele.

– Obrigado Excelentíssimo sr. presidente.

Ao final do seu emocionado discurso, Cristina foi ovacionada pela maioria do plenário – alguns deputados do grupo político de Carlos Rodrigues mantiveram-se afastados, olhando feio para ela.

O presidente imediatamente convocou votação para o pedido de afastamento de Cristina, encaminhado por Carlos Rodrigues e apoiado pelo bloco da "velha guarda" da Câmara. A decisão pelo arquivamento teve votação esmagadora, dado que o que ocorrera na ONG Educar para a Vida em nada implicava a conduta ilibada de Cristina na Câmara dos Deputados.

Alguém telefonou. Carlos Rodrigues atendeu e teve uma explosão de fúria. Arremessou o copo de uísque na janela. Sofrera uma derrota incontestável. E já sabia o que teria de enfrentar...

Visita ao Passado

Otto Jr. decidiu convidar Martha e Cristina para uma viagem ao Amazonas, quinze dias antes da abertura da sua turnê.

Cristina nunca mais voltara ao CRPI, na Amazônia, desde o ano em que viajara para se dedicar à sua monografia.

Agora, essa viagem tinha um propósito claro para o músico: ele havia convencido a mãe de que desejava conhecer os passos dela naquelas terras e obter informações sobre Iaúna, além de proporcionar à mãe a oportunidade de rever o sr. Rubens, a dona Nair e outras pessoas do assentamento. Otto Jr. estava muito feliz.

A viagem, porém, guardava uma razão muito maior: ele queria saber se existiam Moxiruna sobreviventes da trágica chacina que dizimara a tribo. De tudo que Iaúna havia contado, era bem possível que houvesse um ou outro índio vivo, e seria uma boa oportunidade de desvendar alguns segredos que ela seguramente ocultara. E o melhor lugar para descobrir alguma coisa era o assentamento.

Os três passaram alguns dias em Manaus, passearam de barco pelo rio Negro, visitaram alguns locais pitorescos, e Otto Jr. aproveitou para se familiarizar com o lugar que seria o palco da nova turnê da banda.

Para Martha, tudo era novidade. Encantou-se com o Teatro Amazonas e seus 200 anos de esplendor, ficou excitada como uma criança ao ver o famoso Encontro das Águas do rio Negro (que, como diz o nome, é escuro) com o rio Solimões (barrento e amarelado), comoveu-se com o Museu da Amazônia e o Jardim Botânico (MUSA), e também com o Museu do Seringal Vila Paraíso.

Cristina, que já conhecia tudo aquilo, estava morrendo de pressa de ir para o assentamento, mas, em respeito à primeira viagem de Martha à região, segurava a ansiedade. Muito educada e cordial, aproveitava para dar informações à nora.

– Martha, este local – disse ela, enquanto visitavam o Museu do Seringal – foi construído para a gravação do filme *A Selva*, de 2002, dirigido por Leonel Vieira e tendo no elenco Chico Diaz, Maitê Proença, Karra Elejalde e Roberto Bonfim, entre outros. Os idealizadores desse museu conseguiram reunir um acervo muito grande para contar a dura vida dos seringueiros amazonenses, e por isso acabou sendo preservado para visitação.

Emocionada, Martha comentou:

– Quanta tristeza nessa vida miserável, não, Cristina?

– Querida, você ainda não viu nada. Esse povo da região Norte vem sofrendo desde o Império. Sua vida piorou com a construção das instalações da Ford em Belterra e Fordlândia, no Pará, para extração de borracha, e com o fechamento dessas mesmas instalações em 1944, apenas dez anos depois. Tudo isso foi catastrófico para a economia local. Se investiu, se gerou emprego e depois desmobilizaram tudo, e as pessoas ficaram desempregadas e completamente desamparadas... aliás, até hoje a nossa economia exibe esse comportamento, popularmente chamado de voo de galinha... voa e cai, voa e cai...

Cristina era realmente uma educadora, e Martha adorava aprender com ela.

Completado o ciclo de passeios, o destino agora seguia na direção leste de Manaus, onde se erguia, como uma imensa barreira verde, a Floresta Amazônica.

Cristina ia no banco da frente do carro alugado com guia, reconhecendo lugares – ou achando que reconhecia, porque os mateiros sempre diziam que a Floresta mudava todo dia. Mas o assentamento, esse não tinha mudado muito. Até pela limitada verba que recebia do governo federal, os abnegados funcionários não conseguiam fazer as instalações evoluírem; apenas lutavam para mantê-las em bom estado.

Ao chegar à grande clareira, Cristina saltou do carro antes mesmo que ele freasse e seguiu direto para a habitação que funcionava como centro de coordenação do CRPI.

– Posso falar com o sr. Rubens?

A mulher que se encontrava na recepção enrubesceu, engasgou, mas depressa recuperou a fala.

– Ah, senhora, fico triste de dar essa notícia, mas o sr. Rubens não está mais entre nós. Faleceu há muitos anos, que Deus tenha piedade da sua alma. Um homem tão bom! Vocês são parentes dele?

– Não, senhora. Eu o conheci nos anos 80, quando fazia um trabalho para a universidade. E ele me ajudou muito, foi um bom amigo.

– Entendo. Mas a mulher do sr. Rubens ainda está por aqui. A dona Nair.

– Sério? E podemos falar com ela? – disparou Otto Jr.

– Sim, claro. Ela é a responsável pelas equipes de manutenção e limpeza do assentamento desde aquela época. Mas ela não está aqui agora.

– Ai, meu Deus! Onde ela está? – lamentou-se Cristina.

– Calma, ela está apenas na hora do almoço. Dona Nair corre até a casa dela para almoçar e retorna para o turno da tarde – explica a senhora responsável pelo CRPI, apressando-se em eliminar a frustração dos visitantes.

– Ah, sim! Vamos esperar, então.

– O que traz vocês a esse pedaço da Floresta? – pergunta. – Só a saudade dos tempos de faculdade?

Cristina explicou a sua amizade com a índia Moxiruna e todo o trabalho que ela e o sr. Rubens tiveram para conseguir que ela viajasse para São Paulo.

– Nossa, que história! Eu tinha ouvido alguma coisa sobre isso, mas sempre achei que fosse lenda...

– Pois é. É uma história muito bonita, e por isso estamos procurando resgatar um pouco desse passado. Talvez até, quem sabe, para escrever um livro. Por um longo período da nossa vida, essa índia cuidou do meu filho Octávio.

Otto Jr. então se apresentou, explicando quem era Martha, e a conversa prosseguiu, enquanto aguardavam a dona Nair retornar do almoço.

Não se passou muito tempo para que batesse à porta uma senhora bastante enrugada pela ação do sol, sem traços indígenas. A origem de suas feições estava mais para um povo colonizador do que para alguém nativo.

– Olá, boa tarde! A senhora quer falar comigo?

– Sim, Nair, pedi para te chamar. Esta senhora e este casal simpático desejam saber sobre uma índia de uma tal de tribo Moxi... Moxiha...

– Moxiruna – corrigiu Otto Jr.

Ao ouvir esse nome, dona Nair acertou os óculos no rosto, olhou com mais atenção para os visitantes e exclamou:

– Cristininha! É você mesma?!

Foi um reencontro efusivo e cordial. Nair se lembrava perfeitamente de todos os passos de Cristina e de Rubens para tirar a índia Iaúna da situação de risco. Demorou um pouco para lembrar o nome da índia, mas recordou-se bem de tudo.

– Os Moxiruna, eu ouvi bem. Por isso me lembrei da Cristina... Ela era muito amiga do Rubens, meu finado marido. Cheguei até a ter ciúmes, mas foi bobagem minha. Ela era estudante e estava fazendo uma pesquisa...

Otto Jr. sentiu uma forte emoção.

– Dona... dona Nair, não é? A senhora pode me falar mais sobre isso tudo?

A funcionária, novamente, tentou desacreditar as informações da mulher:

– A Nair sempre tomou conta da manutenção e limpeza. É a nossa funcionária mais antiga. Trabalhou aqui a vida toda, não é, Nair? Ela não é indianista, não está preparada para...

Sob protestos sutis da funcionária, Otto Jr. e Martha acompanharam Nair até a área externa do escritório, juntamente com dona Cristina. Lá, algumas cadeiras de palha contornavam uma pequena mesa de vime. Sentaram-se. Otto Jr. tomou a iniciativa de conduzir as perguntas. Cristina não compreendia bem a ânsia do filho em saber da tribo de Iaúna, mas respeitou a curiosidade dele.

– Dona Nair, sou Otto... sou Octávio, filho da...

– Filho da Cristininha aqui e cantor famoso, Otto Jr. Está querendo esconder isso de mim, por que, filho?

Todos caem numa boa risada...

– Não quero esconder, é que não quero ficar falando para a senhora que sou cantor... que sou isso, que sou aquilo, sabe?

– E como eu não iria saber que você irá fazer um show em Manaus? Já vi sua cara em um monte de jornal, TV... Agora, a maior surpresa para mim é você ser filho da minha Cristininha! Nunca pude imaginar!!! Que orgulho! Quero autógrafo!!!

– Mas claro! Com prazer!

– Mas, então, o que você deseja saber?

– Dona Nair, a senhora sabe mesmo algo sobre os Moxiruna?

Nair passou os dedos pelos cabelos, pareceu refletir por alguns instantes e depois começou a relatar:

– Octávio... então, eu conheci a sua mãe quando ela veio fazer um tipo de trabalho aqui nesse assentamento. Faz muitos anos mesmo. Olha, aquilo me marcou porque eu tinha acabado de entrar aqui. Nunca vi mulher mais bonita e chique que a sua mãe.

– Imagina, dona Nair!

– É sim! Linda, magra, delicada. Ah, como eu quis, naqueles dias, que ela me visse como eu a via. Ela também gostava de mim.

– Claro que gostava – retrucou Cristina.

– É, mas foi outra pessoa que encantou a sua mãe.

– A índia? – perguntou Otto Jr., atropelando o relato.

– Sim... Bem, continuando, eu senti certo ciúme quando aquela índia ficou amiga da sua mãe. No fundo, você, Cristininha se encantou, como eu disse, com a inteligência e com a carência da tal índia. Eu lembro que vocês passavam muito tempo conversando. Tiveram aquele tipo de ligação imediata, né? Essa índia, na época, mentiu que era de uma etnia aí. Não me lembro bem de qual, mas eu sei que ela era uma Moxiruna. Eu soube quando a vi. Nunca contei pra ninguém, porque falar de Moxiruna por aqui é igual a falar de fantasma. Aquela índia era esperta demais, moço. Ninguém nunca aprendeu a falar português tão rápido. E eu, que sou filha de garimpeiro, soube que tinha tido um banho de sangue contra os Moxiruna, por isso deduzi logo que a indiazinha não quis se dizer Moxiruna pra não ser morta. Mesmo porque, depois dela e do Cauê, nunca mais ninguém ouviu falar nos Moxiruna.

– Cauê? – perguntou Otto Jr. – Quem é?

– Um pescador que mora num lugar bem escondido dessa mata. Rubens sempre achou que ele era um Moxiruna, mas também nunca conseguiu comprovar.

Otto Jr. apertou forte a mão de Martha.

– A senhora está dizendo que tem um Moxiruna por aqui? Tem certeza?

Vendo a intensidade com que o rapaz se envolvia no assunto, Nair se levantou e pediu que o grupo a acompanhasse. Chegando ao escritório, ela pegou, na última gaveta do armário de ferro mais antigo, uma grossa pasta de fotos. Colocou-a sobre uma mesa e começou a virar as páginas até encontrar o que buscava.

– Aqui, vejam. Essa é...

– Meu Deus, sou eu? Sou eu, Nair!

Octávio não se contém...

– Nossa, é minha mãe! – completou Otto Jr. Martha tomou o seu braço direito e o abraçou de lado.

– Linda! – exclamou a jovem.

– Olha, linda mesmo, viu? – concordou Nair. – Mas, veja, aqui do lado dela, em pé. Esse foi o primeiro coordenador desse assentamento, meu marido, o Rubens. Ele tinha um bom coração, tanto que, nos anos 90, mataram ele. Meu marido foi morto por gente muito ruim.

Nair virou outras páginas, em busca de fotografias interessantes. Otto Jr. coloca a mão numa delas.

– Espere! Veja, essa aqui é a dona Iaúna!

Martha olhou a foto e viu Iaúna sozinha, sobre uma esteira, com uma cabaça de barro nas mãos. Logo ao lado, na mesma esteira, havia outra foto de Iaúna com Cristina.

– Aqui, as duas juntas! – comentou Nair.

– Meu Deus, Nair! Nem eu tenho estas fotos! Que relíquia! E como eu era jovem...

– Será que eu posso copiar essas fotos? Nunca tinha visto a minha mãe no assentamento e a dona Iaúna jovem.

– Bom, isso aqui é acervo histórico, mas acho que deixam você copiar, sim. Muita gente solicita cópia de foto pra livro. Bom, o que eu quero mostrar é isso. – E apontou para uma foto em outra página.

O casal olhou, sem entender, a imagem de um índio mais jovem que Iaúna, encostado numa árvore, segurando uma lança.

– É esse. Esse é o Cauê. Muito engraçado ver ele assim, porque, hoje, tá praticamente colonizado e gordo, esse safado!

Otto Jr. se espantou e colocou a mão sobre o ombro de Nair.

– A senhora conhece... digo... ainda tem contato com o tal Cauê? Ele é mesmo um Moxiruna?

– Contato mesmo eu não tenho. Eu acabo vendo o Cauê quando visito a minha família lá nas palafitas. O Cauê é pescador de uma comunidade ribeirinha, e eu garanto que ele é um Moxiruna. Chegou aqui bem traumatizado, viu?

– A senhora pode me passar o endereço, a localização dessa comunidade? – pediu o músico, quase implorando.

– Claro, moço. Não nego nada para o filho da Cristininha. Olha, não é bem um endereço. Vou dizer como se chega lá, porque não tem como usar celular ou essas modernidades pra se localizar, tá? Vocês perceberam que nem aqui tem sinal? Pois é, lá, praticamente nada pega. Nem energia elétrica tem.

– A senhora nos ajudou demais! Não faz ideia! – Martha agradeceu, exaltada.

O trio caminhou até a porteira de saída do assentamento. Cristina e Martha se despediram de Nair com muito carinho e, junto com Otto Jr., seguiram para o carro que haviam alugado, deixando aquele local de significado especial para a família.

De posse da localização da comunidade ribeirinha de Cauê, optaram por retornar para o hotel e prosseguir a visita no dia seguinte.

Pela manhã, aprontaram tudo e saíram. Inicialmente, o caminho até a comunidade ribeirinha foi fácil, em estradas – ainda que precárias – possíveis de se trafegar. À medida que avançavam, as passagens foram se tornando estreitas, cercadas de muito mato e intercaladas com pontes e mata-burros improvisados. Viagem longa, muito longa. Em dado momento, Martha avisou:

– A Nair deixou anotado que, logo mais à frente, não vai dar mais para ir de carro e, por isso, teremos de parar numa área de descanso.

Caminharam em direção ao rio por alguns metros e, após um aclive, finalmente chegaram a uma dúzia de casas de pescadores. A precariedade da vida no local era evidente. Sem luz, água encanada ou o mínimo saneamento básico, a comunidade ribeirinha era composta por quase oitenta pessoas. Crianças, mulheres grávidas e alguns poucos idosos sobreviviam entre insetos, roedores, animais selvagens, e a possibilidade ou não de pescarem e venderem o próprio sustento. Otto Jr. reconhece, visualmente, a beleza da miscigenação na qual se destacava, obviamente, o sangue índio.

– Octávio, estão todos olhando pra gente! – comentou Martha.

– Previsível, Martha. Destoamos muito de tudo aqui. É bem provável que nem políticos venham visitar essas pessoas, afinal são poucas e a maioria nem vota. A escola e o posto de saúde mais próximos devem estar a quilômetros.

– Você está vendo isso, mãe?

– Verdade, Octávio. Já estou registrando tudo isso, pois precisamos agir aqui. Vamos estudar a viabilidade de trazer um posto educacional avançado. Com isso, acho que conseguirei defender um posto de saúde adjunto às instalações da escola.

De repente, Otto Jr. viu, deitado numa rede, um homem que observava a sua aproximação e, por isso, mostrou as palmas das mãos instintivamente, como sinal de transparência e sinceridade.

– Boa tarde... Tudo bem? Eu queria falar com o Cauê.

O homem não respondeu. De dentro da casa elevada, mas quase mergulhada no rio, uma mulher saiu para ver quem eram os estranhos à sua porta. Com uma criança no colo sendo amamentada e outra em pé, ao seu lado, de mãos dadas, nariz escorrendo e nua, a mulher se aproximou do homem na rede, que, provavelmente, era o seu marido e pai das crianças.

– Sabe o que é, meu senhor, é que a minha mãe conheceu um pessoal do assentamento, lá pelos anos 80, e que foram muito amigos do Cauê.

– Ah, sei! Entendi. Pois ele está bem aí atrás de vocês.

Otto Jr. e Martha se assustaram e olharam para trás. A um passo deles, um homem alto, visivelmente descendente de índios, vestindo apenas uma bermuda e segurando uma vara com um gancho, no qual um grande tambaqui estava preso pela boca, observava-os com semblante ameaçador.

– Eu sou o Cauê. O que querem?

Cauê parecia ter uns cinquenta anos. Estava em forma, mas as cicatrizes no corpo testemunhavam muitas batalhas enfrentadas. O cabelo longo, preso na nuca, era formado por muitos fios negros, alguns acinzentados e uns poucos brancos.

Recebeu-os com educação e simpatia. A mulher, ao ver a boa vontade do marido, puxou conversa com Martha e Cristina, deixando Otto Jr. e Cauê conversando.

No final da tarde, o grupo retornou para o hotel. Martha, impressionada pela pobreza daquela gente. Cristina, ainda muito feliz por ter revisitado o assentamento, pelas suas lembranças, pelo reencontro com Nair, tudo isso somado ao interesse do filho pelo seu passado e pela região. Otto Jr., esse seguia pensativo…

Visita de Rotina

Como era de costume, Tavinho visitava a sua querida governanta Iaúna, pelo menos, uma vez por mês. Naquela antevéspera de Natal de 2015, preparou-se para uma visita de Natal e Ano-Novo. Eles se gostavam muito, e os encontros eram sempre agradáveis e divertidos. Falavam das respectivas novidades, trocavam gozações e tomavam chá com bolo. Tavinho usava esses encontros como forma de, disfarçadamente, verificar se Iaúna estava deixando os rituais de lado.

– Oi, dona Iaúna. Como prometi, vim para a nossa visita de sempre.

– Tavinho, meu lindo, você não se esquece de mim, né?

– Como poderia? A senhora cuidou de mim a vida inteira. Agora faço a minha parte: acompanho a sua vida, venho saber se a senhora está bem. Aliás, está bem mesmo! Parece mais jovem! Anda difícil chamá-la de senhora.

Não parece, apenas. Está mais jovem mesmo! Como ela consegue isso?, pergunta-se Tavinho.

– Obrigada, meu querido! E como estão as coisas? O que há de novo na carreira?

– Tudo indo muito bem, dona Iaúna. Ainda não estamos faturando o suficiente para produzir shows maiores, mas a banda está indo de vento em popa. Temos vários shows agendados e estamos ficando cada vez mais conhecidos.

– Dinheiro não é tudo... O importante é você estar indo bem. Mas me conta mais novidades. Sua mãe, como ela está?

– Mamãe está ótima. Como a senhora sabe, sempre trabalhando muito, né?

– Verdade, como ela trabalha...

– Ah! Na semana passada, um jornalista foi me entrevistar. Falamos da banda e dos nossos planos de apresentações. Na gravação, eu contei um pouco da minha história, falei da minha mãe, do meu pai, das pesquisas que faziam na Amazônia. No mesmo dia, a entrevista foi ao ar no horário nobre.

– Eu já sabia, Tavinho, sua mãe me contou quando iria ao ar e eu assisti! Você estava lindo. Adorei a entrevista!

– É, foi em rede nacional! Fiquei tão impressionado com a cobertura!

– E muita gente deve ter te visto. Isso vai ser ótimo para a banda!

– Imagina que uma antiga assistente do meu pai viu a entrevista? Dias depois, ela descobriu o meu endereço e foi até a minha casa. Disse que, pela minha aparência e pela descrição que fiz, eu só poderia ser filho do professor Albuquerque. E resolveu levar para mim uma pasta em que o meu pai guardou provas de uma série de irregularidades no Amazonas.

– Mas como essa pasta foi parar nas mãos dessa mulher, Tavinho?

– Pelo que essa senhora, dona Eduarda, me contou, na noite em que o meu pai foi assaltado, ele pediu que ela encadernasse cópias desse relatório. Para não colocar uma folha em branco na capa, deu a ela uma folha com um desenho que eu tinha feito aos quatro anos de idade. Disse ele que o desenho daria um ar inocente ao material, porque não queria que chamasse atenção nem tivesse título.

Iaúna começou a dar sinais de impaciência ao ouvir a história. Sem perceber, Tavinho continuou:

– A dona Eduarda me contou que o meu pai não chegou a pegar essas cópias, porque ela ainda iria encadernar. Ele disse que pegaria só no dia seguinte, mas não teve tempo porque foi assassinado. Então, ela guardou o material, sem nunca ter lido. Mas, quando viu a minha entrevista, achou que devia ao professor a entrega do material dele aos herdeiros. Eu li o relatório, dona Iaúna. É um verdadeiro dossiê.

– Dossiê? O que é isso, filho?

– Um relatório completo sobre vários crimes que foram cometidos e que o meu pai estava pronto para denunciar.

– Crimes cometidos por quem, Tavinho? – perguntou a índia, alterando o tom de voz e revelando uma intolerância que Tavinho desconhecia.

– Não sei. Mas, dona Iaúna, o meu pai deve ter morrido por conta disso, e eu vou investigar. Preciso saber, né?

Nesse momento, Iaúna se transformou. Empalideceu, franziu a testa, e a sua atitude passou a ser quase agressiva.

– O que você pretende fazer com esse dossiê?!

– Ora, investigar o que meu pai tinha de informações e, quem sabe, desvendar a morte dele.

– Pra quê? Vai ressuscitar o seu pai com isso? Pra que mexer nesse assunto velho e superado?!

– Superado? Nunca acharam quem matou o meu pai!

– Sim, Tavinho! Superado! Mexer nesse passado vai te levar aonde!? Que besteira!

Tavinho não entendeu a reação de Iaúna. Ficou intrigado, mas resolveu não insistir na conversa. Mudou de assunto.

– Dona Iaúna, a data do meu casamento está chegando. A senhora vai à cerimônia, não é? Eu gostaria muito.

A reação de Iaúna foi ainda mais incômoda.

– Você vai mesmo se enrolar com aquela aproveitadora? Abra o olho, menino! Com certeza, ela já deve estar te traindo com um monte de homens por aí. Eu não ponho a minha mão no fogo por ela!

Tavinho ficou atônito com a atitude e as acusações de Iaúna. Decepcionado, cansado, sem entender nada do que havia acontecido ali, balbuciou algumas palavras, tentando apaziguar a situação. Vendo que de nada adiantava, achou melhor se despedir e terminar a visita.

Assim que Tavinho deixou o casarão, Iaúna correu para o celular. Teclou um número e aguardou o outro lado atender. Enquanto o telefone chamava, pensou: "Preciso me redimir. Será agora..." O número chamado atendeu, e ela quase gritou:

– ALÔ? MEU IRMÃO?

– Sim, querida? Sim, mana? O que foi?

O Segredo

Ano de 2016, dia 17 de abril. Chovia muito naquele início de outono em São Paulo. Era fim de madrugada, e o dia ia nascendo escuro por causa da chuva. Otto Jr. chegou na casa de Iaúna. Apertou o botão da campainha. Ninguém atendeu. Insistiu. Nada. Então, abriu o portão, subiu a escada que dava acesso à varanda e começou a olhar pelas vidraças das janelas das salas de estar e jantar, tentando identificar algum movimento. Nada. Somente o barulho da chuva que não dava trégua. Seguiu para a lateral da casa, onde ficava a garagem com pequenos basculantes, e olhou para o seu interior. Nenhuma luz acesa, mas a porta estava levantada.

Cristina telefonara para o filho, dizendo que Iaúna não atendia o telefone e por isso estava preocupada. Tinha tentado se comunicar com ela para que não fosse trabalhar pela manhã por causa da chuva torrencial, mas, como a índia não atendera, queria saber se ela estava doente ou se teria sofrido algum acidente. Otto Jr. decidiu, então, passar pela casa de Iaúna ao final do show da banda, que naquela noite não havia terminado tarde.

Curioso e um pouco temeroso, ele foi até a picape e viu que ainda havia compras na caçamba. Estranhou ao perceber aberta a porta que Iaúna usava para levar as compras para a cozinha. Foi entrando e chamando por ela.

Antes que pudesse acender a luz da cozinha, escorregou num líquido viscoso. Tentou se equilibrar e apertou o botão do interruptor. Olhou para os pés e viu sangue. Sangue! Sua boca secou! A adrenalina invadiu o seu corpo, e ele ficou em alerta. Desviou o passo e bateu o pé num membro amputado, possivelmente a golpe de facão. Seus olhos arregalaram de susto e horror pela cena testemunhada. Pior... era o braço de Iaúna, que ele reconheceu pela pulseira...

A cena de horror se amplia. Um pouco mais à frente, atrás do balcão da cozinha, o corpo da índia jaz numa poça de sangue: desfigurado, com uma cavidade sangrenta logo abaixo do crânio, na altura da nuca, e o tórax aberto, os seios dilacerados, mostrando as pontas das costelas fraturadas, como um retrato do terror de um sacrifício criminoso. Iaúna estava com os olhos abertos, vidrados, esbugalhados, como a perenizar o susto ou a agonia do momento em que sofrera tamanha brutalidade.

Sem entender, não sabia se devia correr dali, transtornado, nervoso, em choque, Otto Jr. levou algum tempo para se recompor. Afastou-se, então, da cozinha, pois não tinha estômago para continuar olhando o que restara do corpo da índia. Trêmulo, ligou com dificuldade para a polícia. Em seguida, assim que encontrou na agenda do seu celular o número do seu melhor amigo, conectou-se com ele e narrou o que presenciara.

Otto Jr. notou a chegada da polícia pelas fortes luzes intermitentes do giroflex. Abriu a porta da frente da casa e reparou que duas pessoas mal-encaradas observavam a movimentação e se empurravam como que se ajudando a sair dali. São policiais à paisana?, perguntou-se. Reparou, em seguida, que fugiram em direção à entrada de um beco. Achou aquilo estranho, mas a sua atenção acabou sendo desviada pela presença de mais policiais um tanto quanto afoitos pela chamada de homicídio que ele fizera.

– Foi daqui que chamaram a gente? – indagou o policial a Otto Jr.

– Sim, senhor. O corpo está na cozinha nos fundos da casa, atrás de um balcão.

– O senhor pode nos acompanhar?

Otto Jr. preferia não voltar lá, mas não se recusou.

À medida que os policiais que chegavam viam a gravidade da ocorrência, passavam a solicitar mais reforços. A polícia técnica e mais viaturas estacionaram à porta da casa, que foi isolada por cordões. Otto Jr., por ter sido a primeira pessoa a encontrar o corpo, começou a ser bombardeado com perguntas.

* * *

Não demorou muito para Oswaldo estacionar seu carro perto da casa. Entrou, exibindo seu distintivo de delegado aos policiais que trabalhavam na cena do crime. A perícia também já estava cumprindo o seu papel.

Otto Jr. reconheceu que Iaúna havia sido vítima do ritual macabro, o mesmo que tantas vezes ela descrevera como tradição do seu povo. Intrigado com tudo aquilo, guarda para si a informação que sua fiel governanta lhe havia pedido. Ele não fazia ideia de quem realizara o sacrifício, mas sabia que se tratava do ritual Moxiruna. Teria sido vingança de alguma pessoa, cujo parente ou amigo morrera pelas mãos dela? Entretanto, nenhum relato de Iaúna havia mencionado requintes de crueldade como os que ele estava testemunhando no corpo da índia!

Não entendeu quem poderia ter feito aquela maldade com a sua antiga governanta, até porque, como ela mesma contava, não havia outro sobrevivente da tribo. Mas quem realizara o ritual sabia em detalhes como proceder, portanto, ou era alguém da tribo ou alguém que conhecia muito bem a história da índia.

Criara-se um impasse, pois todas essas informações ele não poderia revelar a ninguém, nem mesmo ao amigo Oswaldo. Não poderia falar nada, teria que guardar para si o que sabia sobre o ritual. E mais, como ele podia ter acobertado por tantos anos aqueles rituais, sabendo a forma pela qual se obtinham os ingredientes do elixir? Tinha que guardar silêncio. Saiu do local, depois de dar o seu depoimento raso, limitando-se a dizer que não imaginava quem poderia ter feito aquilo.

– Octávio, deixe isso agora comigo, amigo. Vá para casa e eu vou te mantendo informado do andamento das investigações – aconselhou Oswaldo.

– Valeu, amigo. Não sei como vou dizer isso para a minha mãe...

– Vá para casa e descanse. Amanhã, mais calmo, você saberá como dar a triste notícia. Prepare-se para ficar ao lado dela. Dona Cristina vai ficar muito chocada.

– Sem dúvida. Abração, cara! Obrigado, e, qualquer coisa que precisar, me liga.

– Claro, Octávio. Pode deixar. Agora, vá!

– Sabendo que dona Cristina estava dormindo, Octávio apressou-se em digitar no celular que havia passado na casa de Iaúna para tranquilizá-la. Para não dizer que mentiu, deixa a mensagem: Mãe, passei na casa de Iaúna e está tudo bem comigo. Vou dormir e passo na sua casa ainda cedo pra gente conversar. Fazemos um brunch juntos? Beijo mãe!

Na rua, caminhando na direção de casa, foi pensando:

"Minha mãe não pode saber, de jeito nenhum, do que eu sei. Seria uma decepção tremenda. Não posso falar o que sei para a polícia nem para o Oswaldo, pois ele teria que levar o assunto adiante e envolveria a minha mãe. Será que posso falar para a Martha? Preciso de alguém comigo, alguém para contar e raciocinar melhor que eu! Que horror…"

Gatilho Armado

Otto Jr. estava enfrentando um dos maiores dilemas da sua vida. Eduarda lhe entregara o dossiê, mal grampeado, disfarçado sob a capa que ostentava um desenho feito por ele aos quase quatro anos de idade, representando o pai como o super-herói Capitão Octávio. O conteúdo, porém, não tinha a mesma inocência do desenho. Era uma compilação de informações que demonstravam os motivos claros pelos quais várias mortes haviam ocorrido.

Otto Jr. se debatia em dúvidas, tentando estabelecer conexões entre a investigação que o pai promovera e algumas falcatruas que envolviam membros do Congresso, mais especificamente da Câmara dos Deputados.

"Não consigo entender as ligações. Faltam alguns nomes – porque meu pai foi muito cuidadoso ao não citar os nomes verdadeiros. Preciso reler esse material com mais atenção."

Reiniciando a leitura, fez anotações, mas lhe faltava uma informação-chave: a quem o dossiê deveria ter sido entregue pelo professor Albuquerque? Essa indagação lhe parecia tão fundamental, que resolveu procurar Eduarda.

Fez a ela uma visita breve, pedindo mil desculpas pelo incômodo. Eduarda o atendeu com a maior gentileza, e conversaram durante algum tempo. Embora houvesse passado 21 anos, Eduarda conseguia relembrar com nitidez muitos momentos daquela noite fatídica. A conversa se estendeu um pouco, aparentemente sem que algum avanço fosse alcançado. De repente, o rosto de Eduarda se iluminou:

– Recebi duas ou três ligações de um deputado que queria falar com o professor. Acho que foi em 1990, 1991... por aí. Era um homem muito educado, idoso já, não me lembro do nome dele, mas acho que tinha um cargo muito importante na Câmara dos Deputados. Não sou de ouvir atrás de portas, mas de vez em quando o professor deixava a porta entreaberta, e eu escutava nitidamente o que discutiam. Tenho certeza de que o assunto era a Amazônia. E, pela conversa, parecia que o trabalho do professor havia sido encomendado pelo tal deputado. O curioso é que, depois do desaparecimento desse deputado, nunca mais ligaram do Congresso para o professor. Acho que ele não confiava em mais ninguém para entregar esse dossiê.

A revelação dessas lembranças preenchia diversas lacunas, pois se encaixavam à perfeição nas conjunturas registradas ali. Tudo indicava que um figurão da Câmara dos Deputados havia pedido ao professor Albuquerque, com base na sua experiência na Amazônia, que relatasse formalmente as suas descobertas sobre crimes cometidos contra povos indígenas, garimpo ilegal e extração não autorizada de madeira. Esse dossiê reunia informações pesquisadas ao longo de mais de 20 anos.

Otto Jr. agradeceu a Eduarda, prometeu não a incomodar de novo e voltou para casa.

O link estava estabelecido. O professor fora assaltado, e tudo indicava que procuravam algo que não fora encontrado com ele. No assalto, o professor tomara um tiro que, segundo a perícia, aparentemente não havia sido disparado pelos assaltantes, o que pressupunha a presença de um terceiro elemento na cena do crime, ou perto. E, para fechar o ciclo na mente de Otto Jr., havia ocorrido, três anos antes da morte do pai, o naufrágio suspeito de uma lancha em Angra dos Reis, levando para o fundo do oceano um grande líder político, em 1992. Um deputado idoso, de cabelos brancos e olhos azuis... Para apoiar essa dedução estava o fato de que ninguém aparecera, durante 21 anos, na sala do professor, e nem sequer telefonara para saber se ele havia deixado alguma coisa para ser entregue a algum congressista.

Bingo! As duas mortes tinham ligação entre si, haviam sido encomendadas e, possivelmente, pela mesma pessoa! Alguém que, com certeza, contava que esse dossiê, com a morte dos dois, se perderia ou, com a morte do meu pai, acharam que só havia uma cópia e não duas!

Por sortilégios do destino, o dossiê que Eduarda guardara e resolvera entregar a Otto Jr., depois de vê-lo na TV, era uma verdadeira bomba! Se ele decidisse levar o material para a mãe e ela fizesse uma denúncia da tribuna da Câmara, seria o bastante para detonar todo o cartel do deputado federal Carlos Rodrigues, assim como outros bandidos que viviam em simbiose na exploração criminosa e descabida da Floresta.

Estava criado o dilema: Otto Jr. deveria levar o dossiê para a mãe? Mas, se o fizesse, ela certamente estaria em perigo de morte e seu destino poderia ser o mesmo de seu pai...

PARTE QUATRO

A Busca, Revelações

Quem Sussurrou aos Ouvidos de Otto Jr.?

A mão é forte e o golpe, certeiro. O sangue jorra em esguichos. Deixando a ferramenta de lado, enfia quatro dedos no corte, alcançando as costelas, e dá um puxão. O estalar dos ossos, o rasgar da carne e da pele são horripilantes. Mantendo o peito do homem aberto, enfia a outra mão, agarra o coração com força e o puxa para fora do tórax dilacerado. A vítima está semidesperta, entorpecida pela descarga de adrenalina, mas desfalece quando o coração lhe é arrancado. O índio, aquele gigante Moxiruna, deposita o coração, que ainda bate, numa caixa, e move o corpo do seu desafeto, de maneira que ele fique com as costas expostas. Com uma lâmina afiadíssima, corta-lhe a nuca na vertical e, com outro instrumento de cabo longo, terminado em formato de uma concha de bordas também afiadas, cavouca-lhe o crânio para retirar o cérebro, depositado em seguida na mesma caixa. Dois homens são chamados para arrastar o corpo morto para longe dali, para um fim que não importa qual. O cadáver é de um desafeto do Moxiruna, e a morte dele foi apenas mais uma, que não causa ao índio o menor incômodo.

O índio deixa a cena, ensanguentado, impávido.

A sua história é um emaranhado de ações cruéis. Quando jovem, era um dos destacados atletas da tribo, responsável pela caça para alimentação e pela vigilância contra invasões. E pobres dos invasores que se atreviam a cruzar os limites da aldeia, porque eram aprisionados e depois submetidos ao mesmo ritual, no qual ministravam entorpecentes e anestésicos às vítimas, para que não percebessem nada ou viessem a sentir dor.

Os Moxiruna não tinham sido catalogados. As poucas informações a seu respeito resumiam-se a considerá-los fantasmas que matavam quem invadisse o seu território. A lenda era que se moviam como sombras, de um jeito único e silencioso, tinham inteligência muito acima da média e podiam até se comunicar a distância. Essa tribo acreditava que os órgãos humanos, misturados a ervas específicas, que conferiam rejuvenescimento ou retardamento do envelhecimento, quando consumidos durante um ritual em que um dos seus deuses era convocado, transferiam a inteligência do sacrificado para quem bebesse o líquido resultante da fusão.

Num daqueles dias da juventude, esse índio, chamado Iaruanã, estava na companhia da irmã, Iaúna, colhendo ervas medicinais e checando armadilhas numa mata distante da aldeia, quando ouviram estampidos e gritos. Correram com todas as forças para alcançar a aldeia. Lá, esconderam-se. Viram guerreiros, mulheres e crianças serem baleados, empalados, decepados, degolados. Nenhuma alma viva restou, senão os garimpeiros, que ainda estavam por perto. Iaruanã, com seu olfato treinado, sentia o cheiro de álcool e tabaco que eles emanavam. Sabendo que não conseguiria enfrentar um grupo tão sanguinário e bem armado, tratou de fugir com a irmã. Chegaram a ser perseguidos, mas, no meio do caminho, o índio usou de um estratagema, fazendo os inimigos acreditarem que ele e a irmã tinham tentado fugir nadando pelo rio caudaloso, mas com pouquíssimas chances de sobrevivência.

O fato é que os irmãos sobreviveram e se separaram. Iaúna foi parar no Centro de Acolhimento onde Cristina fazia o seu trabalho de conclusão de curso. Iaruanã conseguiu, à custa de disfarce, ir se aproximando de um assentamento de madeireiros em Altamira, onde se tornou protetor de um dos chefes de um enorme cartel de contrabando de madeira. A vingança, pela chacina de sua tribo pelo homem branco, foi friamente calculada e pacientemente executada, tempos depois. Cada morte era tramada de maneira a primeiro desmoralizar a vítima, colocá-la em ridículo, enfraquecê-la moralmente e só então submetê-la a uma morte indigna, sempre com muita crueldade, despertando pavor a quem fosse poupado para servi-lo.

Graças aos rituais que continuou fazendo, Iaruanã estava sempre no ápice da sua inteligência, e conseguia antecipar os passos dos inimigos de sempre e parceiros de ocasião. Foi ganhando terreno, criou intrigas entre os líderes madeireiros, fazendo com que se matassem entre si. Ocupou espaços, submeteu pelo medo muitos homens para ficarem a seu serviço. Especializou-se na extração e contrabando de madeira, com um exército que o seguia cegamente.

Em dado momento, decidiu que a posição de dono de madeireira era pouco para ele. E entrou para a política. Queria poder contar com fórum privilegiado e proteção de colegas políticos. Estava ali a fonte de poder tóxico que tanto desejava para si. Usou de todas as armas – principalmente as ilegais – para atacar adversários nas eleições e enfraquecê-los. Vários casos de candidatos que morreram, assassinados ou acidentados, podem ter sido por seu mando ou ação direta. Para se candidatar, pagou uma pequena fortuna ao presidente venal de um partido sem importância, mas com vários "puxa votos" pagos a peso de ouro para concorrer e dar representatividade suficiente para alavancar políticos sem expressão. Iaruanã assumiu um novo nome e foi eleito.

Esta foi a história contada a Otto Jr. pelo índio Cauê, no dia seguinte à visita ao CRPI. E a maior de todas as revelações de Cauê foi:

– Tome muito cuidado com esse homem. Da irmã dele, nada sei, exceto que se chama Iaúna. Mas desse índio, o Iaruanã, posso afirmar que é um assassino. Matou meu pobre filho. Hoje ele é um deputado federal poderoso e cheio de amigos em Brasília e em Estados que têm operações de extração de madeira ilegal. Além disso, se relaciona muito bem com os poderosos do garimpo ilegal e atende pelo nome de CARLOS RODRIGUES!

O Aviso Estava Dado

Deitado numa cama de hospital, com o rosto do interlocutor quase colado ao seu, Otto Jr. ouve um sussurro maldito e não tem como reagir. Está estarrecido com a ameaça.

"Então é esse homem que está por trás do atentado contra a minha vida?! Foi esse filho da puta que matou o Klaus! É ele o assassino do meu pai?!"

Quando o deputado entrou no quarto, Otto Jr. ainda estava zonzo pelo efeito das medicações, mas percebeu nas atitudes da mãe que ela se sentia desconfortável com aquela presença. Porém, quando ouviu o nome do deputado, a mente passou a funcionar de maneira febril. Associou imediatamente o nome e a compleição física ao índio corpulento, irmão de Iaúna! Começou, então, a encaixar as coisas que ainda não conseguia compreender. Aflito, sem estar totalmente consciente, chegou a pensar que se tratava de um sonho – ou um pesadelo. Entretanto, apesar do embaraço mental, ligou concretamente o fato de que aquele homem era Iaruanã, escondido sob o nome de Carlos Rodrigues – informação essa que recebera de Cauê e prudentemente escondera da mãe. Já vira aquele homem antes, quando ele fora pedir o seu autógrafo, no camarim, mas, naquele momento, ainda não sabia o nome dele. Otto Jr. foi juntando as pontas, lembrando-se do mau humor da mãe ao ver o deputado no show e recordando que, na confusão alegre do camarim, ela havia reclamado de alguém e por isso nem sequer perguntara o nome do fulano. Tentou falar alguma coisa, mas não conseguiu.

O visitante saiu do quarto, depois de uma reverência tão solene quanto hipócrita a Cristina, que manteve uma atitude respeitosa e se despediu:

– Até logo, sr. deputado Carlos Rodrigues.

Otto Jr. fez uma careta de pavor. Tinha estado cara a cara, literalmente, com o assassino impiedoso de quem lhe falara Cauê!

Cristina percebeu a palidez do filho. Não imaginava o que poderia ter causado tanto pavor em Otto Jr., já que, para quem estava afastado da cama, o visitante não dissera nada de mais.

Otto Jr. respirava ofegante, tendo na cabeça um turbilhão de pensamentos.

"O que o meu pai poderia saber, e colocou no dossiê, que comprometeria a vida desse filho da puta assassino? Tenho que investigar mais! E o que motivou esse assassino a quase acabar comigo e matar o meu querido amigo? Pobre Klaus, morreu sem saber por quê... Que covardia! Que estupidez! Preciso neutralizar esse Carlos Rodrigues imediatamente. Ele quer me ferir, ferir a minha família. Preciso dar um basta nisso!"

Olhou para a mãe, entre assustado e temeroso.

"Meu Deus! E se algo acontecer aos outros integrantes da banda, à minha mãe ou a Martha? Esse homem é um monstro! Ele matou Iaúna! Foi obra dele!"

Cristina, sem saber o que se passava, sentou-se na cama e afagou a mão do filho. Ele olhou para ela com um misto de carinho e tristeza.

"A morte do meu pai, tudo orquestrado por um homem muito perigoso, calculista, sem escrúpulos, que preciso neutralizar. Mas não posso contar... Pelo menos por enquanto, não posso contar nada para a minha mãe. O que ela poderia fazer?..."

Meu Sempre Amigo

Otto Jr. contou sobre o dossiê a Oswaldo e pediu ajuda sobre o que fazer.

– Pelas informações que o dossiê apresenta, meu amigo, parece que o assassinato do meu pai foi um crime político. Mas não sei como provar quem foi o mandante ou se foi o próprio assassino. Há alguma coisa que posso fazer, Oswaldo?

– Como cidadão, você não deve fazer nada, Tavinho. Isso é com a polícia. E eu tenho como "puxar o fio da meada". Vou buscar o paradeiro dos tais Cleverson e Joilson, e dar uma pisa neles.

Oswaldo disse e fez. Haviam mudado de nome, Joilson agora era Ricardo e Cleverson era Marcelo. Não precisou de muito esforço, porque os dois bandidos eram figuras carimbadas, com passagens por delegacias de vários Estados e foram deixando pistas de testemunhas e pistas documentais. Dois dias depois já os localizava em Nova Andradina, no Mato Grosso do Sul, como funcionários de uma madeireira.

Agora era capturá-los. O que também não foi difícil. Depois de informar à polícia da cidade a sua missão, para não interferir em jurisdição de outra autoridade, levou consigo dois investigadores e viajaram o dia inteiro numa viatura. Chegaram à delegacia, e o delegado decidiu acompanhar a diligência. Era fim de expediente quando estacionaram na frente do escritório da madeireira. Logo na entrada estava Cleverson, em posição de leão de chácara. Recebeu ordem de prisão, foi algemado e levado para a viatura, onde ficou sob a guarda de um dos investigadores. Oswaldo e o delegado seguiram para a sala do gerente. Joilson estava sentado numa poltrona, com os dois pés em cima da mesa, fumando e com um copo de bebida na mão. Ao receber voz de prisão, ele até tentou alguma resistência, mas percebeu logo que era inútil, e também foi levado algemado para a viatura. Por fim, retornaram à delegacia para preencher a papelada necessária, agradeceram o apoio dos policiais locais e empreenderam a viagem de volta. No caminho, pararam para jantar num posto de combustível. Os dois covardes, engaiolados na parte traseira da viatura, receberam um lanche. Até aquele momento, Oswaldo não dirigira a palavra a eles. Estrategicamente, fazia com que sentissem medo do que poderia acontecer. Não sabiam sequer a quais crimes cometidos a prisão se referia.

No retorno à rodovia, já começo da madrugada, Oswaldo, no banco do passageiro, virou-se para os dois presos e os encarou, com o semblante frio e ameaçador. Manteve o olhar nos dois por quase um minuto, sem dizer uma palavra. Joilson foi o primeiro a ceder à pressão psicológica.

– Doutor, eu não sei por que a gente tá sendo preso. A gente é trabalhador. A gente tem família...

Oswaldo continuou calado, encarando os dois.

– Se alguém falou alguma coisa da gente, é mentira, doutor!

– É, doutor, tem uns caras X-9 inventando crimes que a gente não fez! – completou Cleverson.

Oswaldo, enfim, falou:

– Nós conhecemos muito bem a ficha de vocês. Estão se achando santinhos, funcionários de madeireira, pessoas de família? Não fizeram nada, né? Seus merdas! Nós sabemos muito bem todas as sacanagens que fizeram, seus filhos da puta!

De olhos arregalados, os dois se calaram.

– Escutem bem: estamos numa viatura, no meio do nada, e vou aproveitar essa viagem pra dar a vocês duas oportunidades. Vocês escolhem uma – continuou Oswaldo.

O motorista da viatura saiu da estrada principal, entrou numa vicinal de terra batida e avançou uns três quilômetros.

Cleverson e Joilson se encolheram no banco, apavorados.

– Pra onde estamos indo, doutor?

– Agora não quero que falem mais comigo, seus porras! Só vão falar quando eu mandar, e se der chance!

Os dois tinham ouvido falar de policiais que simplesmente desapareciam com bandidos presos. Não sabiam da correção de caráter de Oswaldo, por isso estavam mais do que apavorados.

– Não mata a gente, doutor! O que o senhor pedir a gente faz!

Oswaldo se aproveitou da situação de pavor dos dois. Mandou estacionar a viatura num recuo.

– Desçam do carro e fiquem de joelhos, olhando pro chão! Quero ver os dois olhando para o chão!

– Pelo amor de Deus, doutor, não mata a gente! Somos homens de família.

– Larga de babaquice! Cagões!

– Foi o Carlos que mandou o senhor aqui? O Pagé?

– Cala a boca, seus merdas! Eu perguntei alguma coisa? Como ousam ficar perguntando pra mim?

– Doutor, pode perguntar! Pode pedir! O que o senhor quer da gente? Mas não mata a gente, não! – implorou Cleverson.

– Olha aqui, vocês vão responder direitinho tudo o que eu perguntar. E vão abrir o bico. Por bem ou por mal. Se falarem por bem, já vão chegar em São Paulo sob proteção nossa. Vão ficar presos, mas amanhã mesmo vou encaminhar um pedido em caráter de urgência para o Ministério Público, para vocês terem proteção total da justiça. Sabemos que trabalham para um mandante poderoso, e é esse fulano que nós queremos pegar. Acho que vocês, cagões, até acabaram de dar o nome. Quero esse nome e quero mais!

O pavor dos dois presos aumentou.

– Doutor – suplicou Joilson –, o nosso chefe é um homem vingativo. Se ele souber que a gente dedurou, vai mandar matar nós. E a gente sabe que ele tortura quem ele tem raiva, mata com muita maldade! Com muuuita crueldade!

Oswaldo não se intimidou.

– Certamente, pessoas da madeireira viram vocês serem presos. Por acaso acham que o chefe de vocês já não sabe que estão conosco e que vão abrir o bico de qualquer jeito? A sorte de vocês já está selada. A única escapatória é entregar o nome e ficar sob proteção. Vocês vão se mudar para algum lugar bem longe, mudar até de nome, e tratar de levar uma vida honesta e decente; do contrário, vão pegar uma cana dura por muitos anos ou até morrer nas mãos de capangas do seu chefe, lá dentro da prisão! É escolher! Tá na mão de vocês…

Na delegacia, Cleverson e Joilson assinaram o depoimento, declarando quem havia sido o mandante do assalto ao professor Albuquerque: Carlos Rodrigues, empresário, deputado federal e o operador mais poderoso do maior cartel de madeireiros incrustado na Amazônia.

– Falta uma coisa: onde está a arma que vocês usaram no dia do crime? – perguntou Oswaldo.

Cleverson, de olhos baixos, confessou:

– Na casa da minha mãe, seu doutor. Mas não foi a gente que disparou, não! Eu dei uma coronhada na testa do velho, mas o tiro veio de outro lugar. A gente até se assustou e saiu correndo na hora!

– O tiro veio de onde, seus tralhas?!

– A gente não sabemos, doutor. Mas deve de ter sido o deputado, porque ele tava acompanhando a fita de pertinho.

– E a arma dele? Onde está?

– A gente não tem como saber. Não sabemos, de verdade. Juro por Deus!

Oswaldo estava exausto, da viagem, do interrogatório, da sujeira em que os dois bandidos estavam metidos e haviam revelado. Incumbiu dois investigadores de apreender a arma usada no assalto. Mandou o seu adjunto providenciar a denúncia ao Ministério Público, para que fosse elaborado o processo criminal, e seguiu para casa. Merecia um banho, um café forte e umas boas horas de sono.

Na manhã seguinte, Oswaldo foi visitar o amigo e relatou o que obtivera de informações até ali. Otto Jr. estava indignado e, ao mesmo tempo aliviado, pelo fato de Oswaldo ter descoberto quem matara seu pai. Iaruanã! Era esse o nome do assassino frio que exibia enorme rastro de crueldade por onde passava.

– Então é esse o homem que, além de ter mandado assaltar o meu pai, pode ser o verdadeiro assassino, e ainda por cima está por trás do atentado contra a minha vida? Foi ele que matou o Klaus! Filho da puta! Que horror!

– E tem mais, Tavinho: é óbvio que ele também matou Iaúna...

– Mas não entendo por que teria feito isso à própria irmã. Meu Deus, o que pode ter acontecido? Não entendo... eles são irmãos, fugiram juntos de uma chacina que me foi contada pelo Cauê e... não entendo...

Iaruanã, no seu covil, já sabia da prisão dos seus dois capatazes. Mexeu os pauzinhos e descobriu o nome do policial que estava conduzindo a investigação, um tal de delegado Oswaldo, de São Paulo. Prometeu a si mesmo que isso não ficaria assim.

– Oswaldo Roche? Então esse é o nome do merdinha? Tá fodido...

O Segredo de Quem Sussurrou ao meu Ouvido

Oswaldo levara um relatório-bomba para Otto Jr., pois tinha ficado muito claro, pelos depoimentos de Cleverson e Joilson, quem fora o idealizador da morte do professor Albuquerque – e quem, de fato, disparara o tiro fatal. Ninguém menos que o deputado federal Carlos Rodrigues. Apesar do enorme tempo que se passara desde o dia do assassinato, os dois capangas conseguiram descrever com minúcias o que ocorrera e quem era Carlos.

Oswaldo mostrou as fotos dos dois capangas e, em seguida, a de Carlos Rodrigues. Otto Jr. já sabia quem era aquele criminoso disfarçado de parlamentar, que havia sussurrado as maiores ameaças ao seu ouvido, no hospital. Mas as provas de que o canalha tinha sido o verdadeiro assassino do seu pai eram chocantes. Otto Jr. passou mal, sentiu calafrios e uma forte tontura ao saber que o bandido, além de ter sido inocentado, continuava cometendo inúmeros outros, acobertado pelo seu cargo. Como deputado federal, circulava escondido atrás da impunidade conferida pela imunidade parlamentar.

– Esse filho da puta merece morrer, Oswaldo! Morrer sofrendo, agonizando!

– Calma. Eu sei o quanto você está indignado, mas, como cidadão, não deve sujar as suas mãos. Deixe a justiça cuidar disso.

– Justiça, Oswaldo? Que justiça? E este país lá tem justiça? Não me venha com essa…

– Mas, Tavinho, o que você vai fazer? Vai sair por aí matando? Vai virar justiceiro?

– É a vontade que me dá. É um absurdo, uma vergonha! Isso não pode continuar! Foro privilegiado existe, não para garantir que tenham liberdade de expressão e independência na função, mas para se protegerem ainda mais da pouca justiça que temos. E, cada vez mais, buscam formas de se proteger alterando leis que deem guarida a quem comete crimes diuturnamente. É a legalização da impunidade a que assistimos sem poder fazer nada! É o fim! O que fazer para colocar um cara desses na cadeia? Ele merece estar preso e com pena de mais de 100 anos!

– Sim, eu sei. É horrível. Mas nós vamos tentar lutar com o que temos. Lembre-se, sua mãe também é poderosa. Tão poderosa quanto ele.

– Mas não gostaria de envolver a minha mãe nisso. Ela não merece saber dessa descoberta horrível. Gostaria de poupá-la.

– Tavinho, se você quer justiça, não poderá poupá-la. Ou uma coisa, ou outra. Quer justiça? Se una aos poderosos que desejam o bem.

– Minha mãe já tem preocupação demais, Oswaldo.

– Você tem que fazer uma escolha, Octávio. E rápido! Esse cara vai matar mais gente, saquear recursos naturais de forma criminosa, além dos cofres públicos.

– Mas tem que ter outro jeito sem a minha mãe se envolver...

– Sua mãe não gosta desse cara, e ele representa tudo que ela abomina. Ele quer o atraso, a ignorância, o subjugo do seu próprio povo e, assim, faz fortuna com uma narrativa de ser o "bonzinho", fingindo que protege os índios e o nosso território, associando-se a ONGs inescrupulosas.

– Bem, a minha mãe abomina esse homem.

– Então repito! Una-se a ela. Conte tudo, absolutamente tudo, e una-se a ela.

– Quer saber? Acho que ela vai até gostar de pegar essa bucha pra acabar com esse cara!

– Octávio, ela vai gostar! Sua mãe tem condições de jogar o jogo exatamente com as mesmas armas do Carlos Rodrigues. Ela dispõe de todo o arsenal, de igual para igual. Agora, querer poupá-la e tentar algo contra o índio, pode esquecer! Una-se a quem tem poder e que esteja do seu lado. Do contrário, será melhor não mexer em nada. Deixa como está.

– Mas você tem alguma ideia do que poderíamos fazer?

– Sim... e que dará grande repercussão e abertura para a discussão da impunidade que assola nosso país, fato que é péssimo exemplo de comportamento para as gerações futuras e que acaba com o meu trabalho. Precisamos abrir essa discussão, e sua mãe poderá fazer isso.

– Mas como, Oswaldo? Precisamos de um plano muito bem arquitetado... você pode nos ajudar com isso? Pode ajudar minha mãe e a mim?

– Claro, explico como...

Otto Jr. se conformou, confiando no amigo delegado. Mas a sua mente era um turbilhão de imagens que relembravam momentos críticos. Ele, ainda pequeno, admirando o pai, o seu Capitão Octávio. Os muitos comentários da mãe, de que o pai morrera num acidente. A descoberta do dossiê incriminando o tal deputado federal. E o assustador instante em que aquele homem mórbido entrara no quarto do hospital, com aparência de boa pessoa, e soprara no seu ouvido uma ameaça de morte. Agora, Otto Jr. tinha a confirmação mais terrível: aquele homem não era apenas um deputado venal e um madeireiro contrabandista. Era o assassino do seu pai! Como seria quando viesse a contar tudo que sabia à sua mãe?

– Preciso pensar quando, Oswaldo. Acho que preciso dar uns passos para trás, falar com algumas pessoas e envolver minha mãe nesse assunto bem devagar. Sei bastante, mas ela não sabe nada... Preciso me planejar... Manaus! Ela vai para Manaus comigo, quem sabe antes do show...

Você Está Protegendo a Quem?

Ainda no hospital, pouco antes de receber alta, Otto Jr. é colocado contra a parede pela mãe. Cristina está inconformada com o envenenamento que obviamente foi um atentado. Tem certeza de que a responsabilidade pelo acontecido é dela.

Aposta que o homicídio de Klaus e a tentativa de homicídio do filho foi uma ameaça a ela, mas não tem elementos para entender a magnitude da relação entre os acontecimentos recentes – ela não sabe que Iaúna fazia rituais, não sabe que o filho tem um dossiê que incrimina Carlos Rodrigues, e também não sabe quem é Iaruanã nem que ele é irmão de Iaúna.

– Isso tem a ver comigo, meu filho, com o meu papel como deputada federal! Eu era o alvo real, tenho certeza! Me fala! O que aquele patife soprou nos seus ouvidos? Me fala! O que você sabe que eu não sei? Quero saber, porque tem a ver comigo! Vi como você ficou transfigurado...

Otto Jr. se surpreende com a reação da mãe e leva alguns segundos para digerir as perguntas.

– Não, mãe... Não tem a ver com você! – Suspira, antes de continuar. – Tem a ver comigo e com o papai...

Revela, então, todos os detalhes, e Cristina fica horrorizada, inclusive com a verdadeira razão de sua viagem para o Amazonas.

– Mãe, eu fui para lá com vocês, para investigar a existência de algum Moxiruna sobrevivente, porque a morte de Iaúna foi cometida, com certeza, por alguém que conhecia os rituais da tribo. Foi lá que descobri quem realmente era Iaúna e quem é Carlos Rodrigues.

– O que esse deputado cafajeste tem a ver com Iaúna, Tavinho?

– Carlos Rodrigues é IARUANÃ, mãe! É o irmão desaparecido de Iaúna. Quem me contou isso foi o pescador Cauê. Lembra que fiquei conversando a sós com ele? Iaruanã é o assassino do papai e provavelmente de Iaúna. E a matou talvez porque ela contou sobre o dossiê que estava comigo. Mas não tenho certeza...

– Meu Deus, que dossiê é esse, meu filho?

Cristina está cada vez mais atônita com as revelações. Otto Jr. conta da pasta que Eduarda, assistente do pai, guardou por anos e entregou a ele, depois que viu uma entrevista sua na televisão, e como isso o motivou a fazer a viagem para a Amazônia. Falou de todas as provas que o professor Albuquerque havia coletado.

Cristina está chocada.

– Por que Iaúna morreu? Por que você disse que ela foi assassinada?

– Mãe, ela deve ter dito que eu tinha esse dossiê e que eu o levaria à justiça. Acho que Iaúna ficou do nosso lado, deve ter dito que o irmão estava errado, sei lá! Algo assim, para ter sido morta com os requintes de crueldade característicos dele.

– E... esse homem é o responsável pela morte do meu marido? Do seu pai?

– Sim, mãe. Está comprovado, inclusive por duas testemunhas que estão sob custódia e proteção da justiça. Pedi para o Oswaldo me ajudar e ele investigou tudo para nós. Amigão, mãe. Amigão!

Ambos estão emocionalmente abalados. Cristina aperta a mão do filho e permite que lágrimas escorram, num misto de consternação e raiva, e pela traição de Iaúna nunca ter contado sobre esse irmão. Mãe e filho se perguntam: Terá sido medo? Vergonha? Pior: seria ela cúmplice? Como os irmãos se encontraram depois que se separaram? Ou talvez nunca tenham se separado? Ela não estava mais entre eles para que pudessem entender, e também já não importava mais.

– Mãe, desculpe-me por tudo isso. Por ter guardado esses segredos, mas eu não queria ver a sua decepção como estou vendo agora...

– Isso tudo é um horror! Além de assassinato, é caso de crime organizado, Tavinho! É seriíssimo! Principalmente para um deputado federal!

– Eu tenho consciência disso, mãe. Só não quis contar antes porque precisava de mais provas, de evidências concretas. Agora que a senhora já sabe, vamos ter que agir. Há um bom tempo venho conversando com Oswaldo a respeito de tudo isso. Ele considera que você é ponto-chave para neutralizarmos as ações criminosas do Carlos Rodrigues. Você, com o poder que tem, e uma boa equipe de promotores... neutralizarão as atividades fraudulentas desse madeireiro disfarçado de indianista e ambientalista... Concorda? Está disposta a entrar nessa batalha?

– Mas é claro que sim! Esse dossiê é uma bomba gigantesca, porque o Carlos Rodrigues, sabedor de que você tem esse material nas mãos, já deve estar tramando alguma retaliação contra nós. Temos que agir rápido! Com quem poderemos contar?

– Em primeiro lugar, com o Oswaldo Roche. É o meu amigo mais confiável, delegado de polícia honestíssimo, e já sabe de tudo o que acabo de contar.

– Mas vamos precisar ampliar a nossa rede.

Otto Jr. não levou mais de trinta segundos para se lembrar de outro amigo importante que poderia integrar o time de investigação.

– O Renato Stein, mãe! Ele é membro do Ministério Público Federal, é meu amigo de longa data e amigo do Oswaldo também, desde os tempos do colégio. Com certeza vai se interessar pelo assunto, e não é só isso, vai querer nos ajudar a pegar esse assassino!

– Excelente, meu filho. Vamos começar por aí! Mas agora descanse um pouco. Também quero pensar a respeito disso tudo. É muita informação para eu refletir antes de agir, querido.

– Mas vamos colocar o Iaruanã na cadeia, certo?

– Sim, com certeza. Vamos agir, mas primeiro preciso pensar nas consequências disso tudo, nos riscos, e tentar neutralizar ao máximo os perigos que correremos. Sinceramente, dada a nossa legislação e proteções descabidas, acho difícil ou quase impossível ele ir para a cadeia. Mas poderemos fazer um enorme estrago na vida dele, na sua vida pública, obrigando-o a pagar pelo que fez e pelo que faz, de outras maneiras.

Cristina, Octávio, Renato Stein e Oswaldo começam a trabalhar, elaborando uma forma de pegar o deputado numa situação em que não terá escapatória, com as provas que constam no dossiê e as confissões de testemunhas sob proteção.

Ao lado de Otto Jr., Martha está sempre pronta para dar apoio e ajudar no que for preciso. A batalha será duríssima...

Telefonema Macabro

– ALÔ? MEU IRMÃO?

– SIM, MANA? O QUE FOI?

Iaúna, com a voz trêmula, disse que precisava muito falar com o irmão, mas insistiu que teria que ser pessoalmente. Embora ele procurasse não demonstrar ao telefone, estava contrariado com o pedido. Não gostava de revelar a ninguém o seu parentesco, porque considerava prejudicial à sua imagem se "misturar" com a irmã. Ele se achava muito superior a ela nas conquistas, e a considerava uma verdadeira idiota e subalterna.

– Irmã, sou um homem ocupado. Tenho centenas de pessoas que dependem da minha presença. Estou sempre em Brasília, Mato Grosso, Amazonas. É difícil eu ir para São Paulo, e quando vou é para compromissos rápidos, encontros políticos, volto sempre no mesmo dia. O que, afinal, você precisa tanto falar comigo pessoalmente? Você tem tudo o que quer. Com certeza, a nossa conversa poderá ficar para alguma hora melhor, no futuro. Sei lá… Quando der eu apareço…

Meio intrigado, desligou sem dar tempo para que Iaúna se explicasse. Pensou: "Essa é uma molenga. Meteu-se com essa família idiota, essa Cristina do cacete e o merda do Tavinho, e virou criada de madame. Não soube fazer uma vida melhor, não se destacou. É uma derrotada. E vive enchendo o meu saco, pedindo isso e aquilo. Foda-se! Que vá arranjar solução para os seus problemas em outro lugar, com outra pessoa!"

Iaúna ficou vários segundos com o telefone na mão, atordoada pela má recepção de Iaruanã, sem saber o que fazer. Entendeu, afinal, que estava sozinha. Não poderia contar com ele. "Pelos deuses! Era a única pessoa a quem eu poderia apelar neste momento de angústia. Por que ele se afastou de mim?! Por que me ignora e me deixa nessa solidão?! Só me usou, enquanto servi para dar orientações de quem era o marido de dona Cristina. Que homem horrível! O que ele se tornou..."

Chorou, inicialmente de desespero e tristeza, mas as lágrimas foram se convertendo num choro de raiva e frustração. "Esse homem não é mais o meu irmão. Ele me desgraçou e também a toda a família Albuquerque. Faz tudo para me manter oculta para que eu não ofereça sombra ou ameaça a seus planos. Ele quer me manter longe dele e num cercadinho, o desgraçado!"

Lembrou-se, então, de que fora manipulada pelo irmão e, sem saber a que ponto chegaria, acabara passando informações sobre os horários e locais do professor Albuquerque, dados que permitiram ao índio planejar e executar o assassinato. "Dona Cristina, dona Cristina, perdão!", clamou em pensamento, como se falasse com a mulher que lhe estendera a mão na floresta e a livrara da morte certa. "Eu fui a causadora de cenas terríveis que testemunhei na sua casa, do sofrimento da dona Cristina e do meu amado Tavinho, com a morte do professor Albuquerque. Por que fui dar ouvidos ao meu irmão?! Se eu não tivesse passado informações a ele, essa tragédia não teria acontecido. Jamais quis a morte do pai do amor da minha vida! Como aceitei que o marido de quem me resgatou da floresta morresse pelas mãos do meu próprio irmão?"

Sentiu raiva ao se dar conta de que não tinha sido a primeira nem a última vez que fora manipulada por Iaruanã. Certa vez, comentara com ele que Cristina era a melhor mulher que havia conhecido, e a resposta dele tinha sido de absoluto desdém:

"A melhor mulher que você conheceu? Aquela que lhe deu tudo? Aquela que fez de você quem você é? A pessoa a quem você mais deve? O que aconteceu com você, Iaúna? Esqueceu-se de quem você é? Esqueceu-se de quem eu sou? Esqueceu-se de tudo o que passamos? De tudo o que os brancos nos fizeram passar? Essa sua 'melhor mulher' te fez escrava, sua tonta!"

Iaúna estava em prantos, efetivamente arrependida. Passou em revista, na memória, a vida que tivera em família, as pessoas que a acolheram e lhe deram casa, ensinaram-na a dirigir, a se virar na civilização, trataram-na com carinho e respeito. "Dona Cristina, Tavinho, meus amigos e meus amores! E eu os traí!"

Deitou-se na cama. Não tinha vontade de fazer nada, senão chorar.

Em outro lugar, no interior do Pará, o vulto de um homem corpulento com rosto e mãos ensanguentadas se projetou sobre um homem amarrado numa cadeira. Com uma lâmina afiada, riscou fundo a panturrilha esquerda do prisioneiro, apenas para vê-lo sangrar. Depois o agarrou pelos cabelos, prendendo-lhe a cabeça para trás, de tal maneira que não a pudesse mover. O homem se debateu, mas foi tolhido pela força do algoz. Gemeu apenas, com a boca entupida por um chumaço de estopa velha e suja. Sem piedade, o índio aproximou a ponta do punhal de um dos olhos do homem preso. Ele os fechou instintivamente, mas o índio enfiou o punhal por sobre a pálpebra e o sangue esguichou sobre seu rosto. O homem não suportou tamanha agressão e desmaiou de dor e pavor. O índio apenas limpou o punhal na calça da vítima, depois jogou água e estapeou-lhe o rosto para fazê-lo acordar. Então sentenciou:

– Sua pena ainda está longe de terminar. Saiba que um capanga meu está, exatamente neste momento, na sua casa, lá em Belém. Vai foder a sua mulher por todos os buracos que ela tiver no corpo. É assim que trato os meus desafetos! Você vai morrer em breve, seu corno! Mas vou aproveitar umas partes do seu corpo, arrancando-as com você vivo para aprender a não me molestar mais nesta vida! Ameaçou quem não devia, seu filho de uma grande rameira!

Pegou com grande facilidade o corpo em frangalhos e o colocou sobre a mesa. Retirou xícaras, bules, açucareiro, tudo que estava numa bandeja de prata, e a deixou limpa, colocando-a ao lado do prisioneiro. Sem aparentar qualquer sentimento, enfiou a faca no peito e a puxou para baixo, abrindo o tórax. O cativo convulsionou, estremecendo-se por inteiro, inconsciente. O índio afastou as costelas e retirou o coração ainda pulsando com as duas mãos e o depositou na bandeja. Girou o corpo do agora cadáver, deixou-o de bruços e, com a mesma precisão, cortou a base da nuca para retirar o cérebro.

Com o rosto, mãos, punhos e camisa cobertos de sangue, ele abriu um sorriso e chamou um capataz pelo telefone.

– Quero duas garrafas de Perrier! Traga duas das grandes e rápido!

O homem, assim que entrou naquele ambiente macabro, viu seu chefe estender as mãos para receber a água, que foi despejada enquanto o monstro esfregava as mãos, uma na outra, limpando-as como se tivesse acabado de matar um porco.

– Isso é o que eu faço com quem atravessa o meu caminho! – exclamou em voz alta.

Alcançou o celular em cima de uma cadeira que fazia parte do cenário de terror daquela sala e digitou um número. Completada a ligação, avisou:

– Mudança de plano. Não vou a Brasília amanhã. Remarque todas as reuniões para a outra semana. Vou para São Paulo. Tenho um assunto sério a resolver por lá... recebi um chamado...

Quem Disse que Eu Vou Esperar...

Dois dias depois do telefonema, Iaruanã apareceu na casa de Iaúna. Astuto, estranhou o telefonema da irmã. Ela parecia descontrolada, e ele não queria saber de ninguém no seu caminho que não pudesse manobrar. Da maneira como ela havia se comportado ao telefone, estava fora de si, e ele precisava garantir que ela se acalmasse. Iaúna sabia demais, por isso ele resolveu conferir, imediatamente, o que estava se passando. Não queria dar tempo a Iaúna de se preparar para o que fosse... espalhar uma mentira, encontrar-se com alguém que não deveria. Tinha que continuar mantendo o domínio sobre ela.

"Sempre consegui o que quis da piranha da minha irmã. Basta uma conversa e ela volta a ficar mansinha... O saco é ter que ficar vindo a São Paulo para controlar essa pentelha e idiota!"

Iaúna tinha acabado de chegar do supermercado. Entrou com a picape na garagem e começava a tirar as compras da caçamba, quando a campainha tocou.

– Ah, o Tavinho chegou. Ele avisou mesmo que passaria por aqui pra me ver. Nossa, mas tão cedo... por essa não esperava.

Foi para a sala, abriu a porta e tomou um susto: era o irmão, aguardando do lado de fora.

– Que é que você está fazendo aqui?! Mal tinha tempo de falar comigo por telefone, e agora surge do nada na minha porta!

– Eu precisava saber o que está angustiando você, irmã. Afinal, sou eu quem cuida de você, não sou?

– Sim, Iaruanã. Mas anteontem você me pareceu muito diferente, sem paciência e até grosseiro…

– Preocupações, irmã. A política é um peso difícil de carregar.

– Você tem outros pesos bem maiores na consciência…

Iaruanã fingiu não perceber a ironia e sugeriu que entrassem para conversar na sala.

– Peguei o primeiro voo de Brasília – disse ele. – E ontem passei praticamente o dia inteiro pulando de aeroporto em aeroporto, desde o interior do Pará. Estou um bagaço!

– Quer um chá?

– É, pode ser.

– Veio alguém com você ou está sozinho?

– Vim acompanhado apenas dos meus deuses, da minha força e determinação. Sou Iaruanã, esqueceu?!

Iaúna foi para a cozinha. O preparo do chá era rápido, mas ela aproveitou o curto tempo para raciocinar um pouco. A chegada súbita e inesperada do irmão a deixou intrigada. Sentiu receio dos rompantes de ira de que ele era capaz. Também lhe veio a preocupação de Octávio chegar e ele estar em sua casa. Esse encontro não seria bom para seu querido Tavinho. Terminado o chá, levou uma caneca para ele e se acomodou ao seu lado. Esperou que ele tomasse alguns goles antes de começar a falar.

– Irmão, você precisa saber…

– Por isso vim, irmã. Quero saber o que os deuses te fizeram para te deixar desse jeito, tão agoniada…

Iaúna tomou fôlego, se remexeu na poltrona e começou:

– Tavinho tem o dossiê… Aquele que você foi atrás e nunca achou.

– Dossiê?! Que dossiê, porra?

– Aquele que o professor Albuquerque fez, durante anos. Deixou com a secretária, que não sei por que só agora entregou pro Tavinho…

– Filha da puta dessa secretária! Filha da puta!!! Como ela guardou uma cópia e eu não sabia disso? Como não fui atrás? Como deixei passar? Filho da puta também do professor do caralho! Filho da puta do cantor de churrascaria!

– Irmão, vamos ser desmascarados, e no fim vai ser um enorme alívio pra mim. E pra você também…

– Alívio o caralho! Não vou aliviar e não vai ser alívio pra ninguém! Não vou deixar que aquele cantorzinho de merda faça sei lá o quê com o dossiê! Ele te falou alguma coisa? O que ele quer fazer com a merda do dossiê?

– Ele está buscando entender tudo e acho que vai te denunciar…

– Não vou deixar que faça isso… Que estrague tudo o que construí! Nem fudendo!

– Você construiu, sim, Iaruanã. Mas não se esqueça de que ajudei, escondendo a minha existência e os seus crimes!

– Fez tudo isso para sua conveniência, Iaúna! Queria proteger essa família de filhos da puta!

Iaúna se alterou.

– Irmão, preste atenção: se a coisa esquentar, vão me achar e vão me chamar como testemunha.

E termina a frase com um grito:

– SÓ QUERO TE DIZER QUE VOU FALAR A VERDADE! NÃO VOU MENTIR. CHEGA!

A reação de Iaruanã foi intempestiva. Levantou-se, agarrou Iaúna pelos ombros e a sacudiu com força.

– Você não vai falar nada! Nada, escutou?! Você sabe quem eu sou e do que sou capaz de fazer!

– Não tenho mais medo de você! – reagiu ela. – Não tenho mais medo de nada!

Iaruanã empurrou Iaúna, que caiu sobre a poltrona, e então se dirigiu para a cozinha. A índia o seguiu e conseguiu alcançá-lo. Quando ele se voltou, estava com um cutelo na mão direita.

– Pare com isso, irmão! Solta isso!

– Irmão? Você me chama de irmão?! – berra Iaruanã, cuspindo saliva com sabor de raiva, ódio e crueldade.

Iaúna foge de volta para sala e se coloca entre uma mesa de centro e uma poltrona.

– Sua filha da puta! Vou mostrar em você o que farei com seu queridinho e quem mais se puser na minha frente! VOCÊ VAI MORRER!

Iaúna ergueu o braço, em defesa instintiva. Iaruanã sobe na mesa de centro e deixa a gravidade ajudá-lo na ampliação da força desferida no movimento. O golpe foi dado com tanta força e peso, que o decepou na altura do antebraço. Ela soltou um berro e despencou no chão. O sangue inundou o piso da sala. O facão ainda atingiu o rosto da mulher, na altura da mandíbula, deixando um talho aberto. Iaúna conseguiu correr para a cozinha e, com suas forças já entrando em colapso, se arrasta para trás do balcão, mas não tinha mais forças, acabou. Ainda tentou se defender, mas aquele enorme índio a agarrou pelos cabelos e bateu com força a sua cabeça contra o piso, ouvindo-se o estalar do seu crânio fraturado. Iaúna só gemia. Estava entregue, quase desfalecida de dor e desorientada, tamanha a violência. O irmão apoiou o joelho na sua barriga e a golpeou com o cutelo no intervalo das costelas, na altura do diafragma, e foi rasgando. Iaúna estrebuchou, o rosto num esgar de puro horror. O corte, feito a sangue-frio, revelava os órgãos internos mergulhados em sangue escuro. Com o próprio cutelo, Iaruanã levantou algumas costelas para aumentar o espaço e, dilacerando seus seios, enfiou a mão na caixa torácica da irmã e arrancou-lhe o coração, ainda pulsando. Nem gritar ela conseguiu, antes de estremecer e morrer. Em seguida, Iaruanã puxou o corpo da irmã pelo ombro e o virou de bruços. A ponta do cutelo mergulhou na nuca em outro golpe abaixo do crânio já esfacelado e rasgou carne e cartilagem. A partir daí, hábil no procedimento, arrancou pedaços do cérebro, num ruído pavoroso de ossos se quebrando.

Deixando o cadáver, recolheu o coração e os pedaços de cérebro numa sacola que encontrou nas compras de Iaúna, lavou as mãos na pia da cozinha e saiu com os punhos da camisa ensanguentados. No caminho, pegou o casaco. No bolso, estava o celular, que ele usava para chamar os "apagadores" para executar o serviço sujo de sumir com o corpo. Tudo aconteceu de maneira inesperada. Ele não planejara matar Iaúna. Calculava que seria capaz de, como sempre, manipular a mente dela. Mas a afirmação da irmã, de que confessaria tudo se fosse descoberta, deixou-o irado! Precisava desaparecer logo para outros fazerem a limpeza do local.

Saiu da casa, trancou a porta e escondeu a chave debaixo de uma pedra, esconderijo que informou aos "apagadores". Pediu que tomassem todo o cuidado com a vizinhança, porque Iaúna era bastante conhecida.

Quando os "apagadores" chegaram, já havia viaturas da polícia estacionadas na frente da casa. Nesse meio-tempo, Otto Jr. tinha ido visitar Iaúna, encontrara o corpo e chamara Oswaldo, que providenciara o envio dos policiais.

Só restou aos dois capangas se esgueirarem por um beco e contatar o chefe:

– Sujou…

– O quê? O que aconteceu?

– Cheio de tiras por aqui. Acabou! Vamos embora. Um cara já viu a gente… ficou olhando… não dá pra ficar aqui não. Sujeira feia…

Iaruanã desligou o celular na cara dos que fariam o serviço de limpeza, e gritou enfurecido e descontrolado:

– Filho da puta! Filho da puta! Agora é agir e rápido…

Quem Disse que Vamos Ficar Quietos...

A equipe de investigação foi criada para obter provas para denunciar Carlos Rodrigues. Era um time cujos componentes tinham confiança absoluta uns nos outros. O líder das ações, em razão da sua experiência no trato de questões criminais, era Renato Stein, o amigo de infância de Otto Jr. Procurador federal, a lembrança de seu nome para integrar o grupo foi festejada por Oswaldo, que conhecia a sua fama de homem sério e destemido.

Na primeira reunião, realizada discretamente na casa de Cristina, Oswaldo fez questão de se dirigir a Renato Stein.

– Meu caro, acompanho a sua carreira como um dos líderes do Ministério Público Federal, e só tenho a aplaudir as investigações que você encabeçou e que resultaram em condenações importantes. Sua presença aqui é fundamental, porque você atua junto ao Supremo Tribunal Federal, responsável por julgar crimes cometidos por deputados federais no exercício do mandato.

– Eu tenho dupla razão de ficar honrado com essa missão. Primeiro porque vamos poder tirar de circulação um assassino frio e capaz de muitos outros crimes. E, segundo, porque vou ajudar meu amigo Octávio, que eu conheço desde a infância e é casado com outra grande amiga, a Martha.

Cristina aproveitou para relembrar algumas travessuras que Octávio e Renato aprontaram, quando crianças.

– Os dois sempre foram muito próximos. Martha nem tanto, mas na adolescência passou a fazer parte do grupo de amigos. Todos sempre tiveram juízo. Faziam aquelas artes próprias de moleques, sem gravidade.

Renato se sentiu um pouco constrangido com a situação e tomou a palavra para sugerir que passassem para a biblioteca, a fim de traçar o plano de ação.

No final da reunião estavam distribuídas as tarefas, desenhado o plano geral e delineada a estratégia. Renato cuidaria de que tudo fosse realizado conforme as leis, para evitar que Carlos Rodrigues pudesse encontrar brechas para escapar das denúncias. Oswaldo seria o líder das diligências de campo, com sua experiência de delegado classe especial, e Cristina faria as pesquisas de informações, no Congresso, que pudessem auxiliar as investigações.

Martha ficou encarregada de cuidar da parte financeira da banda, uma vez que Otto Jr. não suspendeu suas turnês e compromissos que a carreira exigia. Aliás, era bom mesmo não suspender as atividades, até para não levantar suspeitas sobre o que estavam planejando e realizando. E também iria ajudar e apoiar o marido na sua ONG educacional de música, além de lhe dar suporte emocional total, o que seria de fundamental importância para o êxito da missão.

Otto Jr. tinha pedido a ela essa dedicação.

– Martha, não sei se vou ter cabeça para cuidar dessas coisas todas e ainda me concentrar nas investigações. Você é especialista em finanças. Pode me ajudar, amor, na coordenação da banda e da ONG?

– Não se preocupe, Tavinho. Ficarei na retaguarda para deixar você livre para prosseguir com o plano.

– Obrigado, querida. Estou meio atordoado com todas as informações que foram despejadas em cima de mim. De uma vez só, descobri que o meu pai foi assassinado, descobri quem é o assassino e que é irmão de Iaúna, quase minha segunda mãe, que cuidou de mim desde que nasci. Ou seja, esse canalha estava mais perto de mim do que jamais eu poderia imaginar...

– Eu entendo que você esteja abalado, Tavinho. E entendo também que é sua obrigação avançar com as investigações para impedir que esse crápula fique solto e ameace todo mundo. Você está com as pessoas que mais importam ao seu lado. E todos muito bem preparados para o que der e vier. Não se preocupe que vou cuidar de tudo para você. Tenho certeza, dará tudo certo, e esse monstro que cometeu tantos crimes e ações de violência será punido. Ele tem que ser punido…

Amigo em Perigo

Iaruanã é um homem muito bem articulado. Tem informantes em diversos lugares, que ele paga a peso de ouro para ter acesso a todo tipo de informação que lhe diga respeito. Graças a essa rede, ficou sabendo da investigação de Oswaldo e acionou a sua equipe de assessores para fazer um levantamento da identidade e da ficha do delegado. A pesquisa chegou rapidamente às suas mãos, e logo ele descobriu que Oswaldo tinha boa relação de amizade com Otto Jr. Resolveu, então, dar-lhe um susto.

Numa noite, como de costume, Oswaldo tinha ficado na delegacia até tarde. Quando decidiu ir para casa, as imediações do distrito já estavam desertas, mas não havia motivos para preocupação, afinal o quarteirão inteiro era área da polícia. Oswaldo se despediu dos investigadores de plantão e caminhou tranquilamente até o seu carro estacionado na frente da delegacia, em vaga especial. Tentou destravar a porta com o comando eletrônico da chave e estranhou que não funcionou. Alerta, com a mão no coldre e a pistola destravada, abriu a porta com muito cuidado, e já era certo que não daria partida no carro. Algo estava muito errado. A luz automática do teto se acendeu, iluminando o interior do veículo.

Vistoriou o interior, sem entrar, e nada viu de suspeito. Passou a olhar embaixo dos bancos e... bingo!, logo avistou o "presente" que haviam deixado embaixo do banco do carona. Uma granada de impacto sem o pino. Oswaldo levou um grande susto, mas, pela sua experiência, sabia que a granada só explodiria se, por exemplo, rolasse com o movimento do veículo, pelo assoalho, o que, possivelmente, era a intenção de quem montara a armadilha.

Deixou a porta aberta e voltou para a delegacia. Alertou todas as pessoas e acionou o esquadrão antibombas, que chegou e removeu o dispositivo com segurança. Num instante, formou-se uma equipe para tentar descobrir o autor do atentado. Mas Oswaldo já sabia o nome do mandante.

"Isso foi encomenda do monstro. O canalha é mais perigoso do que eu pensei."

Ligou para a corregedoria, pois entendeu que havia ligações do "animal" com agentes da federal. Era peixe grande e teriam que investigar quem dali de dentro passou as informações e quem poderia ter instalado a granada no seu veículo.

O atentado, embora frustrado, mesmo sendo somente um aviso, fez Oswaldo dar mais urgência à atuação da força-tarefa para contra-atacar Iaruanã.

"Falo com Renato Stein amanhã. Não podemos esperar um só minuto. É foco e força no assunto. Do contrário, haverá mais mortes…"

Cristina Ataca Pesado

A deputada federal Cristina Costa Albuquerque entrou no jogo para destruir Iaruanã. Decidiu que bastava de ameaças e que era urgente aniquilá-lo, pelo mal que fizera e continuava fazendo.

"Eu preciso acabar com o seu reinado de contravenções de todo tipo. E ainda por cima tem imunidade parlamentar! Que horror! Este país precisa mudar!"

Usou a tribuna da Câmara dos Deputados no momento que considerou mais oportuno em um plano alinhado com Renato Stein. Apresentou o dossiê à mesa diretora e pediu para se dirigir ao plenário. Escandalizado com o conteúdo do dossiê, o presidente da Câmara dos Deputados autorizou Cristina a usar o microfone da tribuna.

Eis como ela iniciou a sua fala:

– Senhoras e senhores, o que trago hoje aqui é uma denúncia da maior gravidade. Trata-se de desmascarar um dos nossos colegas, deputado federal, que se esconde atrás da imunidade parlamentar para cometer crimes. Crimes hediondos!

Evidentemente, sua fala inicial chamou a atenção de todos. O plenário se calou, em compasso de espera. Tudo porque vários deputados tinham telhado de vidro, e cada um achava que a denúncia poderia ser sobre si mesmo. Por isso aguardaram, em silêncio, com a respiração suspensa.

Cristina continuou:

– Esse deputado incorreu, primeiro, em crime de falsidade ideológica. Seu nome original é Iaruanã, um índio de uma tribo extinta do Amazonas. Bate no peito que é defensor dos direitos dos povos indígenas. Mas que indianista é esse, que esconde as suas próprias raízes? Boa coisa para a sua tribo e região não fez, e vamos averiguar.

Diversos parlamentares respiraram aliviados, ao se verem livres da denúncia. E os deputados sérios e respeitáveis estavam atentos ao que a colega expunha.

– Descobri, graças a uma equipe de investigadores que há tempos atua para levantar informações, que esse índio é um assassino cruel, com dezenas de mortes executadas com as próprias mãos ou ordenadas por ele. Pela força, pelo medo e pelo dinheiro, controla um exército de verdadeiros bandidos, espalhando o terror em vários pontos do país. É dono de madeireiras que traficam madeira ilegal e tem numerosos negócios clandestinos que estão sendo descobertos… e serão! Tenho provas! Um dossiê completo, cuja cópia já foi entregue ao presidente desta Casa, e que revela uma grande parte dos crimes cometidos por ele. Estou falando do deputado federal Carlos Rodrigues, que neste momento eu acuso!

O plenário se agitou. Muitos parlamentares eram coniventes com os desmandos e crimes do deputado porque recebiam propinas ou porque o temiam. Os demais estavam indignados com as denúncias e clamavam por investigação já, para punir exemplarmente alguém tão asqueroso.

Cristina completou o raciocínio, com a voz embargada:

– Peço à presidência desta Casa que inicie o mais rápido possível uma sindicância ou qualquer outro procedimento legal de investigação, com o fim de apresentar denúncia à Procuradoria-Geral da República. Este homem não pode ficar impune! Ele assassinou o meu marido, o professor Octávio Albuquerque, há 21 anos! Um crime que só pude confirmar recentemente, e que agora denuncio! Carlos Rodrigues assassinou o meu marido!

Alvoroço entre os deputados e assessores. Cristina desceu da tribuna e voltou para o seu lugar, recebendo aplausos e cumprimentos pelo caminho. Mesmo aqueles que tinham vínculo com Iaruanã se sentiam na obrigação de cumprimentá-la, até mesmo para afastar suspeitas. O mais importante: Cristina havia divulgado as origens de Carlos Rodrigues, e isso era justamente o que ele mais temia.

* * *

Duas frentes foram abertas pelo presidente da Câmara.

A primeira encaminhou cópia do dossiê à Procuradoria-Geral da República, para fundamentar a acusação de Cristina contra Carlos Rodrigues, de enriquecimento ilícito. As provas demonstravam incompatibilidade com os rendimentos declarados pelo deputado: possuía mansões, carros importados e até aviões, inclusive um jato executivo Phenom.

A segunda instaurou uma CPI para apurar irregularidades fiscais cometidas nos estados do Amazonas e do Mato Grosso do Sul.

Atendendo a um pedido de Cristina, foi aprovado o sumário afastamento do deputado.

Para as investigações, a Procuradoria-Geral da República ordenou busca e apreensão nas casas e apartamentos do deputado, em seu nome ou suspeitas de serem suas e estarem em nome de laranjas. Foram arrolados laranjas para prestar depoimento. Em geral, pessoas simples, que mal sabiam do que se tratava quando assinaram papéis sem ter ciência do conteúdo. Deputados corruptos costumavam usar empregados para arcar com os seus malfeitos. Várias delações premiadas foram acionadas no processo de investigação, especialmente a de um assessor que morava numa das casas de Carlos Rodrigues, e onde foi descoberto um bunker com mais de 80 milhões de reais em dinheiro vivo.

A própria casa do deputado, em Brasília, também continha um quarto que parecia ser dedicado a sessões de tortura. Na realidade, era onde Iaruanã praticava os seus rituais, mas os policiais federais não tinham como saber. Também foi encontrada cocaína na adega da casa de Carlos Rodrigues em Brasília. A mulher dele, Nathalia, quis impedir a revista na casa, ofendeu os investigadores e acabou detida por desacato às autoridades.

Cleverson e Joilson continuavam sob custódia da polícia, sob proteção do Estado, para que se investigasse o dossiê e para que fossem testemunhas das operações de Iaruanã.

* * *

E, finalmente, foi reaberto inquérito policial para apurar se o crime contra o professor Albuquerque havia sido queima de arquivo e quem fora o mandante.

O estrago à sua imagem foi enorme. Porém, por prescrição e imunidade parlamentar, o deputado Carlos Rodrigues se safou da cadeia porque o Superior Tribunal Federal considerou as provas insuficientes – apenas testemunhais. Muito pouco para o Superior Tribunal Federal...

Disciplina, Poder e Caráter

Estamos no outono de 2027. Cristina está recém-eleita para o seu quarto mandato, aos 67 anos de idade. Como deputada federal, tem um saldo espetacular a seu favor. Conseguiu aprovar e levar adiante projetos que um cidadão comum jamais imaginaria que pudessem ser aprovados, num parlamento corporativista como é o do Brasil.

Na casa de Cristina, em São Paulo, está reunido um grande grupo de familiares e amigos que acompanharam a apuração dos votos. Otto Jr., Martha e filhos, Oswaldo e família, Renato Stein e família, todos os integrantes da banda Pandora 5-1, a equipe da ONG Educar para a Vida e da ONG de educação musical para crianças carentes – liderada pelo violinista Amauri Ferraz, ex-aluno da ONG e agora apoiador, e alguns correligionários mais próximos.

O resultado das urnas apontou uma votação expressiva, que aliás já era de esperar, porque Cristina recebeu muitos votos para todos os seus mandatos. Desta vez, a votação foi um pouco menor. Renato Stein comenta:

– Não se preocupe com isso, dona Cristina. Com certeza, há muitos servidores descontentes, depois que a senhora conseguiu, com muito esforço e dedicação, ser a relatora e aprovar o fim da estabilidade do servidor público, para aqueles que ingressaram no serviço público a partir de 2024. Com isso, propiciou uma enorme economia ao erário e a possibilidade de se fazer gestão, de verdade, junto aos órgãos públicos. Quem não votou na senhora são aqueles que queriam continuar mamando nas tetas gordas do governo…

Oswaldo Roche concorda.

– É isso mesmo. A senhora inaugurou uma nova era de seriedade para o uso do dinheiro público, não só com o fim da estabilidade, mas também quando encabeçou as articulações que levaram o Congresso a votar a favor de privatizações de empresas estatais deficitárias ou sem sentido para o Estado gerir, e foi o que impediu que o país continuasse carregando ineficiências com o uso do dinheiro público. Além disso, conseguiu pôr fim à politização das empresas e colocou o Brasil em patamar competitivo em nível global. Dessa maneira, propiciou mais economia ainda aos cofres públicos e pôde contribuir com seus colegas de partido e aliados da Câmara e Senado para um país mais eficiente.

Cristina concorda.

– Não fiz mais do que a minha obrigação, ao liderar campanhas sérias e estabelecer diálogos produtivos e honestos com todos os partidos. E fico feliz que tenha conseguido alguns avanços importantes. Mas falta muito a fazer.

– O quê, por exemplo, dona Cristina? – pergunta Amauri Ferraz, muito interessado em políticas públicas, depois que conquistou a vaga de spalla da Orquestra Sinfônica de São Paulo, graças à educação e ao apoio que recebeu da ONG de Otto Jr.

Cristina responde, com certo pesar.

– Neste saldo, ainda não posso contar com o fim da imunidade parlamentar. Ainda falta quórum e coragem dos políticos para acabar com o foro privilegiado, pelo temor que têm de serem presos pelas faltas e atos de lesa-pátria cometidos contra o Estado. Sob o manto da proteção, invocam ser a imunidade necessária para que os poderes ajam de forma isenta. Por enquanto, o que vejo e acuso como deputada federal – e que me dói – é a verdade de que, sob esse manto, os poderes agem em causa própria e não pensando no seu povo ou país.

É a vez de Otto Jr. intervir.

– Muitos deputados continuam pensando em formas de legalizar a corrupção. É lamentável que essa transformação a senhora ainda não tenha conseguido efetivar. Ainda... Mas já trouxe muitos parlamentares para se juntar a essa luta, e vai ter sucesso. Talvez demore, mas novos parlamentares que aprenderam o que é a boa política com o seu exemplo vão seguir nessa missão.

– Isso – acrescenta Amauri Ferraz –, e não podemos nos esquecer de que, fora do âmbito da política partidária, dona Cristina fez o milagre de levar educação de qualidade a milhares de jovens carentes. Eu sou um exemplo vivo. Vim da favela, de família desestruturada, e consegui chegar a ser spalla da maior orquestra sinfônica do país, com pouco mais de 22 anos, graças à fusão da ONG Educar para a Vida com a ONG de educação musical fundada pelo Otto Jr.

Martha olha com amor para o marido, recosta a cabeça no ombro dele e fecha os olhos, sorrindo como quem sonha. Cristina observa os dois e se orgulha de estar cumprindo, com louvor, a sua missão, e honrando a memória do marido.

O grupo inteiro se junta num aplauso longo, carinhoso e brindam o momento com delicioso champanhe.

O País Mudou?

A Câmara dos Deputados votou, no primeiro semestre de 2018, e aprovou por ampla maioria a cassação do mandato de Carlos Rodrigues. Ele perdeu vergonhosamente, em decorrência do seu afastamento, a chance de disputar o quinto mandato como deputado federal. A mesa diretora colocou em votação aberta o pedido de cassação, em razão de ter sido comprovada parte dos negócios escusos que ele detinha no Amazonas, a partir do dossiê concluído em 1992 pelo marido da deputada federal Cristina Costa Albuquerque.

O passo imediatamente seguinte foi a apresentação de denúncia à Procuradoria-Geral da República, feita pelo procurador federal Renato Stein. Foi um processo relativamente rápido, apesar de toda a dificuldade imposta pelo fato de a equipe de investigação formada pelos nossos heróis, mas integrada também pela Polícia Federal, promotores que cuidavam de crime organizado e Polícia Florestal, ter tido que fazer diligências em locais distantes. Além disso, a perícia nos documentos e evidências compiladas pelo professor Albuquerque, feita pela Polícia Técnica, foi minuciosa. Porém, impulsionado pelo escândalo gigantesco de que o caso se revestiu nas redes sociais, o Supremo Tribunal Federal acelerou a apreciação da acusação e julgou o processo.

Em paralelo, a justiça comum promoveu o julgamento do crime cometido pelos dois meliantes confessos, Joilson e Cleverson. Embora o crime já estivesse prescrito, foi aberto um novo processo, uma vez que houve alteração no número de réus, com a inclusão de Carlos Rodrigues. Joilson e Cleverson foram condenados a cinco anos de prisão, em regime fechado.

Porém, Carlos Rodrigues foi absolvido do crime de mandante e provável executor do assassinato do professor Albuquerque por alegada insuficiência de provas. Pelos negócios escusos, a pretexto da imunidade parlamentar, nada pôde ser feito também. Pela morte de Iaúna, a denúncia sequer chegou a ser aceita, por absoluta impossibilidade de obter provas da autoria. Para sua sorte, ainda pesou aquele telefonema que desligou na cara de sua irmã, alegando que não teria tempo de ir vê-la em São Paulo. Pelos seus crimes ambientais descobertos e denunciados, ele recebeu uma pesada multa do órgão federal responsável pela fiscalização, mas decidiu não pagar, mesmo que representasse valor insignificante em relação à sua fortuna. O assunto se arrastou, porque a burocracia estatal não conseguiu cobrar nem tinha estrutura para elaborar e acompanhar ações judiciais.

Ninguém em sã consciência faria uma denúncia dessas formalmente, mas contava-se, nos bastidores da Corte, que alguns contatos de Carlos Rodrigues junto ao STF tinham sido de fundamental importância, assim como a intervenção de procuradores que souberam fazer a intermediação sobre onde e como depositar os honorários aos escritórios das famílias dos juízes, para sua defesa. Dinheiro não era problema para o deputado.

O julgamento foi televisionado, por causa de sua repercussão junto à sociedade. Longos discursos cheios de citações jurídicas herméticas e incompreensíveis, por parte de alguns dos juízes, contrastavam com a serenidade acusatória de vários outros que deram sentenças objetivas e contundentes. Mesmo assim, no Supremo, tudo ocorreu como esperado. Carlos Rodrigues venceu por diferença de três votos – e o presidente achou desnecessário votar porque já havia maioria.

Ele comemorou a vitória de não ter sido condenado. Estava livre. Entretanto, politicamente, com os direitos cassados por oito anos, ficou bastante destruído entre os colegas da Câmara. Naquela Casa de Leis não teria, pelo menos por longo tempo, qualquer forma de demonstrar seu poder. Além disso, foi uma catastrófica desmoralização pública. Mesmo que pudesse se candidatar para as eleições de 2018, certamente seria penalizado pelas urnas.

Ao longo do afastamento e do julgamento, Carlos Rodrigues se manteve à frente dos negócios, mas acossado por numerosos processos na justiça, sendo obrigado a uma constante defesa, o que o deixava furioso. Também sofreu retaliação em casa – sua mulher, Nathalia Gouveia, foi demitida da TV de grande audiência em que trabalhava, porque a empresa não considerava decente manter em seus quadros uma repórter com ligação tão próxima ao crime organizado. Carlos Rodrigues foi obrigado, por outro lado, a mandar os filhos para o exterior, a fim de que fugissem do escrutínio nas escolas e universidades que frequentavam.

Por fim, resolveu tentar um pouco de anonimato, por isso mudou sua residência principal para o Amazonas, transferindo, da mesma forma, o título eleitoral para Manaus.

O pleito eleitoral de 2018 consolidou a reeleição de Cristina para a Câmara dos Deputados, com votação ainda mais expressiva do que em 2014. Em casa, celebrou modestamente a vitória. Depois que os amigos e correligionários se despediram e deixaram a casa, ela e Otto Jr. ficaram conversando.

– Mãe, eu já esperava uma boa votação, mas os números foram surpreendentes!

– É, meu filho, acho que o povo tem discernimento para saber quem trabalha realmente por ele.

– E a senhora teve que enfrentar muitos dissabores para conseguir levar adiante o seu programa.

– Mas valeu a pena, Tavinho. Sempre vale a pena quando o objetivo é honesto, quando existem bons propósitos e temos boas intenções.

– Coisa que o tal Carlos Rodrigues nunca teve...

– É verdade. Mas ele representa apenas uma parcela dos deputados que se apegam a práticas desonestas e imorais. Há muita gente boa no Congresso. Pena que escapou ileso das acusações principais.

– Não dá mesmo para se conformar que ele tenha sido absolvido pelo STF do crime de assassinato contra o papai. E contra Iaúna. Todas as evidências estavam lá, na casa dela. Com base em ligações familiares, nos crimes passados, na coincidência da viagem dele a São Paulo no dia da morte da irmã, e um pouco de boa vontade, a investigação teria chegado a Iaruanã. Afinal, não eram poucas as evidências...

– Foi difícil mesmo provar. Oswaldo fez o que pôde, mas não encontraram a arma do crime, nem digitais, nem testemunhas. Você depôs, mas tudo o que declarou foi baseado em suposições, porque você não viu nada. Eu sei, nós sabemos que foi o crápula que a matou, mas, para o processo, o que a gente acha não importa, se não houver como provar.

– Bem – ponderou Otto Jr. –, pelo menos ele está fora da política. Menos um corrupto para deixar o nosso parlamento menos podre. Mas essa punição não foi suficiente, não acha?

Cristina abaixou a cabeça, num gesto de puro desânimo.

– Temo que não. Temo que não, meu filho…

Otto Jr. Estava Mudado

As coisas aos poucos foram se assentando. Otto Jr. estava conformado com o injusto arquivamento do crime contra o pai e Iaúna, porque entendia a impossibilidade material de acusar alguém. A ausência de Iaruanã trazia sossego para a família, os compromissos parlamentares de Cristina estavam mais leves à medida que ela ganhava experiência e adicionava simpatizantes às suas causas. Podia-se dizer que algo parecido com felicidade se instalava nos corações da família Albuquerque.

Otto Jr. experimentava um momento importante da vida. Estava feliz na sua relação com Martha, e a equipe da banda Pandora 5-1 se mostrava afinadíssima. Mas ele achava que melhorar era sempre necessário. Pensava que o grupo poderia dar um passo enorme para diante, dedicar algum tempo para um mergulho profundo nas suas percepções e expectativas. Numa manhã, pulou da cama lépido, rindo à toa, beijou Martha amorosamente e exclamou:

– Acabo de ter uma ideia genial!

– Ah, que marido modesto eu tenho – ironizou ela.

– Não, é sério, Martha. Precisamos reunir a banda para uma conversa definitiva.

Combinaram chamar todo mundo – músicos, produtores, empresário – para um almoço. Martha e Otto Jr. prepararam uma deliciosa lasanha, acompanhada de um ótimo vinho italiano, e anteciparam a todos os convidados que seria uma conversa muito proveitosa. O pessoal chegou animado, porque as ideias de Otto Jr. eram sempre brilhantes. De barriga cheia, enquanto esperavam a sobremesa, ele ocupou a melhor posição para ser ouvido por todos e lançou a proposta:

– Nossa última turnê, do lançamento do álbum Amazônia, foi um sucesso e nos mantém na mídia até agora, fazendo shows com alguns ajustes aqui e ali, mas nada de verdadeiramente novo. Só que precisamos trabalhar em algo inovador de verdade. O que eu proponho: que a gente faça um retiro de três meses, mas não para descansar, e sim para fazer um trabalho duro. Vamos repassar as nossas experiências, analisar o que já produzimos em termos de ritmos, canções e de espetáculos, e pensar, em conjunto, em algo novo, surpreendente, inovador, cheio de alma! O que acham?

– Nossa, a ideia é esplêndida, Otto. Mas fazer o retiro onde?

– Já tenho até o lugar, um sítio no interior, com espaço para todo mundo. Tem fogão a lenha, galinhas e porcos, alguns cavalos e vacas. Ficaremos em contato total com a natureza e sem nenhum luxo. O caseiro e a esposa dele poderão nos ajudar na manutenção e conservação do local. E tem um galpão com excelente acústica que poderá ser o nosso estúdio com um pouco de reforma e adaptações.

Uma voz se ergueu:

– Mas, Otto, ficar longe de casa por três meses...

– Levaremos nossas esposas e maridos. Quem não pertencer à banda poderá ajudar em outras coisas, como fazer compras, ajudar na cozinha ou trabalhar na horta, cuidar dos animais. Esses ficarão no sítio, mas os integrantes da banda se reunirão no galpão estúdio. Será um espaço só nosso. Não acham que será fenomenal para nos prepararmos para algo diferente, buscar inovar? Do contrário, estaremos fadados a não apresentar mais nada de novo ao público. Teremos que surpreender!

– E o que você espera desse retiro?

– Em primeiro lugar, como disse, quero muita conversa com vocês. Aqueles papos que tínhamos quando começamos, cheios de ideias, cheios de vontade, e que nos fizeram diferentes de tudo que havia por aí.

– Mas você deseja produzir algo musicalmente novo, como foi o caso do Basam?

– Sim, mas espero mais do que isso. Será a nossa evolução como banda, pessoal! Levaremos os nossos instrumentos e equipamentos de áudio e de mixagem, e vamos gravar o nosso novo álbum, baseado no seguinte conceito:

"O planeta não é meu... é nosso!" Com o álbum pronto, vamos lançar numa turnê especial, que chamaremos de "Por um mundo melhor!".

Começam, assim, os preparativos para a viagem de recolhimento. O sítio foi reservado e iniciam-se as reformas do galpão estúdio.

Otto Jr. transfere para Martha a responsabilidade dos negócios da ONG que resultou da fusão da ONG educacional Educar para a Vida, criada por Cristina, com a ONG Música que me Toca, criada por Octávio. Durante o retiro, ficará na liderança o novo gerente-geral, o empresário Alberto Spitz, seu amigo querido de longa data, apoiado por dois novos membros do conselho, que serão os seus olhos: ninguém menos que Renato Stein e Oswaldo Roche.

O caminho para a turnê POR UM MUNDO MELHOR está aberto.

Se Mudou? Bem...

Uma grande festa popular, em praça pública, está sendo aguardada, após a contagem de votos do pleito eleitoral de 2026, bem aos moldes daquelas que ocorrem com frequência em cidades menores, onde o público é chamado a participar pela promessa de comida e bebida. O comício da vitória já está montado, porque ninguém da organização duvida que a vitória se deu com boa margem de votos.

Uma autoridade local sobe ao palco, enxuga o suor da testa com um lenço enorme que saca do bolso de trás da calça, bate o dedo no microfone para se assegurar de que o público vai ouvi-lo, e pigarreia em alto e bom tom. As pessoas diminuem o volume do vozerio e aguardam.

– Conterrâneos! – começa o orador.

Alguém cochicha alguma coisa no ouvido dele.

– Conterrâneas e conterrâneos – prossegue, certamente obedecendo as instruções do assessor. – Estamos nesta festa para comemorar uma grande vitória! Pessoa que trabalha pelo povo, para o povo e com o povo. Com isso, temos as nossas esperanças renovadas. Nosso grande Estado vai ser ainda mais grande…

O assessor novamente cochicha ao ouvido dele, que se corrige:

– Nosso Estado vai ser ainda mais maior!

É notório o desânimo do assessor, que abaixa a cabeça, envergonhado. O orador prossegue, com citações pouco pertinentes ao momento. O vozerio aumenta, porque as pessoas parecem não dar muita importância àquela lenga-lenga já conhecida. Até que, afinal, alguém toma o microfone do orador – que, aliás, já estava cansado de falar – e anuncia:

– Pessoal, vamos dar início à nossa tradicional queima de fogos!

O povo se agita e se posta no local onde as cangalhas com mais de mil tiros de foguetes estão instaladas. O crepúsculo deixa o céu ligeiramente acinzentado, cheiro de pólvora, com um suave fundo cor de ouro morrendo atrás da floresta. Começam a pipocar os estampidos, o céu se enche de pontos coloridos, e o povo, extasiado, assiste a uma demonstração de beleza pirotécnica que simboliza as "esperanças renovadas"... Sob a batuta de alguns assessores, que puxam palmas, a multidão aplaude. As pessoas não sabem exatamente por que aplaudem. Talvez seja de alegria pela festa e pela perspectiva de alguma comida depois da comemoração. Antes mesmo de acabar o foguetório, uma música retumbante é colocada para tocar nas poderosas caixas de som, e uma voz de locutor grita ao microfone:

– E agora vamos receber o nosso vencedor das urnas, do voto popular, graças a vocês que estão aqui!

Os assessores dão mais energia às palmas, incitando a multidão a imitá-los. O político surge no palco, imponente, com a aparência destemida dos vitoriosos. Apanha o microfone e exclama:

– Meu povo! Vocês são a razão da minha decisão de ser o governador. Vamos juntos recuperar o nosso maltratado Amazonas. Chega de garimpo ilegal!...

A multidão grita, em apoio.

– Chega de madeireiro derrubando a nossa floresta!

Mais gritos e aplausos.

– Como governador, sou o representante de vocês para obrigar o governo federal a nos dar condições de proteger a floresta, proteger o índio, proteger a nossa cultura. Minha fala, hoje, será breve, porque saindo daqui já tenho trabalho a fazer. Muito obrigado!

Entrega o microfone ao primeiro puxa-saco perto dele e desce do palco. Pelo meio da multidão, o novo governador, muito alinhado, bem-vestido e cheiroso, passa pelas pessoas, apertando mãos, acenando, quase como um general que retorna vitorioso da batalha.

Em seguida, dirige-se para um carro preto, blindado, de vidros filmados, entra e deixa o local, seguido por alguns outros veículos, alguns inclusive com o logo oficial do Estado do Amazonas.

No percurso, pede para a esposa álcool em gel para higienizar as mãos.

– Puta merda, o que a gente tem que aguentar. Uma gente fedorenta, morta de fome...! Tive que mandar matar dez bois para dar de comer a esses vagabundos! Não basta a porra da bolsa família? Merda!

O carro estaciona diante de uma mansão cercada por muros altos. O portão se abre e deixa entrar a comitiva. O casal se dirige para o local onde os aguarda uma festa exclusiva. É um evento que se pretende chique, mas beira o ridículo, com as maquiagens exageradas e os trajes rococós das mulheres que devem ter passado o dia inteiro nos cabeleireiros, e que desfilam penduradas nos braços dos maridos e acompanhantes, a maioria deles trajando jaquetões fora de moda e exibindo anéis e pulseiras de ouro. Não param de chegar mais convidados, homens e mulheres poderosos e ricos nos seus reluzentes veículos com chapas oficiais e motoristas, seguidos por guarda-costas e assessores.

Na hora programada, um homem discursa em primeiro lugar e se apresenta como grande amigo do povo. Ele é, simplesmente, o procurador do Estado do Amazonas. Tece palavras maravilhosas e chama o novo governador eleito pelo voto popular:

– Aqui está, para nos honrar com a sua digna presença, o governador do grandioso Estado do Amazonas, dr. Carlos Rodrigues!

Um dos seguranças, montando guarda na entrada da casa, comenta com o companheiro:

– Veja só... Um homem que todo mundo sabe que ganhou fortuna sendo deputado federal, foi perseguido, mas volta nos braços do povo. Dá pra entender?

– Amigo, no Brasil, quem faz a lei é quem se beneficia dela... E, como diz o aforismo popular, perde-se o rabo, mas a cabeça não morre. A prova está bem aqui, na nossa frente.

* * *

Durante a festa, um conhecido desafeto de Iaruanã, do judiciário federal, se aproxima. Quer conversar. Com ar ameaçador, demonstra ter na manga informações que valem trunfos contra o recém-eleito e seus afetos no Congresso.

O índio o convida para se acomodarem mais reservadamente no escritório, a fim de poderem conversar mais à vontade...

No escritório, a portas fechadas, o fulano deixa claras as suas intenções.

– Escute aqui, seu madeireiro explorador de terras griladas e, por que não lembrar, putanheiro! Eu sei muito bem quem é você, o que faz, e não me custa nada entregar o que sei para a Polícia Federal. Quando alguém chegar no palácio do governo e avisar que fui eu quem o enviou, trate de receber muito bem porque é gente minha e você vai atender, seja lá o que esse meu enviado pedir... Tenho clientes poderosos, e você vai me ajudar a atendê-los. Mas fique sabendo: a comissão de obras em que precisar de mim para convencer os meus parceiros no voto, agora, será 50%, entendido?

– Claro, entendido. Me diga uma coisa. Como está sua esposa e filhos, bem?

– Por que você quer saber?

– Quero saber se estão aqui com você, na festa.

– Não, não estão aqui. Só meu motorista e os guarda-costas.

Impávido, com um sorriso, Iaruanã pega o celular.

– Para quem está ligando? – pergunta o fulano.

– Calma, juiz, precisamos selar o nosso acordo...

Alguém bate à porta. Carlos Rodrigues se levanta para abri-la.

– Entre, meu filho! Rodrigo, quero te apresentar um juiz que veio prestigiar a nossa festa.

Voltando-se para o juiz.

– Amigo, venho preparando o meu filho há anos para entrar no jogo político, e ele está gostando do vício...

– Que bom – retruca o juiz -, terei mais um com quem falar.

– Sim, por isso eu o chamei. Ele vai adorar cuidar de você.

Iaruanã tranca a porta, dirige-se à cadeira do juiz, aproxima bem o rosto e solta:

– Vou tomar um chá, e Rodrigo veio aqui preparar para nós. No seu lugar, eu aceitaria me acompanhar. Aceita?

FIM

Posfácio

Estranhamento. E surpresas de tirar o fôlego! É assim que defino a trama de *A Contra-história*, o terceiro romance da série "A Contrapartida". Aposto que mesmo eu tendo avisado lá no Prefácio que não teríamos a sequência natural da saga de Tavinho, você não acreditou em mim e/ou não podia imaginar o quão longe Uranio Bonoldi iria em sua concepção criativa, certo? Este livro é capaz de fazer os leitores caírem do sofá. Afinal, a quantidade e a complexidade de inovações narrativas têm o poder de embaralhar nossa mente e de tirar nosso chão. É ou não é um prato cheio para leitores que gostam de ser desafiados de maneira inteligente e pouco convencional, hein?

Para começo de conversa, é preciso explicar a lógica por trás dessa nova publicação. *A Contra-história* não dá prosseguimento ao enredo de *O Contra-ataque*. Confesso que essa era justamente a minha expectativa quando abri esta obra (e imagino que também era a sua!). Pensei ingenuamente que fosse descobrir quem era a mulher misteriosa que rondava a casa de Tavinho e Martha nas páginas finais do segundo romance da coletânea... Como fui inocente...

Contudo, o que recebemos efetivamente é o drama de um músico envenenado com a recapitulação de cenas da primeira metade do livro *A Contrapartida*. Se há certo estranhamento com as novidades trazidas, à medida que o relato evolui conseguimos montar o quebra-cabeça ficcional. Aí a composição do novo cenário se mostra ainda mais encantadora. A mudança total de eixo da trama não é por acaso.

A maior surpresa de *A Contra-história* não é descobrir que Otto Jr. é o Tavinho (que por si só já provoca o primeiro grande nó em nossa cabeça). O que mexe pra valer conosco é ver que estamos numa espécie de universo paralelo, uma dimensão alternativa da vida de Octávio Albuquerque Júnior. Se você não levou um grande susto ao descobrir isso, você não tem sentimentos, amigo(a) leitor(a). Eu dei literalmente um pulo da cadeira quando entendi que estava em uma bifurcação narrativa. É ou não é uma proposta espetacular que ninguém poderia crer?! Uranio, admito que o placar está 1 a 0 para você quando o assunto é fugir do convencional.

O enredo deste terceiro thriller de "A Contrapartida" junta-se exatamente à metade do volume 1 da série. Até então (segunda metade do livro 1 e livro 2 inteiro da coletânea), estávamos assistindo ao desdobramento da decisão de Tavinho, lá na adolescência, de ter dito "sim" para o ritual macabro da tribo Moxiruna. Agora, acompanhamos a repercussão da resposta oposta do rapaz. Na realidade paralela, Tavinho disse um retumbante "não" para a proposta tentadora (e criminosa) de Iaúna.

Em *A Contra-história,* o protagonista se recusa a ser cúmplice dos assassinatos cometidos pela governanta e prefere encarar os desafios da juventude, de um jeito honesto, de cara limpa e coração aberto. Como consequência, ele abandona definitivamente a ideia de ser um estudante superdotado e o potencial de se tornar um médico de sucesso. Dessa vez, Tavinho usa a razão e segue sua intuição. Isolando ao máximo aspectos emocionais que podem turvar uma escolha, decidiu por mergulhar de cabeça na paixão pela música e se torna Otto Jr., o cantor que construiu, com paciência, muita dedicação e perseverança, uma carreira de sucesso e prestígio internacional.

Isso quer dizer então que a escolha pelo caminho aparentemente certo trará uma existência mais tranquila e sem tantos dissabores para ele? De forma alguma. É interessante notar que mesmo no mundo alternativo, Octávio Albuquerque Júnior precisará resolver antigas questões pessoais e familiares até então pendentes. De certa forma, a essência do conflito dramático permanece inalterado: encontrar e, principalmente, punir o assassino do professor Albuquerque, marido de Dona Cristina e pai de Tavinho.

Por essa perspectiva, o antagonista continua sendo o mesmíssimo Carlos "Pajé" Rodrigues/Iaruanã. O irmão mais velho de Iaúna não irá sossegar enquanto não destruir todos os integrantes dos Albuquerque. O vilão fará de tudo para se livrar dos crimes efetuados. Custe o que custar! Por qualquer lado da bifurcação narrativa que a série "A Contrapartida" siga, os perigos e as agruras do protagonista mostram-se árduos e intermináveis. Não faltarão emoções para a sequência dessa trama cada vez mais espinhenta.

Por falar nisso, é bom dizer que Uranio Bonoldi concebeu "A Contrapartida" para ser uma pentalogia. Ou seja, ainda teremos mais dois romances pela frente. Nos novos títulos, assistiremos aos desfechos da dupla linha narrativa. Se você está, como eu estou, curioso(a) para saber o que acontecerá depois de *O Contra-ataque* e *A Contra-história*, saiba que suas perguntas serão respondidas em breve. Agora precisamos segurar a ansiedade e aguardar os pontos finais da saga de dois Octávios – o de Tavinho que disse "sim" e o de Otto Jr. que disse "não" para Iaúna.

Que venham os dois últimos livros de "A Contrapartida"! Agora eu posso dizer que estou preparado para o que der e vier.

Ricardo Bonacorci
Crítico literário do Bonas Histórias

Papel: Pólen natural 70g
Tipo: Bembo
www.editoravalentina.com.br